बीस बरस
(उपन्यास)

बीस बरस

दशरथ मिश्र

वाणी प्रकाशन

प्रकाशन के उत्कृष्टतम 63 वर्ष

सजिल्द पहला संस्करण : 1996
सजिल्द दूसरा संस्करण : 2012
सजिल्द तीसरा संस्करण : 2026

vaniprakashan.com

वाणी प्रकाशन

4695, 21-ए, दरियागंज, नयी दिल्ली-110 002

फ़ोन : + 91 11 23273167, 23275710

शाखाएँ

अशोक राजपथ, पटना-800 004, बिहार

कॉफ़ी हाउस कैम्पस, महात्मा गांधी मार्ग, प्रयागराज-211 001, उत्तर प्रदेश

महात्मा गांधी अन्तरराष्ट्रीय हिन्दी विश्वविद्यालय, वर्धा-442 001, महाराष्ट्र

sales@vaniprakashan.in
vaniprakashan@gmail.com

Bees Baras
by Ramdarash Mishra

ISBN : 978-81-7055-442-4
Novel

मूल्य : ₹350

जी.एस. ऑफ़सेट, दिल्ली-110 095 में मुद्रित

वाणी प्रकाशन का लोगो मक़बूल फ़िदा हुसैन की कूची से

यह उपन्यास

'बीस बरस' उपन्यास है किन्तु प्रचलित अर्थ में नहीं। इसमें आयी घटनाएँ और पात्र परस्पर उस रूप में विन्यस्त नहीं हैं जिस रूप में उपन्यास में होते हैं। कथा-प्रवक्ता दामोदर इन सबसे गुजरता है—कभी प्रत्यक्ष रूप से, कभी अपनी स्मृतियों के माध्यम से, कभी दूसरों के अनुभवों और संवादों के द्वारा। लेखक दामोदर के माध्यम से यात्रा करता है नये गाँव के जीवन-यथार्थ की। यही उसका उद्देश्य रहा है। कोई चाहे तो इसे रिपोर्ताज़ात्मक उपन्यास भी कह सकता है।

7. 1. 1996 **रामदरश मिश्र**

एक

भतीजे के साथ काफी दिनों बाद गाँव जा रहा था। ऐसा नहीं है कि गाँव से मेरा लगाव टूट गया था, गाँव मेरे भीतर लगातार बना रहा लेकिन बीच-बीच में मैं लगातार कई-कई वर्षों के लिए विदेश जाता रहा था और मेरे भीतर बसा हो कर भी अपनी भौगोलिक और प्राकृतिक स्थिति के कारण गाँव भी विदेश हो गया था। मैं कार्यक्रम के तहत कई बार अपने शहर आता था वहाँ गाँव के लोगों से भेंट होती थी लेकिन गाँव जाना नहीं हो पाता था। शहर से बीस मील दूर गाँव। शहर से गाँव जाने के लिए अभी भी कोई सुविधा नहीं बन पायी थी। किसी तरह 13-14 मील पर स्थित मंगलपुर कस्बे तक तो पक्की सड़क बन गयी और उस पर बस भी चलने लगी थी लेकिन फिर वहाँ से पैदल का ही सहारा था। और यह छः-सात मील की दूरी भी सपाट दूरी नहीं थी इसमें नदी थी, नाले थे, रेत का विस्तार था, ऊबड़-खाबड़ पगडंडियाँ थीं। यह रास्ता पैदल या साइकिल के लिए भी कम कष्टकर नहीं था। इधर तो सुनने में आया था कि कच्ची सड़क पक्की हो रही है। मेरे गाँव जाने के लिए दो-दो कच्ची सड़कें थीं जो अलग-अलग दिशाओं से होकर जाती थीं। आजादी के चालीस-पैंतालीस साल बाद भी ये सड़कें उसी तरह धूल-धूसरित और कटी-फटी पड़ी हैं। सरकार ने कुछ वर्ष पहले इतना ज़रूर किया कि जनता को आश्वस्त करने के लिए उन पर ख़ड़ंजा बिछा दिया। मानो जनता से कह रही हो देखो तुम्हारे लिए दो-दो सड़कें बना दीं, अब ऐश करो।

खड़ंजा पड़े कई वर्ष हो गये। ईंटों ने टूट-फूट कर गमनीयता को और भी अवरुद्ध कर दिया। गड्ढे और भी कुरूप हो गये। सड़कों पर इक्का-दुक्का रिक्शे भी चलने लगे हैं जो चौड़े रास्तों की रेत में धँसते हुए जब खड़ंजे पर आते हैं तो खड़-खड़, खड़-खड़ करते हुए उचकते और गिरते हैं। उनके साथ सवारियों के अंजर-पंजर भी

ढीले पड़ जाते हैं और थकान पैदल की अपेक्षा दूनी हो जाती है।

''यही तो बात है मंजुल कि चाहता हुआ भी मैं गाँव नहीं जा पाता।''

''अब तो आया कीजिए चाचा जी, अब तो मैंने मंगलपुर में ही दुकान खोल ली है और अपने पास मोटर साइकिल है, आपको गाँव छोड़ आया करूँगा और जब कहेंगे वहाँ से ले आया करूँगा।''

इस बार मंजुल जब मुझसे मिलने शहर गया था तब उसने यह सब बताया था। वैसे भी इस बार गाँव जाने का मन बना कर और पन्द्रह दिन की छुट्टी लेकर आया था।

सवेरे-सवेरे मंजुल की मोटर साइकिल पर बैठ कर गाँव से लिए रवाना हुआ। नदी शुरू में पड़ती है। काफी दिनों से सुना जा रहा है कि इस पर पुल बनने वाला है लेकिन सुनते-सुनते युग बीत गया। बरसात बीत जाने पर पीपे का पुल बना दिया जाता है। यह क्रम अनादि काल से चलता आ रहा है।

नदी की रेत से लड़ाई करती हुई मोटर साइकिल खड़ंजे वाली सड़क पर आ गयी और उस पर उछलती-कूदती गाँव की ओर भागने लगी। रास्ते में अपने जाने-पहचाने अनेक गाँव पड़ते गये। उन्हें देखता रहा कि कैसे हो गये हैं? और लगा कि उनकी शक्ल-सूरत में निश्चय ही कुछ बदलाव आया है। सड़क खड़ंजा ही सही, सड़क तो है और यह सड़क गाँवों के बीच से जा रही थी। छोटे-मोटे वाहन सड़क पर आ-जा रहे थे। किसी-किसी गाँव के पास हाईस्कूल बन गये थे जिससे सड़क पर तमाम दुकानें खुल गयी थीं। चाय की दुकानें तो जगह-जगह दिखाई दे रही थीं। गाँवों के खपरैल के मकान धीरे-धीरे पक्के मकान में बदल रहे थे। जहाँ मैंने बागीचे देखे थे, वहाँ ईंट के भट्ठे सुलग रहे थे। धुएँ से आकाश भरा हुआ था। यह देखकर अच्छा लगा कि सरकार के न चाहने के बावजूद लोगों ने बहुत कुछ बदला है, आधुनिक लहर को गाँव में हाँक कर ले आये हैं।

'खड़-खड़, खड़-खड़' गाती हुई मोटर साइकिल गाँव की ओर भागी जा रही थी और पहली बार वाहन से अपने गाँव पहुँचने की अनुभूति बहुत सुखद लग रही थी। शिवपुरा पहुँचते-पहुँचते मन भावुक हो उठा। यह मेरे गाँव के पास का गाँव है जो मेरे गाँव जैसा ही मुझे प्यारा है क्योंकि यहाँ के स्कूल में मेरी पढ़ाई हुई थी। यहाँ वह बाजार है जिसके साथ मेरे न जाने कितने रागात्मक सम्बन्ध हैं। रास्ते में मौलवी साहब का घर पड़ा। मिडिल स्कूल में वे मेरे शिक्षक थे। कितना कुछ सीखा था उनसे। ज्ञान तो पाया ही एक आदत भी पा गया। वे अपनी तर्जनी से अंगूठे को घिसते रहते थे। उनकी नकल करते-करते मैं यह आदत पा गया। वे बड़े सलीके से रहते थे। महकौआ जर्दे वाला पान खाते थे। पढ़ाते समय बीच-बीच में कुछ शिक्षा-प्रद कहानियाँ भी सुनाते थे। कई मुझे अब भी याद हैं। बच्चों को डाँटने का तरीका भी उनका विचित्र था। वे सलीके के आदमी थे इसलिए सलीके के विरुद्ध कुछ भी

देखते थे तो उद्विग्न हो जाते थे। एक लड़के की आँख फड़क रही थी। उसने पलक पर काग़ज़ का टुकड़ा चिपका रखा था। मौलवी साहब ने पूछा—"पलक पर काग़ज़ क्यों चिपका रखा है?"

"आँख फड़क रही है मौलवी साहब।"

"तो उस पर सील रख दो, ओखल रख दो, वह काग़ज़ के वश में थोड़े ही आयेगी।"

एक लड़के ने कान पर पेंसिल रख ली थी। मौलवी साहब ने देखा। पूछा—

"कान पर पेंसिल क्यों रखी है ?"

"यों ही मौलवी साहब।"

"अरे तो तुम्हारा कान खूँटी है क्या? उस पर छाता टाँग दो, रस्सी टाँग दो, बस्ता टाँग दो।"

एक लड़का जहाँ बैठा था वहाँ टाट फटी हुई थी और उसकी लड़ को वह बैठा-बैठा ऐंठ रहा था। मौलवी साहब की निगाह पड़ गयी—

"क्यों रस्सी बँटी जा रही है? उससे बकरी बाँधनी है क्या ? अमा मियाँ तो पढ़ाई करने क्यों आये हो ? जाओ रस्सी बँटना सीखो और भेड़-बकरी चराओ।"

और न जाने कितनी स्मृतियाँ हैं। उनका एक भाई कसाई था और कसाई तथा मौलवी में जो सम्बन्ध हो सकते थे वे थे। सुना था कि मौलवी साहब बहुत परेशान हैं। एक जमाना हो गया तब से। पता नहीं उनके ख़ानदान में कौन-कौन हैं, कहाँ कहाँ हैं, कुछ भी पता नहीं।

आगे बढ़ा तो जनक सोनार का मकान आ गया। पिता जी के साथ यहाँ कितनी बार आया हूँ। मेरे घर के सारे गहने जनक ही बनाता था। पिता जी का वह मित्र जैसा था। पिता जी में एक खास बात थी कि वे जिसके यहाँ जाते थे उसके मित्र बन जाते थे, चाहे वह सोनार हो, चाहे पटहेरा, चाहे माली हो, चाहे नाई-धोबी। पिता जी थे तो सामान्य व्यक्ति किन्तु पूरे जवार में उनके सम्बन्धों की सहज उष्मा महसूस होती थी और मुझे इस ग़रीब बाप का बेटा होने में गर्व अनुभव होता था।

मोटर साइकिल भागती जा रही थी। पैदल होता तो यहाँ थोड़ा ठमकता, उन घरेलू क्षणों को थोड़ा महसूस करने की कोशिश करता।

गाँव पार करके मोटर साइकिल बाज़ार में पहुँची। पहुँचने से पहले बाज़ार का जो रूप मन में था, पहुँचते ही दरक गया। बाज़ार के किनारे-किनारे तमाम दुकानें बन गयी थीं। मंजुल ने एक चाय की दुकान के पास मोटर साइकिल रोकी। बोला—"चाचा जी, जरा चाय पी ली जाय।"

देखा—दुकान में बेंच पर मेरे गाँव के कुछ मास्टर लोग और कुछ पुराने परिचित लोग बैठे चाय पी रहे थे। मुझे देखते ही एक साथ खुशी से चिल्ला पड़े—"आइए आइए भाई साहब, धन्यभाग कि आप आये।" दुआ सलाम हुआ।

"बटोही, दो कप चाय और दो। और साथ में पेड़ा और नमकीन भी।" देखा

—केदार भाई थे।

''बहुत बूढ़े हो गये हैं केदार भाई—''

''अरे भइया दामोदर, तुम बीस साल पर गाँव आओगे तो क्या लोगों को जवान ही पाओगे। गाँव याद नहीं आता क्या ?''

''आता है भइया, बहुत याद आता है लेकिन वहाँ की ज़िन्दगी छोड़ती ही नहीं।''

''अरे चाचा, यहाँ रखा भी क्या है ? गन्दी राजनीति के दलदल में फँसे गाँवों में कोई क्यों आना पसन्द करेगा ? और यहाँ सुविधा ही क्या है जो शहर का आदमी यहाँ आना चाहेगा ?''

मैंने अब गौर किया। ये थे मास्टर हरीश। मेरे भतीजे लगते हैं।

''कैसे हो हरीश ?''

''ठीक हूँ चाचा जी, बस मिडिल स्कूल की मुदर्रिसी कर रहा हूँ जिन्दगी भर से।''

फिर चारों ओर नज़र डाली। बाज़ार के चारों ओर दुकानें तो बन गयी हैं लेकिन उसके बाद का परिवेश वैसा का वैसा है। देखा चाय की दुकान के पीछे जलकुंभियों से भरी हुई गड़ही वैसी ही थी। गड़ही के पास मिडिल स्कूल की बिल्डिंग वैसी ही थी, यानी उसका पुनर्निर्माण नहीं हुआ और जगह-जगह से टूट-टूट कर गिर रही है। कितने वर्ष हो गये इस बिल्डिंग को बने। कितनी पीढ़ियाँ निकली हैं इस स्कूल से। चारों ओर उगते नव-निर्माणों के बीच ढहता हुआ स्कूल। एक दर्द लहर गया मेरे भीतर।

हम मोटर साइकिल से फिर रवाना हुए। रास्ते में हाईस्कूल पड़ा। इसे हम लोगों ने चालीस साल पहले शुरू किया था, चंदे में बाँस और फूस माँग कर छप्पर छवाये थे और अब तो इसकी बिल्डिंग ठीक-ठाक बन गयी लगती है।

स्कूल के बाद नाला पड़ा। हाँ यह नाला बड़ा भयानक हुआ करता था। बरसात में तो भयानक रूप से उफनता ही था जाड़ों में भी इसमें जल जमा रहता था। इसकी सतह पर जलकुंभियां जमा कर-करके रास्ता बनाया जाता था। यह बड़ा प्रधान रास्ता है बल्कि कच्ची सड़क है। न जाने कहाँ-कहाँ से और कहाँ-कहाँ के लिए लोग इस रास्ते आया-जाया करते हैं। इसके बन्द हो जाने से लोगों को एक किलोमीटर का चक्कर काटना पड़ता है। हमारे स्कूल आने-जाने का भी यही सीधा रास्ता था। इसलिए जल कम होते ही लोग इसके भीतर डूबे रास्ते का उद्धार करने पर तुल जाते थे। मनुष्य की जिजीविषा किसी भी अवस्था में हार नहीं मानती, वह कहीं भी किसी भी अवस्था में अपना रास्ता बना ही लेती है।

इस नाले के साथ हम विद्यार्थियों का एक गहरा भय भी जुड़ा हुआ था। इस नाले के एक ओर क़ब्रिस्तान था (अब भी कुछ दिखाई पड़ रहा है) हम विद्यार्थियों को यहाँ से गुज़रते हुए बहुत डर लगता था। लगता था कि अभी किसी क़ब्र में से कोई जिन्न निकल आयेगा। इसके अलावा इस नाले के साथ अनेक कहानियाँ जुड़ी थीं— इसमें डूब कर मरने वाले न जाने कितने लोगों की कहानियाँ। वे सभी बुड़ुवा हो गये

थे। लगता था इस नाले में यहाँ से वहाँ तक बुडुवा फैले पड़े हैं, न जाने कब किसे कहाँ दबोच लें। इस नाले से थोड़ी दूर पर रास्ते में एक बरगद का पेड़ पड़ता था। वह तो जैसे भूतों का अड्डा था। न जाने कितने लोगों का उनसे पाला पड़ा था। इसलिए यह नाला हमारे लिए असुविधा और भय का पर्याय बन गया था।

आज यहाँ से गुज़र रहा हूँ तो देखता हूँ इसके पास हाईस्कूल की रौनक है। इसके बीच में ऊँची सड़क बन गयी है। नाला पार करते ही सूने बागीचे में (जिसके कोने पर बरगद हुआ करता था) तमाम छोटी-मोटी दुकानें बन गयी हैं और धूल-धूसरित सड़क पर खड़ंजा बिछ गया है। भूतों के भय से भरा यह सुनसान और विषम स्थान मानव निवास के स्पर्श से एक रौनक में बदल गया है।

दुकानों के पास आये तो गाँव के कुछ परिचित, कुछ अपरिचित चेहरों को अपनी ओर उत्सुकता से देखते पाया।

''अरे ये तो डाक्टर साहब हैं।'' मैंने कहा।

''अहा, चाचा जी आइए आइए। धन्यवाद कि आप आये—आप तो भूल ही गये अपने लोगों को।'' वे स्वागत के भाव से मुस्करा रहे थे और हाथ से सुर्ती मल रहे थे।

कुछ नये लड़के भी पास घिर आये और बहुत उत्सुक निगाहों से मुझे देख रहे थे। मैं उन्हें भला कैसे पहचानता। मंजुल उनका परिचय कराने लगा कि कौन किसका बेटा-पोता है। मैं भी उन्हें उत्सुकता से देख रहा था और मुझे लग गया कि इस प्रश्न पर मुझे चुप ही रहना चाहिए कि ''इतने दिनों तक क्यों नहीं आये या कि क्यों भूल गये अपने लोगों को?'' क्योंकि सभी यही पूछेंगे और सबके पूछने में औपचारिकता से अधिक कुछ नहीं होगा। इसलिए डाक्टर साहब के सवाल पर मुस्करा कर रह गया और पूछा—''यहाँ कैसे डाक्टर साहब ?''

''अरे इस खोखे को देख रहे हैं न। दिन भर इसी में बैठता हूँ और दवा से लोगों की सेवा करता हूँ।'' और वे हुँ हुँ हुँ हुँ हँसने लगे।

''यह क्यों नहीं कहते डाक्टर साहब कि रिटायर होने के बाद इस खोखे में बैठ कर अपनी सेवा कर रहे हैं।''

मंजुल ने टिप्पणी जड़ी। डाक्टर फिर हँसने लगे और बोले—''भाई यह तो सेवा का आदान-प्रदान है। इसी से जीवन चलता है।''

''हाँ ठीक कह रहे हैं।'' कह कर मैंने मंजुल को चलने का इशारा किया। उसने मोटर साइकिल स्टार्ट की और मैं पीछे बैठ गया तो डाक्टर साहब बोले—''कब तक रहेंगे ?''

''देखिए कब तक रह सकता हूँ।''

''अच्छा तो आऊँगा दर्शन करने।''

मैं मुस्कराया और भर्र से मोटर साइकिल स्टार्ट हो गयी।

अपने गाँव के पास की सड़क के इस नये रूप से गुज़रना बहुत अच्छा लग रहा था। गाँव की बड़की बारी आ गयी। उसे देखते ही जी धक्क से रह गया-यह आमों की बारी तो उजड़ गयी है। कहाँ गया वह कोनहवाँ पेड़, वह मिठौआ, वह अमतहवा, वह लहसुनिया वह . . . । सारे पेड़ों के तो नाम थे और सबके साथ हमारे निजी सम्बन्ध थे। वे पेड़ चाहे अपने रहे हों, चाहे दूसरों के, सबकी छाँह में घूमे हैं, विश्राम किया है, खेले हैं और चुरा-चुरा कर सबके फल खाये हैं, फलों के साथ उनके मालिकों की झिड़कियाँ खायी हैं। कहाँ गये वे पेड़ ? जो बचे हैं वे भी अधटूटे हुए, उदास-उदास निरर्थक से। मार्च का आरम्भ हो गया लेकिन किसी में बौर नहीं दिखाई पड़ रहे हैं। हाँ कटे पेड़ों द्वारा खाली किये गये स्थान पर ईंट का भट्ठा धुआँ उगलता हुआ दिखाई पड़ा।

"यह भट्ठा किसका है मंजुल ?"

"यह इस गाँव के किसी भी व्यक्ति का नहीं है। बिहार का कोई व्यापारी है। वह भट्ठा चला रहा है और इसमें काम करने वाले सारे मजदूर बिहार के हैं।"

"अच्छा तो गाँव का अच्छा-खासा विकास हुआ है।"

"क्या-क्या हुआ है आप आये हैं तो देखिएगा ही?"

वसन्त की ऋतु हर जगह मुझे बहुत प्यारी लगती है। लेकिन गाँव में तो उसकी प्रियता की कोई सीमा नहीं होती क्योंकि गाँवों के बीच के विस्तार में फसलें ठाठें मारती होती हैं। बचपन में इन फसलों का जो साहचर्यजन्य प्रेम और लगाव एक महक के रूप में मेरे मन में समाया, वह समय और स्थान की दूरियों के साथ और भी गाढ़ा होता गया और बार-बार अपनी ओर खींचता रहा। बार-बार इनके बीच धँस कर घंटों इनका हो लेने की तड़प जागती रही लेकिन कहाँ हो पाया ? वैसे दिल्ली के आसपास के गाँवों में कभी-कभी गया और फसलों के पास से गुज़रा भी लेकिन अपने गाँव की फसलों के साथ जो रागात्मक लगाव रहा है वह वहाँ कहाँ ? नदी के पास से ही कछार की आर्द्र भूमि में फसलों का रंगारंग विस्तार और उमंग देखता आ रहा था। इस विस्तार में गतिशील मानव आकृतियों की छवि ही कुछ और थी। खेतों के बीच या सड़क के किनारे सेमल के फूल यहाँ-वहाँ दहक रहे थे। रास्ते में पड़ने वाले बागीचों में उतरायी हुई आम, कटहल और महुए की मिली-जुली नशीली गन्ध घ्राण से होती हुई प्राण में उतर जाती थी। बहुत दिनों बाद यह अनुभव फिर ताज़ा हो रहा था लेकिन एक अवसाद मन को घेर रहा था कि ये सारे बागीचे छोटे होते जा रहे हैं। नये बागीचे लगते हुए कहीं नहीं देखा। बागीचों के कटे हुए या टूटे हुए पेड़ों का स्थान पेड़ नहीं, खेत या भट्ठे ले रहे हैं। और जब अपने गाँव के बागीचे में आया तो यह अवसाद और भी घना हो गया।

लेकिन एक सुख अनुभव कर रहा था कि छोटी-छोटी सड़कें गाँव के आस-पास खेल रही थीं और जब गाँव की ओर बढ़ा तो एक छोटी-सी सड़क हमारे साथ हो

गयी थी। हाँ जो सड़क गाँव के पास से दूसरे गाँव की ओर निकल गयी है वह पहले एकदम कच्ची थी। उसमें धूल ही धूल होती थी और हम बच्चे अक्सर इसमें पाँव गड़ा कर खेलते थे। यह सड़क गाँव के दक्खिन जाकर नाले में डूब जाती थी। मालूम हुआ कि अब यह नाले के ऊपर से जा रही है दूर-दूर तक।

और इस सड़क से फूट कर जो रास्ता गाँव में जाता था वह पहले बहुत ऊँचा-नीचा था। बरसात में तो इससे जाना कठिन था और यह रास्ता भी गाँव से सट कर बहते हुए नाले में जाकर डूब जाता था। बरसात में तो इधर से जाना ही मुश्किल था। जाड़ों में भी काफी दिनों तक उसमें पानी जमा होता था और उसे हलकर गाँव में दाखिल होना पड़ता था। पानी नहीं होने पर भी साइकिल, बैलगाड़ी का सहजभाव से निकल जाना सम्भव नहीं था किन्तु अब तो यह नाला काफी पट गया है और उस पर एक छोटी सड़क बन गयी है। देखा कि मंजुल की मोटर साइकिल बेधड़क भाव से इसकी छाती पर से होती हुई गाँव में पैठ गयी। पहले गाँव में पैठ कर सवारी से उतरना ही पड़ता था क्योंकि लोगों के नाबदान रास्ते में बजबजाया करते थे। देखा कि नाबदानों को नियंत्रित करके ठीक-ठाक रास्ते बना दिये गये हैं और बड़ी सवारी को भी यहाँ से गुज़रने में कोई परेशानी नहीं अनुभव होती होगी।

मोटर साइकिल घर के दरवाज़े पर लगी। बच्चों ने मुझे देखा और एक हलचल-सी मच गयी ''दिल्ली वाले बाबा आ गये, दिल्ली वाले बाबा आ गये।''

दो

इस यात्रा में मन में बड़ी उमंग थी। यही नहीं कि बीस साल बाद गाँव आया हूँ, यह भी कि बीस साल बाद होली के अवसर पर गाँव आया हूँ। होली की महक मन में भरी थी। जब गाँव छोड़ा था तब की होली की गहमागहमी भीतर अँटी पड़ी थी। होली से महीना भर पहले ही रंग का उन्माद शुरू हो जाता था। भाभियों और देवरों की लुकाछिपी शुरू हो जाती थी। लेकिन कोई कितना छिपेगा, आखिर भाभियों के पानी और रंग की चपेट में आ ही जाता था। इसी तरह फागुन में सम्बन्धियों के यहाँ गये हुए मेहमानों की हुलिया ही बदल जाती थी। इस तरह गाँव हो या रास्ते, लोगों के फटे-पुराने गाढ़े के कुरतों पर रंगों की छापामारी देखते बनती थी और लगता था रास्तों पर आदमी नहीं, रंग चल रहे हैं। लोगों के अभावमय कंठों से होली के गीत और कबीर की अरराहट बरसती रहती थी।

जब मैंने नदी पार की तो अपने कछार का यही फागुन मेरे भीतर था। लेकिन क्या हो गया है लोगों को ? इक्का-दुक्का यह दृश्य दिखाई पड़ गया तो पड़ गया, नहीं तो लगता था कि पूस का सन्नाटा छाया हुआ है। लोग चुपचाप खेतों में काम कर रहे थे, अपने दरवाज़ों पर काम कर रहे थे या चाय की दुकानों पर चाय पी रहे थे और राजनीति की बातें कर रहे थे या लेनदेन पर बहस छिड़ी हुई थी।

"क्या हो गया है फागुन को ?"

कुऊ एक बागीचे में से कोयल बोली थी तो मन प्रसन्न हो आया था। यह बोली महानगर में नहीं सुनाई देती। तो कोयल अभी भी बोल रही है। आम, कटहल, महुए जो बचे हुए हैं, उसी तरह फूल रहे हैं, महक रहे हैं। फागुनी हवा उसी तरह उद्दाम भाव से बह रही है और फसलें उसी मस्ती में झूमती हुई बज रही हैं। लेकिन आदमी को क्या हो गया है ?

गाँव तक मैं यही देखता आया था। अपने गाँव में भी कुछ अलग नहीं दिखाई दे रहा था। हाँ, आज होली जलेगी। लेकिन लगता नहीं था कि किसी में कोई उमंग हो।

तिजहर को मंजुल के साथ खेतों की ओर निकला। कितने दिन हो गये अपने खेतों से बतियाये हुए। हाँ बतियाये हुए। मैं खेतों को केवल देखता नहीं था, लगता था खेतों की फसलें मुझसे बात कर रही हैं और मौन भाव से मैं भी उनसे बतियाने लगता था। अब तो शायद अपने खेतों को ठीक से पहचानूँ ही नहीं। खेत मुझे बेतहाशा खींच रहे थे। हम गाँव से निकले तो लोग मिलते गये, दुआ-सलाम होता गया और वही औपचारिक प्रश्न—"अरे भाई, अरे चाचा, अरे बाबा, अरे साहब आप तो अपने गाँव को भुला ही बैठे।" मैं हँस कर आगे बढ़ता रहा। गाँव से निकला तो चकरोड देख कर अच्छा लगा। इधर भी टूटी-फूटी गन्दी पगडंडी अब चौड़ा-सा चकरोड बन गयी है और यह दूर-दूर की सड़कों से हमें जोड़ती है।

गाँव के बाहर निकला तो सम्मति गड़ने की जगह खाली देख कर सन्न रह गया। मंजुल की ओर इशारा किया। उसने हँसकर कहा, "अरे चाचा अब किसे उत्साह है सम्मति गाड़ने और बटोरने का ?" अब तो एकाध दिन पहले कुछ लौंडे रेंड़ काट कर गाड़ देते हैं और थोड़ा-बहुत इधर-उधर से कुछ बटोर कर डाल देते हैं। खाना-पूर्ति हो जाती है।

"लेकिन आज तो खाना-पूर्ति भी दिखाई नहीं पड़ रही है।"

"खाना-पूर्ति हुई थी लेकिन चपरासी के इंजीनियर बेटे ने उसे उखाड़ कर फेंक दिया।"

"क्यों ?"

"कहते हैं यह जगह मेरे खेत के पास है। इसकी लपट से मेरी फसल खराब हो जायेगी।"

''लेकिन परम्परा तो यही रही है कि सम्मति यहीं गड़ती रही है।''

''अब परम्परा कौन मानता है। उतना ही मानता है जितने से उसे निजी लाभ होता है।''

''चलो यह भी अच्छा है।''

''क्या अच्छा है ?''

''यही कि लोगों को इतना साहस तो आया कि परम्परा के नाम पर अब अपनी बर्बादी नहीं सह सकते। पहले तो परम्परा रही है न कि होली में किसी की कोई कितनी भी कीमती चीज़ डाल दो वह निकाल नहीं सकता था और लौंडे उन्माद में आकर किसी की फसल डाल देते थे, किसी की कीमती लकड़ी, किसी का छप्पर छाने के लिए रखा हुआ खर-पतवार। और जो डाल दिया गया सो डाल दिया गया। लोग लौंडों पर चीखते-चिल्लाते हुए भी, गाली-गुप्ता देते हुए भी निकाल नहीं सकते थे। अब तो साहस का यह आलम हो गया है कि सम्मति ही उखाड़ कर फेंक दी जा रही है।''

''यह साहस नहीं है चाचा जी, स्वार्थ है। ये इंजीनियर साहब जो हैं न, परम्परा के मामले में बहुत कायर हैं। पूजापाठ करते हैं, साइत-वोइत देख कर यात्रा करते हैं, जोग-टोट में विश्वास करते हैं, छुआछूत को खूब मानते हैं लेकिन सब अपने स्वार्थ के लिए। इसके पीछे उनका कोई नैतिक विश्वास नहीं है। होली इसलिए उखाड़ कर फेंक दी कि उनका खेत आहत होगा। लेकिन यदि होली कहीं और गड़ी तो जलने के समय उन्हें हाथ जोड़े पायेंगे।''

हम आगे बढ़े। गोइंड़ के खेतों में अरहर की सघन फसल खड़ी थी। अरहर की फसलों का जंगल मुझे बहुत प्रिय लगता रहा है। उसमें एक बार डूबिये तो दूर तक निकल जाइए। उसमें से उठती एक खास तरह की गन्ध आज भी मेरे घ्राण में भरी हुई है। हाँ, इस प्रियता में एक भय भी मिला होता था। इस सघन विस्तार में पता नहीं कौन जानवर निकल आये या कोई शत्रु छिपा बैठा हो। औरतों के लिए तो खतरे ज़्यादा थे। जो भी हो मेरे लिए एक थ्रिल से भरी प्रियता इस फसल के साथ जुड़ी हुई थी। आज इतने दिनों पर इससे गुज़रने का अवसर पाकर मैं रोमांचित हो उठा। बच्चों का-सा एक कौतूहल मन में भर आया और इसमें डूबा तो टीले पर के खेतों में जाकर उबरा।

''चाचा जी अपना खेत पहचान रहे हैं ?''

''हाँ हाँ, यह खेत तो पहचान ही रहा हूँ, यह रहा।''

''हाँ आपने ठीक पहचाना। अभी अपने खेतों की पहचान आपमें है।''

''नहीं, तमाम खेतों के बीच पड़े अपने खेतों को नहीं पहचान पाऊँगा। यह खेत तो इस टीले के किनारे है न और इसके साथ न जाने कितनी स्मृतियाँ जुड़ी हैं।''

और मैं कुछ क्षणों के लिए स्मृतियों में खो गया।

टन टन टन टन...

मैं चौंका। "यह क्या है मंजुल ?"

"बरम बाबा के थान पर घंटा बज रहा है। आप इस थान को भूल गये क्या ?"

"नहीं भाई, इसे मैं कैसे भूल सकता हूँ ? बचपन में मैं बरम बाबा का पक्का पुजारी था। हर सोमवार को दूध चढ़ाया करता था लेकिन तब यह घंटा नहीं था। बस झाड़ियों के बीच में पाकड़ के नीचे बरम बाबा का थान था। आसपास के श्रद्धालु नर-नारी आते थे, जल और दूध से स्नान कराते थे, चुपचाप हाथ जोड़ते थे और चले जाते थे। लेकिन अब ?"

"चलिए देखिए न अब क्या है ?"

गया। देखा, झाड़ियाँ काट डाली गयी हैं। पेड़ काट डाला गया या टूट कर गिर पड़ा, पता नहीं। अब थान के ऊपर एक मन्दिर विराजमान दिखाई पड़ा। उसमें घंटे टाँग दिये गये हैं। टीले के पास से एक सुन्दर सा चकरोड जाता दिखाई पड़ा। मैं देख रहा था—लगातार लोगों को आते-जाते।

"चाचा जी, चाय पियेंगे?"

"चाय ?"

"हाँ वह रही दुकान।"

अब मैंने गौर किया कि टीले पर चाय की तथा कुछ अन्य वस्तुओं की दुकानें खुल गयी हैं। पास का पोखरा पट गया है और उसमें फसल लहरा रही है।

"तुम्हें पता है मंजुल, यहाँ एक पोखरा था।"

"हाँ था तो। अब देखिए धीरे-धीरे पट गया है।"

"तुम्हें पता है इसके तट पर सेमल का एक बड़ा-सा पेड़ था।"

"हाँ था तो लेकिन जब मैंने होश सँभाला तो ठूँठ हो चुका था फिर टूट कर गिर पड़ा।"

"बाबा रे बाबा बड़ा ज़ालिम पेड़ था।"

"हाँ सुना तो मैंने भी था कि उस पर भूतप्रेत रहते थे। क्या यह सही है चाचा जी ?"

"भाई, सही-ग़लत की बात तो मैं नहीं कह सकता लेकिन उसके साथ अनेक कहानियाँ जोड़ दी गयी थीं। सच पूछो तो यह टीला बड़ा भयानक था। यह सच है कि इस पर बरम बाबा का थान है और बरम बाबा भय-मोचन देवता माने जाते थे, इस टीले पर भूतों को नहीं आने देते थे—और संकट में पड़े अपने भक्तों की पुकार सुन कर सोने के खड़ाऊ पर उड़ते हुए पहुँच जाते थे और सोने की छड़ी से भूतों को पीट कर भगा देते थे, फिर भी उनकी बगल में ही पड़ा पोखरा बुड़ुवों का घर माना जाता था और यह सेमल एक बहुत जाबिल नट का घर था। इस टीले के किनारे झाड़ियों से घिरी एक बावड़ी थी, उसमें चुड़ैलें नहाती थीं।"

''सचमुच ऐसा था क्या चाचा जी ?''

''सचमुच नहीं था। हो भी नहीं सकता था। लेकिन यह बात तो बड़ा होने के बाद न मालूम हुई, वह भी एक भौतिक विवेक-दृष्टि पाने के बाद। बचपन में तो भूतों का यह काल्पनिक संसार मेरे और तमाम बच्चों के लिए वास्तविक संसार बन गया था। उनकी स्मृति मात्र से हमारा अस्तित्व पत्ते की तरह काँपने लगता था। बड़े लोग भूतों के साथ घटी काल्पनिक घटनाएँ सुनाया करते थे और इन मनोरंजक घटनाओं को बच्चे सुनते तो बड़े मन से थे लेकिन उनका त्रासद प्रभाव मन पर परत दर परत गहरा होता जाता था। इसलिए अपने ही गाँव में और गाँव के आसपास अकेले निकलने में बहुत भय लगता था। गाँव की इस गली में चुड़ैल है, बँसवारी में चुड़ैल है, गड़ही में बुड़ुवा है, गाँव के बाहर के बागीचे के अमुक पेड़ पर भूत है, सेमल पर जिन्न है, वहाँ गड़न्त है। बाबा रे बाबा भूत ही भूत भरे थे और गाँव के बड़े बूढ़ों की उनसे कभी न कभी, कहीं न कहीं टकराहट हो गयी थी। और यह टीला तो गाँव से काफी दूर है। कभी-कभी निहायत सुनसान होता था लेकिन यहाँ अपना खेत था, आना ही पड़ता था। जब कभी खेत में अकेला होता तो हर आहट पर काँप उठता था। वैसे एक सहारा था कि मैं बरम बाबा का पुजारी हूँ और उनका थान खेत के पास ही है। वे भूतों को मेरे पास तक आने नहीं देंगे। फिर भी आश्वस्त नहीं हो पाता था। इतने बड़े देवता का सहारा काल्पनिक ही लगता था क्योंकि वे अरूप थे। किन्तु साथ में कोई भी आदमी होता था तो डर नहीं लगता था क्योंकि वह छोटा और एक होकर भी ठोस था, मूर्त था। लगता है मनुष्य के साहचर्य से बड़ा ऊष्म और आश्वस्तिकारी साहचर्य कोई नहीं होता। तब यह बात मैं सहज अनुभव से जानता था, बाद में विवेक-दृष्टि से जानने लगा।''

''हाँ, यह तो है चाचा जी।''

''आज वही डरावनी जगह कितनी रौनक में बदल गयी है। उस भय के टापू पर आदमी ने यात्राओं का पड़ाव बना दिया है। दुकानें उगा दी हैं। यात्राएँ थकी-हारी आती हैं दुकानों की छाया में विश्राम करती हैं, कुछ खाती-पीती हैं। यात्राएँ यात्राओं से मिलती-जुलती हैं। मंदिर में घंटे बजते रहते हैं, रेडियो से उठने वाले गीत आसपास के अन्तराल में गूँजते रहते हैं। जो पेड़ अकेले में भूत से खड़े रहते थे उन पर साइकिल के टायर ट्यूब लटके हैं या उनकी छाँह में सुस्ताते हुए राहियों के सपने हँसते रहते हैं।''

''कितना कुछ बदल गया है न।'' मंजुल ने कहा।

''हाँ, सचमुच कितना कुछ बदल गया है।''

हम लोग आगे बढ़े। फसलों के लहराते हुए समुद्र में बहते हुए बहुत अच्छा लग रहा था। मंजुल अपने खेतों से परिचय कराता जा रहा था और मैं एक युग बाद अपने खेतों से मौन संवाद के सुख से रोमांचित हो रहा था। फागुनी साँझ झुकी आ

रही थी। उसके स्पर्श से वातावरण और भी मोहक हो रहा था। धूप की छुवन निरन्तर प्रीतिकर हो रही थी और हवा का अल्हड़ वेग धीरे-धीरे शान्त हो रहा था। उसमें एक महक-सी भर रही थी।

"चाचा जी लौटें ? बाकी फिर। अभी तो आप हैं ही।"

"ठीक है" कह कर हम लौट पड़े।

गाँव में घुसे तो देखा जगदीश भाई बड़बड़ा रहे थे। उनके सामने गाँव के बीस-पच्चीस छोटे-छोटे छोकरे खड़े थे।

"पालागी भइया।"

उन्होंने मेरी ओर देखा—"अरे खुश रहो भाई, कब आये ?"

"आज ही आया हूँ, आप बड़े ग़ुस्से में कुछ बड़बड़ा रहे थे।"

"अरे देखो भइया, अब इस गाँव के नये लोग बहुत लायक बन गये हैं। अब उन्हें अपने तीज-त्यौहारों और परम्पराओं के प्रति कोई आदरभाव रहा ही नहीं। लड़कों ने सम्मति गाड़ी थी इंजीनियरवा ने उखाड़ कर फेंक दिया। कहता है—"मेरे खेत के पास सम्मति नहीं गड़ेगी।" अरे कोई पूछो उस कल के छोकरे से कि कोई नयी बात हो रही है ? सदियों से तो सम्मति वहीं गड़ती आ रही है।"

"कैसी विडम्बना है कि इस गाँव में होली के दिन सम्मति नहीं जलेगी।" मैं दु:ख से बड़बड़ाया।

"अरे भइया जलेगी क्यों नहीं ?" कह कर जगदीश भाई ने छोकरों से कहा—"देखो मेरे बाँस की कोठी है न, उसकी बगल में सम्मति गाड़ो। वह जमीन गाँव पंचायत की है किसी के बाप की नहीं।"

लड़के ख़ुश हो गये और "होली है भाई होली है" चिल्लाते हुए सम्मति गाड़ने के लिए भागे।

"लेकिन जगदीश भाई, सम्मति की लपट से आपके बाँसों के जलने की आशंका है।" मैने कहा।

"अरे बाँस थोड़ा जल ही गया तो क्या हो जायेगा ? बरस-बरस का त्यौहार क्या ऐसे ही जायेगा ? और होली का त्यौहार तो त्यौहारों का राजा है।"

"हाँ यह तो है।"

हम कुछ पल चुप रहे। फिर मैं बोला—"और अभी ये सम्मति गाड़ेंगे। चार घंटे बाद सम्मति जलेगी। इस बीच ये कितना खर-पतवार बटोरेंगे ? अरे दो-तीन घंटे में पचगोइंठा माँगेंगे। थोड़ा इधर-उधर से खर-पतवार की चोरी कर लेंगे। लपट पोरसा भर भी तो नहीं उठेगी।"

"अब हम लोगों के समय की होली की बात मत सोचिये। अब तो छुत-छुड़ाना रह गया है। अब आप आ गये हैं तो अपनी आँखों सब कुछ देख लीजिएगा।"

"अरे जगदीश जी तो बहुत उदार हो गये हैं।" चलते-चलते मैंने मंजुल से कहा।

"अरे भइया, बड़ा पाजी है। इसकी कहानी फिर सुनाऊँगा।"

हम लौटे तो देखा कई लोग मुझसे मिलने आये हुए हैं। उनमें से अधिकांश मेरी या मुझसे पहले की पीढ़ी के लोग हैं। प्रणाम-आशीर्वाद हुआ। पहले फिर वही बात—

"अरे भाई दामोदर, बहुत दिनों पर गाँव आये। गाँव को भूल गये क्या ? अरे अपनी मातृभूमि है हो।"

प्रश्न को नकारते हुए मैंने लोगों से पूछा—"कैसे हैं आप लोग ?"

"अरे हम लोग तो ठीक ही हैं। बाकी ठीक होने लायक कुछ रहा नहीं।"

मैंने देखा—महेश थे।

"क्यों गाँव को क्या हो गया है हो महेश ? और तुम्हें क्या हो गया है ? दिन-रात तो रुपये लूट रहे हो। गरीब से गरीब आदमी की मैली टेंट से रुपये निकाल लेते हो। मकान बनवा लिया, फटफटिया पर चलते हो, जमीन खरीद ली। तुम्हें कौन-सी मुसीबत आ गयी कि गाँव रहने लायक नहीं रहा।" अंगद भाई जहक रहे थे और बैठे लोग हँस रहे थे।

"लोगों को आदत पड़ गयी है गाँव को बदनाम करने की। अरे भाई, हम लोगों के जमाने के गाँव को देखा होता। क्या था तब—गरीबी, भुखमरी, अशिक्षा, बाढ़ के अलावा। अब अपने गाँव के पास ही अंग्रेजी स्कूल, कालेज खुल गया है। तमाम लड़के पढ़-पढ़ कर अफसर हो गये हैं। लोगों ने खेत खरीद लिये हैं, पक्के मकान बनवा लिये हैं, नदी पर बाँध बँध गया है, बाढ़ भी रुक गयी है, तमाम ट्यूबवेल गड़ गये हैं, खेतों में फसल भी अच्छी होती है। हरिजन टोली भी अब वह नहीं रही। वे अब किसी के वश में नहीं रहे। भाग-भाग कर परदेश पकड़ लिया। वहाँ से पैसे भेज रहे हैं। अब आये हो तो चमरौटी में जाकर उनकी औकात देख लेना। और यह महेश दिनरात इन्हीं गाँवों के लोगों से पैसे झाड़ रहा है और गाँव को बदनाम कर रहा है। दामोदर भाई, इससे पूछिए कि इसे शहर में कौन पूछता? अरे इण्टर पास है कि फेल मुझे ठीक पता नहीं। तहसील की कचहरी में मुंशीगीरी करता है और इसके ठाट देखिए।"

महेश आहत हो उठा था। उसने कहा—"अंगद चाचा अब बहुत हो गया, चुप रहिए। इतने बड़े व्यक्ति आये हुए हैं और आप उनके सामने भी अपनी उसी देहाती उजड्डता पर उतर आये हैं।"

"उजड्ड मैं नहीं, तुम हो और तुम्हारे जैसे अधकचरे पढ़े-लिखे लोग हैं। इतने दिनों पर दामोदर भाई गाँव आये हैं तो तुम जैसे शरीफों से मिलने नहीं, हम जैसे अपने गँवार दोस्तों और भाइयों से मिलने। शहर में इन्हें शरीफ लोग बहुत मिलते होंगे। वही मिलते होंगे। उनसे थोड़ा अलग होकर वे गाँव आये हैं। अरे गाँव आये हैं तो उन्हें गाँव को अच्छा लगने दो। यह क्या कि 'क्या रखा है गाँव में ?' कहते रहो और गाँव को प्रेम से खाते रहो।"

"वाह अंगद चाचा वाह वाह, वाह अंगद बाबा वाह वाह।" लोग कह रहे थे।

''अरे ए अंगद चाचा, आपको महेश भाई को इस तरह नहीं कहना चाहिए। अरे उन्होंने तो ऐसे ही कह दिया जैसे तमाम लोग कहा करते हैं। बाकी वे पैसे कमा रहे हैं तो ठीक ही कर रहे हैं। कौन नहीं कमाना चाहता। अरे, उनके पास पैसे रहेंगे तो गाँव वालों के भी काम आयेंगे, कभी आप भी माँगने चले जायेंगे।'' एक नये लड़के ने चिकोटी काटी।

मैंने उस लड़के की ओर देखा। उसे पहचानने का प्रश्न ही नहीं था। वह अपनी वाग्विदग्धता पर मुस्करा रहा था। देखा—अंगद भाई उसकी ओर देख कर मूड़ी हिला रहे थे जैसे कह रहे हों—''अच्छा अब तुम कल के लौंडे मुझे सिखाने आये हो।'' फिर बोले—''देखब हे सुमरे क नाती, तुम्हें इससे पैसा माँगना है तो माँगो लेकिन अभी अंगद को किसी के आगे हाथ पसारने की नौबत नहीं आयी है। मेरे एक लाख रुपये बैंक में जमा हैं। मैं चैलेंज करता हूँ कि है किसी के पास?'' लोग हँस रहे थे। तब तक सुरेश ने टिपासा जड़ दिया। ''आ झूठ बोलना कोई आपसे सीखे अंगद चाचा।''

''झूठ ?'' अंगद गिनगिना उठे। ''मैं झूठ बोलता हूँ। हे बदरी के बेटा, तुम भी तो जिन्दगी भर बाहर ही घूमते रहे कमासुत बन कर। क्या बटोरा अपने पास ?''

''अरे भाई मेरे पास तो कुछ नहीं है लेकिन मैं झूठी डींग तो नहीं न हाँक रहा हूँ।''

''झूठी डींग हाँक रहा हूँ ? दामोदर भाई, मैं घर जा रहा हूँ अभी आता हूँ।'' वे झटके से उठे और चल दिये।

''जिन्दगी भर चोरी-चिकारी की। अब घूम-घूम कर दही-चूरा खाता है, दक्षिणा लेता है। खर्च एक पैसे का नहीं और खाने वाले कितने हैं—वह खुद और बीवी। किसी को एक बूँद चाय भी नहीं पिलाता है और खाने-पीने के लिए दूसरे के दरवाजे पर हिरका रहता है। इस तरह चार पैसा बटोर ही लिया तो कौन-सा तीर मार लिया।'' अंगद की अनुपस्थिति में महेश को यह टिप्पणी जड़ने का मौका मिल गया और सब लोग हँस पड़े।

तब तक अंगद भाई लपके हुए आ गये और मेरे सामने अपना टी.डी.आर. रख दिया। ''दामोदर भाई, देखो यह कितने का टी.डी. आर. है ?'' मैंने देखा पैंतालीस हजार का था।

मैंने कहा—''यह तो खाली पैंतालीस हजार का है।''

''अरे तुम भी पढ़े-लिखे होकर नहीं समझ रहे हो कि यह सात साल में नब्बे हजार हो जायेगा। ''

''अरे जब होगा तब न होगा, अभी तो आपके पास पैंतालीस ही हज़ार हैं न।'' देवी बोला।

''अरे चार साल तो बीत चुके हैं तीन साल और। और होगा तो मेरा ही न, तुम्हारा

तो नहीं होगा।''

''फिर भी दस हजार कम पड़ रहे हैं।''

''ये रहे दस हजार।'' कहते हुए अंगद भाई ने रुपयों पैसों की एक बड़ी थैली मेरे सामने पटक दी और जेब में से सौ दस पाँच दो एक के तमाम नोट निकाल कर सामने रख दिये। और बोले—''गिनो।''

मैं तो संकट में पड़ गया। अब इन्हें गिनने कौन बैठे। मैंने अपनी जान छुड़ाई —''अरे अंगद भाई, आप कह रहे हैं तो ठीक ही कह रहे हैं। गिनना-विनना क्या?''

''अंगद चाचा ने ये सारे पैसे दक्षिणा में बटोरे हैं। वाह रे चचवा इस गाँव का नाम तू ही तो रोशन किये हुए है। इस जवार में कोई गाँव, कोई घर, कोई जाति ऐसी नहीं छूटी है जहाँ चचवा धावा न बोलता हो और दक्षिणा न बटोरता हो।'' सुरेश ने चिकोटी काटी।

''हाँ हाँ जैसे तुम नहीं खाते हो। कोई पूछे तो बड़का लोटा फट्ट से उठ जाता है लेकिन कोई पूछता ही नहीं तो पतिहा बने हुए हो। अरे मैं करकरा ब्राह्मण हूँ मेरे बिना दुनिया का काम नहीं चलता तो इसमें मेरा क्या दोष है ?''

''लेकिन ए अंगद चाचा, इतने रुपये आप दिखाते घूम रहे हैं किसी की नीयत खराब हो जाय तो ?'' किसी लड़के ने छेड़ा।

''अरे किसकी हिम्मत है शेर की माँद में हाथ डालने की।'' अंगद भाई बोले।

''हाँ भाई, अंगद चचवा तो न जाने कहाँ-कहाँ तक हाथ मारता रहता है इसके माल पर हाथ मारने की हिम्मत किसमें है ?'' वंशी बोला। बड़े ज़ोर की हँसी पड़ी लेकिन अंगद भाई का चेहरा तमतमा आया और मुझे लगा कि अब कुछ अप्रिय हो सकता है। बोला—

''अंगद भाई, होली कब जलेगी ?''

''अरे जब चाहे जल जाये। इसमें अब क्या रखा है। बस छुत छुड़ानी है।''

''होली जलने के बाद रात भर चौताल गायन भी तो होगा।''

''अरे कब की बात कर रहे हो दामोदर भाई। एक जमाना हो गया वह दुनिया उजड़े हुए। अब आये हो तो सब खुद ही देख लो।''

''आपको याद है अंगद भाई, सामने मुखिया के ओसारे में रात भर मरदों और औरतों की चौताल-स्पर्धा होती थी और आप और सुरेश हाथ में करताल लिए एक-दूसरे से स्पर्धा करते हुए नाचते थे। ओसारे से कूद कर नीचे के विस्तार में आ जाते थे फिर नाचते-नाचते ओसारे में चले जाते थे।''

''आपको सब याद है दामोदर चाचा। अरे वे दिन अब कहाँ रहे ? अब आज के लड़कों को गाना होगा तो सिनेमा के गीत गायेंगे, नाचना होगा तो विदेशी कमर-मटकाऊ नाच नाचेंगे। सचमुच अंगद चाचा के साथ नाचने में और होली खेलने में जो मजा आता था, अब दुर्लभ हो गया है। जिस दिन अंगद चाचा नहीं रहेंगे उस

दिन गाँव समझेगा कि ये क्या थे ?'' सुरेश बोला। लगा वातावरण में एक भारीपन आ गया है। एक नमी आ गयी है।

''अच्छा भइया दामोदर, आप आराम करो अब हम चलते हैं। कल फिर मिलेंगे। जब तक आप हैं आता ही रहूँगा।''

वे उठे तो सभी लोग उठ गये और उन्होंने सुरेश के कन्धे पर हाथ रखते हुए कहा—''चलो भाई।''

थोड़ी देर बाद ओसारे में भक्क से बिजली की रोशनी हुई तो मैं खुशी से अचकचा गया। वाह क्या बात है ? चारों ओर नज़र घुमाई—सभी घरों में बिजली के लट्टू जगमगा रहे थे। कितनी रौनक लग रही थी। फागुन की चाँदनी रात में घर से लेकर बाहर के रास्तों तक जगमगाते हुए बल्ब . . . एक नया अनुभव था। . . . लेकिन इस समय तो एक दूसरी जगमगाहट हुआ करती थी। सारे गृहकार्यों से मुक्त होकर गाते-बजाते हुए, सम्मति बटोरते हुए लोगों की जगमगाहट। एक खास गन्ध भरी होती थी इस शाम में। वह कहाँ है ?

एक अजब सन्नाटा पसरा था चारों ओर । बीच-बीच में कुछ छोटे बच्चों का सामूहिक स्वर सुनाई पड़ जाता था जो अन्तिम घड़ी में सम्मति बटोरने की रस्म अदा कर रहे थे।

''यह सन्नाटा कैसा है मंजुल इस शाम को। लोग कहाँ हैं ?''

''लोग या तो अपने-अपने दरवाजों पर बैठे स्वार्थ और राजनीति का जाल बुन रहे होंगे या किसी काम से कहीं गये होंगे, यानी कुछ न कुछ कर रहे होंगे।'' मंजुल ने कहा।

''यानी शहर से लेकर गाँव तक अब संस्कृतियों का उत्सव ठंडा पड़ गया है। अपने स्वार्थोत्सव और राजनीतिक जोड़-तोड़ में व्यस्त लोगों को अब फ़ुरसत नहीं कि वे सांस्कृतिक उत्सवों में एक साथ मिलकर अपनी ठेठ आदमियत का साक्षात्कार कर सकें। अपने बँटते हुए सुख-दुःख को कुछ समय के लिए एक साथ जोड़ सकें। न जाने कैसा लग रहा है, मंजुल।''

''लेकिन चाचा जी मैंने तो जब से होश सँभाला लोगों को इसी दिशा में जाते देखा, इसलिए मुझे कुछ अजीब नहीं लगता।''

''सुखी हो भाई कि तुम्हारे पास सालने वाला कोई अतीत नहीं है लेकिन।''

''लेकिन क्या चाचा जी ?''

''लेकिन यह कि चीज़ों के टूटने की यही रफ्तार रही तो कुछ समय बाद तुम्हें आज का समय अतीत बन कर सालने लगेगा।''

खाना खाकर बैठे ही थे कि सामने सभापति के बरामदे में टी.वी. चालू हो गया और होली के नृत्य-गीत आने लगे।

''अच्छा इसे तो मैं भूल ही गया था। यह भी इस गाँव में आ गया है।''

"हाँ चाचा जी, जब से बिजली आयी है काफी संख्या में यह भी आ गया है।"

लोग धीरे-धीरे सभापति के बरामदे के सामने एकत्र होने लगे और होली का नृत्य-गीत देखने लगे।

"लगता है लोग त्यौहारों को अब खुद गाने-बजाने के स्थान पर टी.वी. का गाना-बजाना देखने लगे हैं।"

तब तक कुछ नये लड़के टी.वी. पर चलते गीत को दुहराते हुए थिरकने लगे।

"नहीं चाचाजी, वे गाते-बजाते भी हैं, देख लीजिए।"

टी.वी. पर अंग्रेज़ी समाचार आने लगा तो सभापति ने कहा—"चलो भाई होली भी जला ली जाय।"

और वहीं से उठ कर लोग होली-दहन के स्थान की ओर चल पड़े। मुझे याद आया कि होली जलने से पूर्व पहपट होता था। यानी लोगों की एक मंडली पहपट गाती हुई गाँव की गलियों से गुजरती थी, साथ में गोंड़इत नगाड़ा बजाता रहता था। लोगों को मालूम हो जाता था कि अब होली जलने जा रही है और लोग अपने-अपने घरों से निकल कर पहपट मंडली में शामिल होते रहते थे। होलिका-दहन-स्थल तक आते-आते पूरे गाँव की भीड़ दिखाई पड़ने लगती थी। फिर ऊँची-ऊँची लपटें उठती थीं। लोग प्रणाम-आशीर्वाद का विनिमय करते थे, गले मिलते थे।

फिर सारी भीड़ सभापति के दरवाज़े पर आ जाती थी और स्त्री-पुरुषों में चौताल-गान की स्पर्धा शुरू होती थी और रात भर चलती थी।

सभापति के दरवाज़े से छोटी-मोटी भीड़ होली-दहन स्थान की ओर चली तो मैं भी शामिल हो गया। कुछ और दिशाओं से लोग आ गये। कब होली जली, कब बुझी और कब लोग वहाँ से सरक कर अपने-अपने घरों को चले गये, पता ही नहीं चला।

मैं लौटा तो सभापति से बोला—"का हो ब्रजेश, चौताल-वौताल नहीं होगा क्या?"

"कोई गाने वाला नहीं रहा भइया। नये लोग चौताल सीखते नहीं और जो गाते थे उनमें से बहुत थोड़े लोग रह गये हैं। और अधेड़ या बूढ़े कंठ से कोई कितना गायेगा। पहले तो दो-तीन घंटा लोग बैठ कर गा भी लेते थे लेकिन धीरे-धीरे वह भी खत्म हो गया।"

"मैं तो होली का कितना हुलास लेकर आया था। लेकिन . . .।"

"आप आये हैं तो कुछ लोगों को बुलवाता हूँ। शायद आप ही के बहाने कुछ नयी शुरुआत हो जाय।"

मैं चुप रहा और सोचता रहा क्या अब नयी शुरुआत होगी। जो गया सो गया अब जो आ गया है वही चलेगा।

तब तक ब्रजेश ने अपने लड़के को कुछ लोगों के यहाँ भेज दिया था। मैं अपने दरवाज़े पर लेटा था कि सभापति के दरवाज़े पर ढोलक और झाल की आवाज़ सुनाई पड़ी और वहीं से ब्रजेश ने आवाज़ लगायी—"भइया आ जाइए।"

मैं पहुँच गया। तब तक गोंड़इत भी नगाड़ा लिए पहुँच गया और तीन घंटे तक चौताल-गायन चलता रहा। मैं भी शामिल हो गया था। लेकिन देखा इस भीड़ में नये लोग नहीं थे, मेरे समय के या थोड़ा उसके बाद के लोग शामिल थे।

मेरे साथ-साथ लोगों को भी खुशी महसूस हो रही थी। गायन समाप्त होने के बाद एक ने कहा—"भाई साहब, अब आप हर साल आया कीजिए, शायद आपके आने से ही कुछ पुरानी गहमागहमी आ जाये। कितना अच्छा लगा कि हम लोगों ने मिल कर आज गाया। कई साल बाद यह प्रथा थोड़ी जी उठी है। आपको आश्चर्य होगा सुनकर कि पूरे फागुन में यह पहला गाना हुआ है।"

"नहीं, विश्वास नहीं होता।"

"हाँ भइया, सही है।" ब्रजेश ने कहा।

मैं याद कर रहा था—यही दरवाजा है, होलिका-दहन की रात को अन्दर से लेकर बाहर तक भरा होता था। लोग गाते थे, बाहर नाचते थे और गाँव के चारों ओर दूर-दूर तक लड़के फैले होते थे सम्मति बटोरने के लिए। लोग सो नहीं पाते थे। चाहते थे इस मस्त, उद्दाम दो दिवसीय समारोह के क्षण-क्षण का रस बटोर लें। 'हाय रे, यह रंगीला फागुन बीत रहा है और फिर साल भर बाद आयेगा और कौन जाने अगले फागुन से भेंट हो न हो। जितना हो सके इसे अपने में भर लो, साल भर जीने की शक्ति देगा।'

दो घंटे बाद गाना बन्द हो गया और मैं अपने ओसारे में आ कर लेट गया। एक चुप्पी चारों ओर पसरी हुई थी। फागुन की पूनम की ऐसी खामोशी तो मैंने शहर में भी नहीं देखी थी। वहाँ फागुन की नहीं तो और तरह की यांत्रिक हलचलें तो रात भर चलती ही रहती हैं।

सभी लोग सो गये थे। मैं जाग रहा था। चारों ओर सन्नाटा था—मेरे मन के भीतर भी।

आधीरात के इस सन्नाटे में से एक स्वर उभरा—'कुऊ कुऊ कुऊ।' मैं भीग गया और मन ही मन दुहराने लगा—'कुऊ कुऊ कुऊ।'

तीन

सुबह हुई। उसे होना ही था। लेकिन वह सुबह कहाँ हुई जिसमें पूरे दिन की रंगमय चहल-पहल की आहट हो। लोग रोज की तरह नित्यकर्म के क्रम में आते-जाते से

लगे। मैं भी गाँव से बाहर निकला तो एक हलचल दिखाई पड़ी। गाँव के छोटे-छोटे लड़के पड़ोसी गाँव के लड़कों के साथ पत्थरबाजी कर रहे थे। मैं मुसकराया—चलो अभी यह परम्परा जीवित है। यह बात अलग है कि जिसे जीवित होना चाहिए था वह जीवित नहीं है और जिसे नहीं होना चाहिए था वह जीवित है। मैं अपने बचपन से ही इस परम्परा के विरुद्ध रहा हूँ। होली के रंगमय दिन यह बेहूदा जंगली परम्परा कैसे शुरू हुई, क्यों शुरू हुई उसे पता नहीं। किसी को पता नहीं। बस बच्चे इसे ढोते आ रहे हैं। पड़ोसी गाँव सहोड़वा मुख्यतः यादवों का गाँव है। दोनों गाँवों के बीच के सीवान पर उस बरम बाबा का थान पड़ता है जिनकी चर्चा मैं पहले कर चुका हूँ। दोनों गाँव के बच्चों में होड़ मचती है कि पहले कौन उनके ऊपर होलिका की धूल चढ़ाता है। बस दोनों गाँव के लड़के एक-दूसरे को गाली बकते हुए अपने-अपने गाँवों से निकलते हैं और बरम बाबा के थान से ही एक दूसरे पर ढेले फेंकना शुरू करते हैं। गालियों और ढेलों की बौछार करते हुए वे गाँव के पास के बागीचे तक चले आते हैं और वहाँ जम कर ढेलाबाजी होती है। कभी वे खदेड़ लेते हैं कभी वे। काफी देर बाद धीरे-धीरे वापस लौट जाते हैं और फिर झोली में धूल भरे हुए वे गाँव में घूमते हैं और सबके ऊपर फेंकते हैं। जो चिढ़ने वाले लोग होते हैं धूल से उनकी आवभगत ज़रा ज़्यादा होती है और फिर जब वह व्यक्ति गाली देता हुआ मारने को दौड़ता है तो समा बँध जाता है। यानी होली की हलचल की शुरुआत इसी तरह होती है।

दातुन-कुल्ला करके बैठा ही था कि अंगद भाई आ गये। धीरे-धीरे और लोग आ गये। जियावन बाबा भी आ गये। "अरे अभी जीवित हैं जियावन बाबा।"

"का हो दामोदर भाई, पहचान रहे हो न जियावन बाबा को।"

"अरे वाह, इन्हें नहीं पहचानूँगा ? कितना अच्छा लग रहा है इन्हें देखना। कितने साल के हुए बाबा ?"

"आ-ए दामोदर बबुआ, मैं नब्बे साल का हो रहा हूँ।"

"वाह वा, क्या बात है। नजर न लगे आपको। अभी भी स्वास्थ्य कितना अच्छा है।"

"अरे दामोदर बबुआ, आँखें तरस गयीं तुम्हें देखने को। तुम्हारी कविताएँ तब सुनता था, केतना अच्छा लगता था। पूछता रहता था कि दामोदर बबुआ आने वाले हैं क्या ?"

मैंने इस बूढ़े आदमी को देखा, उसका पूरा अस्तित्व प्यार से तरल हो आया था और मुझे पहली बार लगा कि इस गाँव में कोई सचमुच मेरे न आने की पीड़ा झेलता रहा है। जियावन बाबा इस जवार के नामी पहलवान रहे हैं और सिंगापुर, बनारस आदि कई जगहों पर काम कर चुके थे। वे तब बहुत रस के साथ वहाँ के अपने रोचक संस्मरण सुनाया करते थे। उनकी देहाती शैली ऐसी थी कि हम सुनते-सुनते

हँसी से लोटपोट हो जाते थे।

आज भी शुरू हो गये क्योंकि वे जानते थे कि उनके संस्मरण मुझे बहुत अच्छे लगते हैं।

"बुरा न मानो होली है।" लड़कों का स्वर सुनाई पड़ा। देखा जियावन बाबा थोड़ा चौंके। लेकिन यह देखकर आश्वस्त हो गये कि आसपास कोई नहीं है।

अंगद भाई कल की ही तरह जहक रहे थे और कल की ही तरह सात-आठ आदमी उन्हें उकसा रहे थे। जियावन बाबा भी अपने अतीत के साथ खेल रहे थे।

तब तक एक लड़के ने पीछे से आकर जियावन बाबा के ऊपर अंजुरी भर धूल डाल दी और भाग चला।

"कौन है रे सार खड़ा तो रह।" कह कर जियावन बाबा खड़े हो गये। धूल उनके पूरे शरीर पर फैल गयी थी। वे उसे झाड़ते हुए और गाली बकते हुए घर की ओर चल पड़े। हम लोग हँसी से लोट-पोट हो रहे थे और उन्हें रोक रहे थे।

"का हो अंगद भाई, लड़कों ने अपना कार्यक्रम शुरू कर दिया, बड़े लोग कब करेंगे ?"

"कबीर ? आरे ऊ त कब की खतम हो गयी। गाँव के कुछ साधु संतों ने उसे बन्द करवा दिया।"

"साधु सन्त ?"

"अरे हाँ हो साधु सन्त। एक सन्त तो तुम्हारे पड़ोस में ही है उनसे भेंट नहीं हुई क्या ?"

"कौन मथुरा भइया ?"

"हाँ हो वही।"

"नहीं अभी इनसे भेंट नहीं हुई। दिखाई नहीं पड़े।"

"दिखाई कहाँ से पड़ेंगे ? गाँव के बाहर झोंपड़ी बना ली है। उसी में दिनरात बैठे रहते हैं और पूजा-पाठ किया करते हैं।"

"वे तो बहुत जीवन्त आदमी थे उन्हें यह सब क्या हो गया ?"

"उनके नालायक लड़कों ने उन्हें इस हाल में पहुँचा दिया है।"

"अच्छा उनसे मिलूँगा। हाँ, आप कबीर की बात कह रहे थे।"

"हाँ तो इन्होंने ही कबीर का विरोध किया। कहा—"हमारे घर कबीर नहीं होगा।" गाँव के लोगों ने इनका बाईकाट कर दिया लेकिन ये अपनी जिद पर अड़े रहे। धीरे-धीरे और लोगों को भी लगने लगा कि यह प्रथा फूहड़ है इसे बन्द करना चाहिए और बन्द हो गयी।"

"फूहड़ तो बहुत थी। घर की बहू-बेटियों को मौखिक रूप से नंगा कर देना, उन पर अपने मन की सारी गन्दगी बरसाना और उनसे ज़बानी संभोग करना कितना फूहड़ लगता था। शर्म से आँखें झुक जाती थीं। अच्छा किया मथुरा भइया ने इसे

बन्द करवा दिया।''

''और तो क्या होली मनहूस ढंग से बैठकर राम नाम जपने का दिन है ? देखा नहीं कि तब सारी रात और सारा दिन कितनी चहल-पहल होती थी। अब सवेरे से दोपहर तक कोई प्रोग्राम ही नहीं ?''

''अरे भाई, एक प्रथा टूटती है तो दूसरी प्रथा को उसका स्थान लेना चाहिए। यहाँ तो एक प्रथा जगह खाली कर गयी और वह जगह सूनी की सूनी पड़ी है। कोई नया प्रोग्राम भी तो सोचा जा सकता था।''

''क्या हो सकता था ?''

''दिक्क़त यह है अंगद भाई। हमारे बाप-दादों ने हमें कुछ उपयोगी चीजें थमाईं तो क्या हमारे भीतर वह शक्ति नहीं है कि उनके टूटने के बाद कोई नयी चीज़ बना सकें। क्या हम इतने गये-बीते लोग हैं ?''

''बना क्यों नहीं सकते, लेकिन अब लोगों को अपने कामकाज और राजनीति से फ़ुरसत हो तब न।''

''हाँ, ख़ास बात यही है।''

''लेकिन आप बताइए कबीर की जगह पर क्या हो सकता था ?''

''हो यह सकता था कि सारा गाँव एक जगह इकट्ठा होता, रंग खेलता, गाता-बजाता। नहीं कुछ होता तो लोग झुंड बाँध कर गाते-बजाते गाँव का चक्कर ही काट आते।''

''हाँ यह तो ठीक कह रहे हो भइया।''

''तो जमा कीजिए कुछ लोगों को। सात-आठ आदमी तो हम लोग यही हैं।''

हम लोग खड़े हो गये। दो-चार झाल आ गयी। ढोलक आ गयी। और हम लोग चल पड़े गाँव की परिक्रमा करने।

थोड़ी ही देर में बाकी लोग हमारे काफिले में शामिल हो गये। मुझे लगा कि सबके भीतर यह खालीपन था लेकिन उसे भरा कैसे जाय, कोई सोच नहीं पा रहा था। इसमें सोचने की कोई खास बात नहीं थी, बात थी शुरू करने की।

हर दरवाज़े पर हम लोग दो मिनट खड़े होते थे और चौताल की कोई कड़ी छेड़ते थे या 'सदा अनंद रहे एहि द्वारे जिये से खेले फाग हो' गाते हुए आगे बढ़ जाते थे। अवसर का लाभ उठा कर कुछ लोग कबीर भी गा पड़ते थे लेकिन किसी के आँगन में जाकर नहीं, बाहर ही बाहर। हम उन्हें रोकते भी थे परन्तु इससे अधिक और क्या कर सकते थे।

रास्ते में किन्हीं-किन्हीं घरों से पानी की बौछार भी होती थी। लोग आपस में भी सानी-कीचड़ की फेंकाफांकी कर रहे थे। पटका-पटकी भी हो रही थी। ढाई-तीन घंटे की परिक्रमा के पश्चात् जब हम लौटे तो लगा कि हाँ समय हम से और हम समय से भर गये हैं। सबको एक तृप्ति का अनुभव हो रहा था।

दोपहर के बाद तीन-चार बजे के आसपास एक कार्यक्रम शुरू होता था—लोग एकत्र होकर दरवाज़े-दरवाज़े चौताल गाते थे। शुरुआत होती थी ब्रजेश के दरवाज़े से। मैंने देखा चार बज गये। कहीं किसी का नामोनिशान नहीं। इक्का-दुक्का लोग इधर-उधर टहल रहे थे। अंगद भाई भी मेरे पास आ गये थे। कुछ और लोग भी आ गये।

मैंने सभापति से पूछा—"का हो ब्रजेश, कार्यक्रम शुरू नहीं होगा क्या ?"

"होना तो चाहिए लेकिन अभी तक लोग आये ही नहीं।"

"चार तो बज गये। अब कब शुरू करेंगे ?"

"बताया था न कि अब गाने वाले ही नहीं रहे।"

"तो भी।"

बड़ी मुश्किल से पाँच बजे के आसपास कुछ लोग एकत्र हुए और सभापति के यहाँ गायन शुरू हुआ।

दो-चार घरों तक तो सिलसिला चला लेकिन धीरे-धीरे गाने वाले इधर-उधर सरक गये।

"क्या बात है ब्रजेश ?"

"रात से ये ही लोग गा रहे हैं, अब नहीं चल रहा है तो सरक गये।" नये लोग गायेंगे नहीं तो बूढ़े कण्ठ कितना सँभालेंगे ?

"अब क्या हो ?"

"अब लोग अपने-अपने घर जायेंगे और क्या होगा ?"

"नहीं, सवेरे की तरह फिर परिक्रमा होगी। लोग गाते-बजाते परिक्रमा करेंगे। अब तो हर दरवाज़े पर गा-गा कर गाँव पूरा नहीं कर सकते। समय ही कितना है। इसलिए चलते-चलते पूरे गाँव की परिक्रमा कर लेना ही एक मात्र रास्ता है।"

फिर शुरू हुई परिक्रमा। लोग अपने-अपने दरवाज़े पर अबीर गुलाल की वर्षा करते थे, गरी-छुहारा बाँटते थे। भीड़ आगे बढ़ जाती थी।

अच्छा लग रहा था। गाँव के बीच में पहुँचे तो एक आदमी ने कहा—"चाचा जी, यहाँ जरा बच कर।"

"क्यों भाई यहाँ क्या ख़तरा है ?"

"बुद्धिराम यादव की पतोहू मंगली बड़ी जबरजंग है। वह सबको रँग देगी।"

"हम सरक लेंगे।"

"नहीं वह जिसको रँगना चाहेगी रँग कर रहेगी।"

तब तक देखा एक औरत बाल्टी और लोटा उठाये हुए आँधी-पानी की तरह दौड़ी चली आ रही है।

"यही मंगली है चाचा जी।"

लोग इधर-उधर भागने लगे। कुछ उसकी चपेट में आये, कुछ भाग लिये। मैं भी

भाग कर दूर निकल गया। मंगली बारी-बारी से अपने शिकार पकड़ रही थी। उसकी दृष्टि में जो लोग नहीं होते थे, उनको पाकर भी नहीं रँगती थी। लेकिन मैं तो निश्चित ही उसकी निगाह में था या डाल दिया गया था। मैं दूर से उसे देख रहा था और वह भी मुझ पर (यानी मुझ पर भी) घात लगाये थी। मैं सोच रहा था कि कारवाँ दूसरी दिशा की ओर बढ़ेगा तो मैं शामिल हो जाऊँगा, गाँव भर में घूम-घूम कर तो वह रंग डालेगी नहीं।

बहुत से लोग स्वेच्छा से या अपनी नियति जानकर उसकी पकड़ में आ गये थे। अंगद भाई मेरे पास आये और बहका कर अपने दरवाज़े पर ले गये। बोले—"नहीं नहीं, वहाँ कोई नहीं आयेगा।"

वैसे वह आये तो भी अंगद भाई के दरवाज़े पर तो जाना ही था। मैं गया तो दुहरे पाट में पिस गया। भीतर से अंगद भाई की पत्नी ने रंग की छापामारी शुरू की और बाहर से मंगली आ गयी आँधी-पानी की तरह। भीग कर लथपथ हो गया। लोगों को खूब आनन्द आ रहा था मेरी प्रिय दुर्दशा पर।

मंगली सबको भिगो चुकी थी इसलिए कारवाँ आगे बढ़ा। लेकिन भीग जाने के कारण मुझे ठंड लगने लगी थी। मैंने लोगों से कहा कि आप लोग आगे बढ़िये मैं ज़रा कपड़े बदल कर आता हूँ।

आगे बढ़ा तो देखा ब्रजेश खड़े थे और मंगली उन पर घात लगाये थी। मंगली उनकी चेलिन थी लेकिन आज रंग-सम्बन्ध के अलावा और कोई सम्बन्ध कैसा ? मंगली नेवली की तरह मकानों की दीवारों की आड़ में खड़ी हो-हो कर ब्रजेश को पकड़ना चाहती थी। ब्रजेश भी एक खिलाड़ी। वे भी मेरे साथ ही लौट आये। घर आकर हमने अलाव जलाया और कपड़े सुखाने लगे।

"ब्रजेश सावधान रहना। वह कभी भी आ सकती है।"

"नहीं अब यहाँ नहीं आयेगी। इतनी दूर और घर तक चढ़ाई नहीं करेगी।"

हम बातों में खोये थे कि न जाने कहाँ से कैसे मंगली एकाएक प्रकट हो गयी और उसके रंग का लोटा ब्रजेश के ऊपर ढरक गया। और विनोद का जो फव्वारा छूटा उसका क्या कहना ?

मैंने उसे पास बुलाया। उसके सिर पर आशीष का हाथ रख कर कहा—"जीती रहो बेटे, तुम तो जीती जागती वसंत हो। तुमने अकेले निर्जीव होते माहौल में जो रंग का भूचाल ला दिया और मुझे बीस साल बाद उस पहली होली का जो अनुभव करा दिया उसके लिए मेरी आत्मा तुम्हें असीस रही है। अब अपने गुरु जी का आशीष लो।"

उसने झुक कर ब्रजेश के पाँव छुए और आशीष लेकर हँसती-विहँसती लौट गयी।

कपड़े कुछ सूख जाने के बाद मैं फिर काफिले की ओर चला क्योंकि एक भाई ने अपने यहाँ चाय के लिए आमंत्रित किया था। वैसे मुझे लग रहा था कि सबके

यहाँ मुझे जाना ही चाहिए।

लौट कर देखा कि लोग नाई, गड़ेरी के मुहल्ले से गुजर रहे हैं और रंग-संवाद जोरों पर है। उधर से रंग और इधर से उमंग-रंग। रात हो आयी थी लेकिन चाँदनी के साथ-साथ बिजली के होने के कारण रात का अहसास गहरा नहीं रहा था।

मैं एक दरवाज़े पर बैठ कर चाय पीता रहा और हल्ला-गुल्ला सुनता रहा। उससे अपनापन महसूस करता रहा।

हम लौटने लगे तो मंजुल से कहा—''इतनी रात हो गयी है लेकिन इसका अहसास नहीं हो रहा है। एक तो बिजली आ गयी है, दूसरे गलियाँ भी ठीक-ठाक हो गयी हैं। इनमें खड़ंजा बिछ गया है। लगता है जवाहर रोजगार योजना ने काफी काम किया है।''

''हाँ चाचा जी कुछ किया तो है लेकिन जितना शोर है उतना काम नहीं हो रहा है।''

''ऐसा ?''

''हाँ।''

घर लौटा तो लगा कि जाते हुए फागुन को अन्तिम क्षण में पकड़ कर खूब जी लिया। भीतर से भर आया।

चार

होली बीत गयी। इस गाँव के समानान्तर एक और होली जलती रही—बागीचे में भट्ठे में काम करने वाले बिहारी मज़दूरों की होली। जब हमारे गाँव की होली जली थी तो उनकी भी छोटी सी होली जलती दिखाई पड़ी थी। और जब दूसरे दिन हम लोग ठेल-ठाल कर होली खेल रहे थे, मरे मन से गा-बजा रहे थे तब वे उद्दाम होली खेल रहे थे, नाच रहे थे, गा रहे थे, कीचड़ फेंक रहे थे और अपने घरों और आत्मीय जनों से दूर होने का दर्द भीतर समोये इस होली में अपने को एक कर रहे थे। किसी ने आकर बताया था कि बिहरिया सब खूब होली खेल रहे हैं। मुझे लगा कि कैसी विडंबना है कि वे न हमारे गाँव में आ सकते थे, न गाँव उनमें जा सकता था। फागुन में भी यह दूरी, यह अजनबीपन बना रहे, कैसा विचित्र लगता है न। और यह भी कि वे कितने दिनों से यहाँ काम कर रहे हैं लेकिन गाँव के साथ उनका या उनके साथ गाँव का कोई सम्बन्ध नहीं बना।

लेकिन इसमें कुछ भी अजीब नहीं है। ये ही मजदूर अगर गाँव के खेतों में कटिया करने आये होते या बनते हुए मकान के मिस्त्री और मजदूर बन कर आये होते तो लोगों में हिलमिल गये होते। लेकिन उनका सम्बन्ध तो केवल भट्ठे से है, भट्ठे के मालिक से है। भट्ठे में तैयार ईंटें मकानों को जाती हैं लेकिन इन्हें बनाने वाले लोगों का इन मकानों से कोई सम्पर्क नहीं हो पाता। व्यावसायिक सभ्यता का यह एक छोटा-सा रूप है जो गाँव में प्रवेश कर गया है।

लोगों पर होली की कोई खुमारी नहीं थी। लोग सुबह उठते ही अपने-अपने काम पर लग गये जैसे होली का दिन और दिनों की तरह एक दिन था, आया और चला गया।

मंजुल से मैंने कहा—"तुम्हारे पास समय हो तो मेरे साथ रहो नहीं तो लौट जाओ और काम-धाम देखो। मैं तो ठहरा खाली आदमी। खाली-खाली घूमूँगा, फिरूँगा तुम मेरे साथ कब तक रहोगे।"

"चाचा जी आपके साथ दो-तीन दिन तो रह ही सकता हूँ। वहाँ तब तक लोग सँभाल लेंगे। आपका साथ छोड़ने का मन नहीं करता।"

"ठीक है जब तक चाहो रहो। मैं भी कहाँ साल भर के लिए आया हूँ। सात-आठ दिन में चला जाऊँगा।"

मंजुल के साथ मैं नाले के खेतों की ओर निकल गया। यह नाला गाँव के दक्षिण की ओर बहता है। गाँव से निकलते ही हम फसलों के ज्वार के बीच आ गये। दूर-दूर तक फसलें ही फसलें। नाले के कारण स्तर सम नहीं था अतः घाटी का सा सौन्दर्य उमड़ा हुआ था। आगे बढ़े तो थोड़ी दूर पर नाला मिला। अब नाला क्या था, बस उसकी निशानी थी। काफी सपाट हो गया था।

"अब तो यह नाला काफी पट गया मंजुल। पहले तो काफी गहरा था।"

"हाँ जब बाढ़ आती थी, इसी रास्ते आती थी और इसे खोद मारती थी। अब तो नदी के किनारे बाँध बँध गया है न। बाढ़ नहीं आती है। आती भी है तो बहुत कम।"

"बाप रे, कितना भयानक नाला था यह। हम लोग इसका बाँध बाँधते थे और रात को सामने वाले गाँव के लोग इसे काट जाते थे या स्वयं टूट जाता था। तब पानी हाहाकार करता हुआ दौड़ता था और देखते-देखते सारी फसलों को निगल लेता था।"

"हाँ शुरू में तो मैंने भी देखा था।"

"और इतना ही नहीं, यह क्षेत्र सुनसान होने के कारण कितना भयावना था। तुम्हें पता है यहाँ एक पाकड़ होती थी। हम बच्चों को बताया गया था कि इस नाले में बहुत से बुड़ुवे हैं और इस पाकड़ पर चुड़ैलें रहती हैं। और वहाँ एक पीपल का पेड़ था—घंटवहा पीपल। लोगों के मरने के बाद उसमें घंट बाँधे जाते थे और विश्वास था कि उस पर जिन्न रहता था और अनेक मृतक आत्माएँ वहाँ लटकती रहती थीं।

बाबा रे बाबा, दिन को भी यहाँ से गुजरने में हम बच्चों की जान निकलती थी। कोई बच्चा अकेला यहाँ से गुजरता नहीं था। पर अब न वह पीपल रहा, न यह पाकड़। अब तो यहाँ से सड़क गुजर रही है। कच्ची सड़क तो पहले भी थी किन्तु अब खड़ंजा हो जाने के कारण और समृद्धि बढ़ जाने के नाते जीपें, कारें, मोटर साइकिलें दौड़ रही हैं। पैदल यात्रियों की संख्या भी बढ़ गयी है।''

''हाँ चाचा जी, अब तो यह क्षेत्र काफी चुहुलगुल हो गया है।''

''नजर लागी राजा तोरे बंगले पर'' मैंने चौंक कर देखा।

मंजुल खिलखिला कर हँसने लगा। ''क्या बात है मंजुल ?''

''मैंने कहा था न कि यह जगह बहुत चुहुलगुल हो गयी है।''

''हाँ लेकिन।''

''तो चुहुलगुल देख लीजिए।''

दो लड़के गाते-गाते और एक-दूसरे पर गिरते-पड़ते मेरे सामने आ गये। और एक विशेष अदा से मुझे देखने लगे। मैं भी उन्हें घूर कर देखने लगा। लड़खड़ाती आवाज़ में एक बोला—''मैंने आपको कहीं देखा है हुचुक।''

''लेकिन मैंने आपके दर्शन पहले कभी नहीं किये हैं।''

''कैसे करते ? मैं दर्शन देता तब न करते। हुचुक।''

''चाचा जी, इनसे बहस मत कीजिए। इन्हें जाने दीजिए। जाओ भाई माधो-साधो जाओ, आनन्द मनाओ।''

''अच्छा तुम कहते हो तो जाते हैं। नजर लागी राजा तोरे बंगले पर।''

वे आगे बढ़ गये तो मैंने मंजुल से पूछा—''यह सब क्या है ?''

''चाचा जी, इस सड़क पर थोड़ा आगे देशी शराब की दुकान खुल गयी है। कई-कई गाँवों के लौंडे यहाँ जुटते हैं, पीते हैं, लड़ते हैं, झगड़ते हैं।''

''अच्छा मेरा गाँव तो बहुत आधुनिक हो गया है ?''

''जानते हैं ये माधो-साधो कौन हैं ?'' मंजुल ने पूछा।

''नहीं भाई मुझे क्या मालूम ?''

''माधो यानी माधव प्रसाद। ये आपके परम मित्र रत्नाकर के छोटे पुत्र हैं। और साधो यानी सुधाकर। ये नेता प्रदीप के पुत्र हैं। ये दोनों शराब का ही जलपान करते हैं। बस पी-पीकर इधर-उधर घूमते हैं, लड़कियाँ छेड़ते हैं, पिटते हैं, पीटते हैं।''

''रत्नाकर आजकल कहाँ हैं ?''

''वे तो देवरिया में हैं। वहाँ अध्यापक रहे, यह तो आप जानते ही हैं वहीं घर बना लिया है वहीं रहते हैं।''

''तो इसे यहाँ क्यों छोड़ दिया ?''

''क्या करते ? उनकी बहुत कोशिश के बावजूद यह पढ़-लिख नहीं सका तो उसे गाँव पर खेती-बारी देखने के लिए छोड़ दिया। अब इस लड़के का मन तो शहरी

लेकिन ठेल दिया गया देहात में। बस खेल शुरू हो गया।''

''और साधो ?''

''साधो राम नेता प्रदीप के पुत्र हैं। आप तो जानते ही हैं कि प्रदीप नेता नहीं, नेताओं का दलाल है। लम्बी गोरी काया, झोलदार खादी का कुर्ता, पायजामा, लच्छेदार वाणी। बस हो गया नेता। लोगों से खूब पैसे लेता है काम कराने के लिए। खूब खाता है, नेताओं को खूब खिलाता है। कभी-कभी लोगों के काम भी हो जाते हैं। क्या ठाट हैं ? शहर में पक्का मकान बनवा लिया है, जीप ले ली है। यहाँ से लखनऊ तक की सैर करता रहता है।''

''सो तो ठीक है लेकिन सुधाकर को पढ़ाता-लिखाता नहीं है क्या ?''

''पढ़ाने की बड़ी कोशिश की लेकिन सुधाकर नहीं पढ़ सका। प्रदीप डाँटते हैं तो कहता है आप कौन से एम.ए., बी.ए. हो ? आठवीं फेल होकर आप नेता बन सकते हो तो मैं भी कुछ बन ही जाऊँगा।''

''और यह शराब ?''

''शराब भी प्रदीप कैसे रोक सकता है।'' इसे मना करते हैं तो कहता है—''आप खुद क्यों पीते हो ? लड़कियों के साथ लफंगई करते हो, लोगों से झूठ बोलते हो, काम कराने के नाम पर उन्हें ठगते हो। आपको जो करना हो करो, मुझे मेरे हाल पर छोड़ दो। ''

''बात तो सही कह रहा है लड़का लेकिन बाप की देखा-देखी बरबाद होना कोई अच्छी बात तो नहीं।''

''हाँ सो तो है पर अब जो है सो है।''

मैं मंजुल के साथ आगे बढ़ता गया तो देखा सड़क के किनारे एक मड़ई पड़ी है और उसमें देशी शराब की बोतलें पड़ी हैं और सामने पड़ी बेंच पर आठ-दस लड़के बैठे हैं, पी रहे हैं और फिल्मी गीत गा रहे हैं।

मुझे देखते ही कुछ (जो शायद मेरे गाँव के थे) खड़े हो गये। हालाँकि मैं किसी को पहचानता नहीं था। वे धीरे-धीरे सरकने लगे तो दूसरे लड़कों ने पकड़ लिया—''बैठो यार तुम लोग तो ऐसे भाग रहे हो जैसे भूत देख लिया हो।''

''देखो-देखो, ये हमारे चाचा जी हैं। दिल्ली में रहते हैं। बहुत बड़े लेखक और संपादक हैं। तुम लोगों ने इनका नाम सुना होगा।'' मेरे गाँव के लड़कों ने संकोच से कहा।

''अरे, होंगे यार। इस पवित्रशाला में कौन छोटा, कौन बड़ा ? पियो यार क्या हम किसी का दिया पीते हैं, अपने पैसे से पीते हैं। . . . इन्हें भी पिलाओ। और दिल्ली शहर में रहते हैं तो ये भी जरूर पीते होंगे। लेखक-पत्रकार तो आजकल खूब पीते हैं।''

देखा मंजुल का चेहरा क्रोध से लाल हो रहा था। लगता था कुछ कर गुज़रेगा।

मैंने हँसकर उसे इशारे से चुप रहने को कहा। मैं ही बोला—

''बच्चो, तुम लोग बिलकुल ठीक ही कर रहे हो। गोकि मैं इसे छूता भी नहीं, लेकिन शहरों के प्रबुद्ध कहे जाने वाले न जाने कितने साहित्यकार, पत्रकार, नेता, शिक्षक पीते हैं, फिर वे किस मुँह से तुम्हें मना कर सकते हैं। लेकिन देखा-देखी पाप करना कोई अच्छी बात तो नहीं। यह पाप तो तुम्हारी ही सेहत और आत्मा को खायेगा, दूसरे का क्या बिगाड़ेगा ? इसलिए तुम्हें रोकने वाला मैं कौन होता हूँ? और रोकूँ भी तो तुम कहाँ मेरी बात मानने वाले हो। कोशिश करो, तुम स्वयं अपने को समझा सको। वही समझाना कारगर होगा मेरे बच्चो। और तब तुम लोग समाज का उपयोगी हिस्सा बन पाओगे।''

ज़ाहिर था कि वे जिस स्थिति में थे उसमें मेरी बात उन तक नहीं पहुँच सकती थी। अतः वे कुछ कहते, उससे पहले ही मैं मंजुल के साथ आगे बढ़ गया। और मुझे सुना कर वे जोर-जोर से एक गाना गाने लगे—

खइके पान बनारस वाला

मंजुल बार-बार क्रोध में आ रहा था। रह-रह कर उसकी त्योरी चढ़ जा रही थी। शायद उसे यह लग रहा था कि इन लौंडों ने मेरा अपमान किया है लेकिन मैं प्रकृतिस्थ था जैसे कुछ हुआ ही नहीं।

''मुझे तो बड़ा गुस्सा आ रहा है इन लौंडों पर। इच्छा होती है कहीं से कट्टा ले आऊँ, और इन्हें यहीं भून कर रख दूँ।''

''लेकिन मुझे तो रहम आती है मंजुल। ये लड़के तो स्वयं को बरबाद कर रहे हैं। हमारा-तुम्हारा क्या बिगाड़ लेंगे ?''

''बिगाड़ क्यों नहीं लेंगे चाचा जी। बिगाड़ रहे हैं। गाँव जवार की आबोहवा खराब कर रहे हैं। इनके नाते एक बड़ा कांड हो गया है, आपको पता नहीं है।''

''अच्छा। सो क्या ?''

''चलिए इतमिनान से बताऊँगा।''

हम दोनों चलते-चलते सिवान के खेत तक चले गये। यह ज़मीन रेतीली है इसलिए तमाम खेतों में बबूल के वृक्ष उगे हुए हैं। मेरे भी खेत में दो थे। मैं अकसर अपना खेत भूल जाया करता था लेकिन साथ-साथ खड़े ये बबूल पहचान करा देते थे। वे पेड़ मुझे अपने साथी लगते थे। वे बरसात में पीले-पीले फूलों से लद जाते थे। मैं उनके पास खड़ा होकर उन्हें प्यार से निहारता था। हलकी-हलकी फुहार में नहाते हुए वे मुझे बहुत प्यारे लगते थे। कभी-कभी सोचता था कि काले-काले चीमड़ चमड़े वाले इस काँटेदार पेड़ के भीतर कितना रस भरा है जो छिलका काटने पर लासा के रूप में चूने लगता है और स्याही, गोंद आदि बन कर अक्षरों की संवेदनामयी दुनिया से जुड़ जाता है, प्रसूता स्त्रियों की पुष्टई में पड़कर उनकी शक्ति बन जाता है और कभी पीले-पीले फूल बन कर पावस की आर्द्र हवा में झूमता है, मस्त होकर फुहार

में नहाता है, आसपास जमा जल में झाँकता है। तन और मन दोनों से कितना जुड़ा हुआ था यह बबूल हमारी ज़िन्दगी के साथ।

"यहीं है अपना खेत चाचा जी।"

देखा चने का खेत था। अच्छी फसल थी। तबीयत खुश हो गयी।

"लेकिन इसमें तो बबूल के दो पेड़ थे न। वे क्या हुए ?"

"कब की बात कर रहे हैं चाचा जी। वे तो कब के कट चुके।"

"क्यों ?"

"एक साल जलाने की लकड़ी का इतना अकाल पड़ा कि इन्हें काटना पड़ा।" मैं उदास हो गया।

"क्या हुआ चाचा जी ?"

"कुछ नहीं, यहाँ आकर उनकी याद आ रही है। इस खेत में वे मेरे साथी थे। उनके बिना यह खेत सूना-सूना लगता है।"

वह उठा, कुछ गदराये चने उखाड़ लाया और बोला—"खाइये।"

"अरे हाँ, कितने अच्छे हैं और कितने दिन पर इन्हें खेत में खाने का मौका मिल रहा है।"

हम चना खाने लगे। मुझे एकाएक याद आया—"हाँ मंजुल तुम शराबियों से जुड़ी कोई घटना बताने वाले थे न।"

"हाँ हाँ, इस गाँव का तो नाम आप भूले नहीं हैं न।" उसने पास वाले गाँव की ओर इशारा करके कहा।

"अरे चिउंटहा है। क्या मैं अपने जवार के गाँवों के नाम भी भूल जाऊँगा ? तुम कैसी बात करते हो ?"

"मैंने कहा कौन जाने।" वह हँसने लगा। फिर बोला—

"इस गाँव में कुछ साल पहले बलवीर नाम का एक युवा यादव बहुत तीसमार खाँ बन कर उभरा।"

"तो।"

"उसने अपने गाँव के समवयस्कों का एक गिरोह बना लिया। कुछ दूसरे गाँव के भी यादव युवकों को मिलाया। फिर तो वह जर-जवार के लिए आतंक बन गया। जिससे चाहो पैसे ले लो, जिसे चाहो पंचायत के चुनाव में जिता दो, जिसका चाहो खेत कटवा लो, जिसकी चाहो लड़की छेड़ दो। देशी कट्टे से लैस इस गिरोह से कौन टकराये। ये सभी इसी दुकान पर आकर शराब पीते थे और इधर से निकलने वाली औरतें छेड़ते थे। अश्लील फिल्मी गाने गाते थे और भद्दे ढंग से नाचते थे। अपने गाँव के पियक्कड़ भी उस समय वहाँ होते तो नाचने-गाने के लिए उनमें मिल जाते थे। एक दिन उन्होंने हमारे गाँव के रामलखन यादव की बेटी को छेड़ दिया। वह रोती हुई घर आयी तो रामलखन आगबबूला हो गया। आप जानते हैं न रामलखन को।"

"हाँ, जानता तो हूँ। जब छोटा था तब देखा था उसे। भैंस चराता था और कुश्ती लड़ता था।"

"हाँ लेकिन बाद में तो वह कलकत्ता चला गया था। वहाँ नौकरी करता है और अच्छा पैसा कमाया है। छोटा-मोटा नेता भी हो गया है। वहाँ मंजदूर यूनियन में भी सक्रिय था।"

"हाँ तो।"

"बेटी की शिकायत सुन कर वह शराब के अड्डे पर गया और बलवीर पर बरस पड़ा। बलवीर रामलखन जैसे अकेले आदमी को क्या खतियाता ? पहले तो वह उपेक्षा से रामलखन का बड़बड़ाना सुनता रहा और उसके गण क्रोध से लाल होते रहे लेकिन बलवीर को चुप देख कर वे सब सक्रिय नहीं हो रहे थे। जब रामलखन काफी बोल चुका तो बलवीर ने बहुत ठंडी आवाज में कहा—'अबे चुप साले—बहुत बोला तो सबके सामने तेरी बेटी उठवा ले जाऊँगा। मेरे साथी तेरी कचूमर निकाल दें, इससे पहले तू यहाँ से चला जा। तू अपनी जात-बिरादरी का है इसलिए इतना लिहाज किया नहीं तो अब तक तुम्हारी लाश का भी पता नहीं चलता। और अपनी बेटी से कह दे कि घोड़ी की तरह चौकड़ी मारती न घूमे। मुझे क्या मालूम था कि यह तेरी बेटी है। मेरे लिए तो वह एक जवान खूबसूरत लड़की दिखाई पड़ी थी और हर जवान खूबसूरत चीज पर अपना हक समझता हूँ।' "

"अरे यह तो फिल्मी डायलाग हो गया।" मैं बोला।

"हाँ बिलकुल चाचा जी। फिल्म ने अपना इसी तरह का प्रभाव यहाँ छोड़ा है। ये सारे लौंडे शराब पी-पीकर अपने को फिल्मी नायक खलनायक समझने लगे हैं।"

"हाँ, तो।"

"तो रामलखन अपमानित होकर चले आये। चले तो आये लेकिन बहुत उद्विग्न थे। सभापति के पास गये और लोगों के पास गये। धीरे-धीरे गाँव में यह खबर फैल गयी और एक सरगर्मी सी आ गयी। लोग बलवीर के कारनामों से चिढ़े तो थे ही इस कांड ने आग में घी का काम किया। आखिर यह गाँव की इज्जत का सवाल है। दूसरे गाँव के गुंडे गाँव की बहू-बेटियों को छेड़ जायें और गाँव चुप रहे यह तो नपुंसकता होगी न। रामलखन के साथ गाँव के युवक मिल गये और बदला लेने के लिए अवसर का इंतजार करने लगे।"

"फिर ?"

"एक दिन खबर मिली कि बलवीर रिश्तेदारी से लौट रहा है। उसके साथ उसके एक साथी के सिवा और कोई नहीं है। बस योजना बन गयी। रामलखन रास्ते में घूमने का नाटक करने लगे जैसे खेत-बारी देखने निकले हों। उधर से बलवीर निकला तो दोनों का आमना-सामना हो गया। बलवीर कुछ चौकन्ना सा हुआ और कट्टे पर अपने आप हाथ चला गया।" रामलखन ने हँस कर कहा—"राम राम बलवीर भाई।"

"राम राम।"

"कहाँ से आ रहे हैं ?"

"कहीं से आ रहे हों तुमसे मतलब ?"

"लगता है आप अभी तक नाराज हैं। अरे भाई हम सब लोग एक बिरादरी के हैं, आपस में रंजिश कैसी ? अरे उस दिन मैं ही तैश में आ गया था। बाद में सोचा तो अपनी गलती मालूम पड़ी। आपने मेरी लड़की को अनजाने में छेड़ दिया था। अरे हम यादवों को तो आप पर गर्व है कि आप हमारी ताकत बन कर चारों ओर छा रहे हैं।"

बलवीर का चौकन्ना मन कुछ सहज हुआ। बोला—"हाँ भाई, हम एक बिरादरी के हैं। हमारे साथ कितना जुल्म करते हैं बड़ी जातियों के लोग। आप भी हमारे गिरोह में शामिल हो जाइए।"

"शामिल ही समझिए। आप जहाँ चाहेंगे मुझे अपने साथ खड़ा पायेंगे। मैं भी तो बाभनों के गाँव में अकेला हूँ, डरा सहमा रहता हूँ।"

दोनों बात करते हुए आगे बढ़ते रहे। जब शराब की दुकान आयी तो बलवीर के पाँव कुछ ठमके।

"आप थके हुए हैं बलवीर भाई। न जाने कहाँ से चलकर आ रहे हैं। थोड़ी थकान उतार लीजिए।" रामलखन ने कहा।

"बैठिए मालिक". दुकान वाले ने आग्रह से कहा।

"लेकिन सुनो बिसेस्सर, आज बलवीर भाई मेरे मेहमान हैं। जितना ये चाहें सब मेरी ओर से।"

"बस क्या था बलवीर पीते गये और रामलखन आग्रह कर-करके पिलाते गये।"

"लेकिन मंजुल, बलवीर जैसे शातिर बदमाश इतने बेअक्ल नहीं होते कि जल्दी ही अपने दुश्मन के फंदे में आ जायें और विश्वास करके अंधाधुंध शराब पीते रहें।"

"सो तो ठीक है चाचा जी, लेकिन बलवीर को अपने आतंक पर भरोसा था। उसे यह विश्वास था कि उसके सामने आने की किसी की हिम्मत नहीं है। उसकी पिस्तौल और एक बहादुर साथी उसके साथ है। और सौ बात की एक बात कि विनाशकाले विपरीत बुद्धि। बड़े-बड़े ज्ञानियों की मत फिर जाती है बलवीर में क्या था ?"

"हाँ सो तो सही है।"

"जब बलवीर और उसका साथी खूब शराब पी चुके तो रामलखन ने एक गाना गाया—लाल लाल पनवां खियवलसि बेइमनवां पिरितिया लगाइके गइल जेहल खनवां। " . . .

"वा भाई रामलखन वा वा . . . अब चलना चाहिए . . .

"हाँ हाँ उठिए, चलिए, मैं भी अब लौट रहा हूँ" कह कर रामलखन लौटने के भाव से गाँव की ओर मुड़ गये और जाकर खंदक में छिप गये।

''अपने साथी के साथ बलवीर उठा और दोनों लड़खड़ाते हुए एक फिल्मी गाना गाते हुए और हुचुक हुचुक करते हुए आगे बढ़े। देख रहे हैं न, दुकान की एक ओर खंदक है। दूसरी ओर कुछ दूर तक अरहर की फसल थी। शाम का झुटपुटा छा रहा था। अपने साथी के साथ बलवीर ज्यों ही कुछ दूर गया होगा अरहर के खेत में से एक गोली उसकी टाँग में आ लगी। वह चौंका। समझ गया कुछ चाल है। वह पीछे की ओर मुड़ा तो खंदक में से चली एक गोली उसका कंधा बेधती हुई निकल गयी। वह गोली दागता अपने गाँव की ओर भागा लेकिन रास्ते में अरहर में छिप कर कई लोग मोर्चा ले चुके थे और भागते-भागते वह और उसका साथी गोलियों से बिंध गये थे। भागते-भागते वे अपनी गाँव की सीमा में पहुँच चुके थे लेकिन ढेर हो गये।''

''फिर ?''

''फिर तो जो होता है हुआ। थाना पुलिस। दोनों गाँवों में तनाव। लेकिन बलवीर के मर जाने से उसके दल की रीढ़ टूट चुकी थी। उस गाँव के तमाम लोग उससे परेशान थे इसलिए उसके मरने के कुछ समय बाद दोनों गाँवों का तनाव ढीला पड़ गया और सबूत न मिलने से किसी का कुछ नहीं हुआ और सच पूछिए तो बलवीर से पुलिस भी परेशान थी और उसके मरने के बाद उसने उसके विपक्ष में ही भूमिका निभायी।''

''लेकिन यह शराब की दुकान।''

''हाँ यह बन्द कर दी गयी थी लेकिन दुकानदार एम.एल.ए. साहब का खास आदमी है, फिर खोल दी गयी। इस गाँव को बलवीर का डर नहीं है बल्कि अपने गाँव के कई मदिरावीरों का डर है। अभी दो तो आपके सामने से गये हैं न। राजनीति ने तो गन्ध फैलायी ही थी इस शराब ने उसमें कोढ़ में खाज का काम किया है। नयी पीढ़ी तो खराब हो ही रही है, बहुत से पुराने लोग भी शौक फरमाने लगे हैं।''

मैं सुनता-सुनता खामोश हो आया था। खाना खाने का समय हो गया था। हम लौटने लगे।

खाना खाकर मैं आराम करने के लिए अपने गोइंड़ के खेत की मड़ई में चला गया और मंजुल से कह गया कि तुम दो घंटे बाद आ जाना, फिर किसी और जगह निकलेंगे।

पाँच

चैत आ गया था लेकिन अंग्रेज़ी महीना के हिसाब से जल्दी आ गया यानी होली

28 फरवरी को ही पड़ गयी, अतः अभी दोपहरी में धूप की तेजी नहीं आयी थी और फसल भी अभी पकी नहीं थी, अभी हरीतिमा का सघन विस्तार शेष था। काले-काले बालों में से झाँकते कुछ सफेद बालों की तरह इस विस्तार में जगह-जगह पकती फसलों का सुनहलापन उभर आया था। फड़फड़ाती हुई हवा में अभी शीतलता शेष थी।

'नजर लागी राजा तोरे बंगले पर।'

चौंक कर देखा—फिर वही माधो-साधो। माधो-साधो। आगे-आगे कोई लड़की और पीछे-पीछे माधो-साधो। वह लड़की रुक गयी। माधो-साधो की हिम्मत बढ़ी और उसकी ओर हीरोइक अंदाज़ में आगे बढ़ने लगे। 'नजर लागी राजा तोरे बंगले पर' मैं चौकन्ना हो गया और टहलता हुआ अपने खेत के उसी छोर की ओर बढ़ने लगा। मेरे खेत के आगे वाले खेतों से अरहर का सघन विस्तार शुरू होता था। बगल में भी अरहर के ही खेत थे। इसलिए खुलापन कम था और कुछ तिजहर का सन्नाटा भी था। जहाँ से अरहर का विस्तार शुरू होता है वहीं वह लड़की खड़ी हो गयी थी। शायद इसीलिए माधो-साधो का उत्साह बढ़ गया था। मैं भी शंकित हो उठा था।

वह लड़की निर्भीक भाव से तन कर खड़ी थी। माधो-साधो उसके पास पहुँचे तो एक बोला—"ऐं तुम कौन हो ? तुम्हें पहले कभी देखा नहीं ?"

"लेकिन जो भी हो, बहुत लाजवाब चीज हो।" दूसरा बोला।

"तो खड़ी क्यों हो ? चलो अन्दर चलो।" उसने अरहर की ओर इशारा किया।

"अरे बाबा, हम तो चमरौटी के पास से तुम्हारे पीछे लगे हुए हैं और तुम तो थमने का नाम ही नहीं लेती थी।"

"चलो अब तो थम गयी है। थमने की भी तो कोई जगह होती है न।"

"चोउप सूअर की औलादो।" वह लड़की डपटी तो दोनों चौंक गये। "ऐं अं"... वे दोनों चौंके।

"मैं तुम्हारी भानजी हूँ लफंगो। जब से आयी हूँ तुम्हारी कीर्ति सुन रही हूँ, आज तुम्हें देख भी लिया।"

"कैसी भानजी, किसकी भानजी ? तुम तो चमरौटी में से आ रही हो। वहाँ हमारी भानजी क्या करने गयी ?"

"तुम्हारे गाँव की चमरौटी की भानजी तुम्हारी भानजी नहीं हो सकती ?"

"नहीं ?"

"तो क्या हो सकती है ?"

"वही जो तुम हो।"

"मैं क्या हूँ ?"

"इस खेत के बीच चलो तो बतायें।"

"कमीनो, तुम लोग अपने-अपने रास्ते चले जाओ, नहीं तो ठीक नहीं होगा।"

वह शायद अरहर से घिरे आगे के रास्ते पर बढ़ने से डर रही थी।

"अपने रास्ते पर ही तो हैं मेरी जान।"

"अच्छा तो बताती हूँ।" उसने देखा उसके आसपास कुछ ईंटें पड़ी हैं उठा कर ताबड़तोड़ मारना शुरू किया और माधो-साधो लड़खड़ाते हुए अपने को बचाते भी रहे और उसे पकड़ने की कोशिश भी करते रहे। फिर मैं अपने को नहीं रोक सका। पास आकर दोनों लवंडों को डाँटा—"बहुत बेग़ैरत आदमी हो तुम लोग। एक राह चलती लड़की को और वह भी गाँव की भानजी को इस तरह अपमानित कर रहे हो।"

दोनों ने घूर कर मुझे देखा। एक बड़बड़ाया—"अरे यह तो वही है रे।"

"हाँ वही जो मंजुलवा के साथ कुछ देर पहले मिला था। आज ई कहाँ बार-बार टपक पड़ रहा है हमारे रास्ते में।"

"हाँ भाई आज तुम लोग किसी और के रास्ते में टपक पड़ रहे हो और मैं तुम लोगों के रास्ते में। अच्छा हो कि तुम लोग यहाँ से चलते बनो, नहीं तो लोग जुट जायेंगे और तुम्हारी खैरियत पूछने लगेंगे।"

"हमारी खैरियत पूछने की हिम्मत किसी में नहीं है। आप इस गाँव में नये आये हैं न। हमें नहीं जानते।"

"हम तो जानते हैं न।" मंजुल था। "अगर तुम लोगों में से किसी ने चाचा जी का अपमान किया तो समझ लेना सारी पियक्कड़ी मिनट भर में भुला दूँगा।" इतना के बाद उसने मेरी ओर ऐसे देखा जैसे पूछ रहा हो कि इन दोनों ने कोई बदतमीज़ी की।

नहीं मेरे साथ नहीं की है, इस लड़की के साथ की है।"

"कौन है यह लड़की ?" मंजुल ने पूछा।

"मैं नहीं जानता। अपने को चमरौटी के किसी आदमी की भानजी बता रही है।"

"किसकी भानजी हो ?" मंजुल ने पूछा।

"सुखदेव की। ये दोनों लफंगे बड़ी देर से मेरे पीछे पड़े हैं।"

सुखदेव का नाम सुनते ही माधो-साधो बुरी तरह चौंके।

"तो तुम सुखदेव की भानजी हो ? इसीलिए मैं तुम्हें पहचान नहीं सका। जाओ, घर जाओ।" मैंने देखा वे दोनों लफंगे चुपचाप वहाँ से सरक गये थे।

"बड़े बेग़ैरत हैं दोनों। दिन दहाड़े गाँव की एक लड़की को बेइज़्ज़त करने पर तुले थे। यह तो मैं आ गया . . ."

"नहीं अंकल, ये मेरा कुछ नहीं कर सकते थे। उन्हें मैंने सबक सिखा दिया होता। किसी दिन सिखा भी दूँगी। अब वे दिन गये जब ऊँची जाति के लफंगे हमें अपने इस्तेमाल की चीज समझते थे ?"

मुझे इस लड़की का आत्मविश्वास बहुत अच्छा लगा। बोला—"शाबाश

बेटी. . .।''

''सुखदेव सुनेंगे तो आग बबूला हो जायेंगे और इन दोनों लफंगों का कुछ न कुछ होकर रहेगा।'' मंजुल बोला।

''नहीं मैं उनसे नहीं कहूँगी। मामा हो या और कोई, वे कब तक किसी का बचाव करेंगे ? अपना बचाव तो हमें खुद करना चाहिए। अब यहाँ आ ही गयी हूँ तो अपने बल पर रहूँगी।''

''क्या मतलब ? अब तुम यहीं रहोगी?''

''हाँ, लड़कियों के प्राइमरी स्कूल में मेरी नियुक्ति हुई है। मेरा घर तो गगहा है लेकिन जब तक इस स्कूल में हूँ मामा के साथ ही रहूँगी।''

''ओह तो तुम पढ़ी-लिखी हो।''

''क्यों अंकल, आपको लगा नहीं कि पढ़ी-लिखी हूँ ?'' वह मुस्करायी।

''लगा बिलकुल लगा।''

''हाँ मैं बारहवीं पास हूँ।''

''बहुत अच्छा बेटी, बहुत अच्छा लग रहा है।''

''हाँ लेकिन आप जैसे लोग कितने हैं अंकल, जिन्हें हमारी पढ़ाई-लिखाई अच्छी लग रही हो। दुनिया बदल रही है लेकिन बड़े लोग अभी उसी मानसिकता में जी रहे हैं। आपकी बात और है आप बाहर रहते हैं और पूरी दुनिया के बदलते मिजाज को समझते हैं।''

''तुम, मुझे जानती हो ?''

''हाँ, आपकी कहानियाँ भी पढ़ी हैं और राजनीतिक लेख भी।'' मैं मुस्कराने लगा।

''क्यों मुस्करा क्यों रहे हैं अंकल जी!''

''यह सोच कर कि तुमने मेरा बहुत कुछ पढ़ा है लेकिन मेरे गाँव में मुझे कितनों ने पढ़ा होगा। जानते सब हैं, लेकिन पहचानते कितने लोग हैं ?''

''अच्छा अंकल जी, अब चलूँ। कहाँ जा रही थी और इन लफंगों ने कहाँ अटका दिया। लेकिन उनके बहाने आपके दर्शन हो गये, इसके लिए मैं उन लफंगों की भी आभारी हूँ।''

वह चली गयी तो मंजुल मुस्कराता हुआ मेरे सामने यों खड़ा रहा कि ''अब ?''

''अब ज़रा हरिजन टोले की ओर चलना चाहता हूँ मंजुल। ज़रा देखना चाहता हूँ कि यह दुनिया कितनी बदली है।''

''बहुत बदली है चाचा जी। एक बदलाव तो आपने देखा ही, दूसरा भारी बदलाव इसके मामा सुखदेव को देख कर महसूस होगा।''

''सुखदेव। मेरी पकड़ में ठीक-ठीक नहीं आ रहा है यह नाम।''

''देखिएगा तो शायद पहचान जाइएगा। वैसे भी वह आपके समय के काफी बाद का है। वह आफत का परकाला है चाचा जी।''

"क्यों ?"

"क्यों क्या ? वह हरिजनों में ब्राह्मणों के विरुद्ध विद्रोह भाव पैदा कर रहा है। वह प्राइमरी स्कूल में शिक्षक है, यहाँ के हरिजनों का नेता है और उसकी आटे की चक्की भी है। यानी वह पैसे-रुपये से भी काफी ठीक-ठाक है।"

"तो इसमें बुरा क्या है ? यदि हरिजन सदियों के जुल्म के विरुद्ध जागरूक हो रहे हैं तो अच्छा ही है न। और उनको अपने अधिकारों के प्रति सचेत करते रहने वाला व्यक्ति आफत का परकाला कैसे हो गया ?"

"आप नहीं समझेंगे चाचा जी। जो लोग भोगते हैं वे समझते हैं। इन हरिजनों के असहयोग, गुस्ताखी और ऊँची मजदूरी के कारण हम लोगों का काम होना मुश्किल हो गया है।"

"ठीक कहते हो, जो भोगता है वही समझता है। सदियों से जो दुःख और अपमान इन हरिजनों ने भोगा है उसे वे ही समझ सकते हैं, ऊँचे वर्गों और जातियों के लोग नहीं। हम आज भी चाहते हैं कि वे हमारे सामने लाचारगी से बिछे रहें। हमारे जायज़-नाजायज़ हुक्म की तामील करते रहें, बेगार करते रहें, मार खाते रहें।"

"नहीं, यह सब अब कौन करता है चाचा जी ? लेकिन छोटे-बड़े का लिहाज तो नहीं भूल जाना चाहिए। वे प्रणाम तो कर सकते हैं, हमें आता-जाता देख चारपाई पर से उठ तो सकते हैं।"

"और हम उनके लिए क्या कर सकते हैं इसका भी कोई धर्मशास्त्र तुम लोगों ने बनाया है ? अरे बाबा जब हम उन्हें आदमी मानने से भी इनकार करते हों तो वे हमें प्रणाम क्यों करें। वे अपने घर में या घर के सामने चारपाई पर आराम कर रहे हैं, अपनी थकान मिटा रहे हैं तो वहाँ से बार-बार गुज़रते हुए बड़े लोगों को देख कर चारपाई पर से क्यों उठें ?"

. मंजुल निरुत्तर था लेकिन ज़ाहिर था कि वह मेरी बात पचा नहीं पा रहा था। मैंने कहा—"चलो चलते हैं सुखदेव के यहाँ। मुझे कोई आकांक्षा नहीं कि वह मुझे प्रणाम करे या मुझे देख कर चारपाई पर से उठे। मैं तो उसके साथ चाय भी पियूँगा, यदि पिलायेगा तो।"

मंजुल को मेरे साथ जाना ही था। हरिजन टोले में घुसे तो काफी कुछ बदला-बदला लगा। मेरे ध्यान में तो अमुक-अमुक हरिजन के झोंपड़े थे किन्तु अब एक भी झोंपड़ा दिखाई नहीं पड़ रहा था। खपरैल के मकान बन गये थे और कुछ पक्के मकान भी थे। मंजुल एक-एक मकान का परिचय दे रहा था और रास्ते में खड़ी औरतें, बच्चे और कुछ वयस्क हमें देख रहे थे और नमस्कार कर रहे थे।

हरिजन टोली से बाहर निकले तो मंजुल बोला—"देखा चाचा जी, इनके घर अब कितने अच्छे बन गये हैं फिर भी लोग कहते हैं कि ये गरीब हैं।"

मैं मुस्कराया। "क्यों तुम्हें अच्छा नहीं लग रहा है मंजुल। अरे इस आज़ाद मुल्क

में एक ठीक-ठाक मकान में रहने का इन्हें भी तो हक़ है। पहले तो इनके पास घर बनाने की कोई ज़मीन नहीं थी। किसी न किसी मालिक की ज़मीन में बसाये जाते थे और उसकी मर्ज़ी से रहते थे, उसकी मर्ज़ी से उजाड़ दिए जाते थे—अब इन्हें इन ज़मीनों से कोई बेदखल नहीं कर सकता, इसलिए अब ये उन पर स्थायी मकान बना ले रहे हैं। पहले तो ये इतने गरीब थे कि चाहते भी तो मकान नहीं बना सकते थे, अब ये अपने काम की ठीक-ठाक मज़दूरी लेते हैं और इनके घरों के बच्चे बाहर निकल गये हैं कमाई करने के लिए।''

''हाँ सो तो है।''

हरिजन टोले से बाहर निकले तो फसलों के समुद्र में आ गये। चारों ओर ठाठें मारती हुई फसलें लेकिन जिनके आसपास यह समुद्र लहरा रहा है—वे इस समुद्र में डुबकी मार सकते हैं क्या ?

''मंजुल ये खेत तो अभी उन्हीं लोगों के हैं न जिनके थे।''

''हाँ, लेकिन कुछ लोगों ने अपने खेत बेचे हैं और कुछ हरिजनों ने ले लिए हैं। अब देखिए यह खेत गोड़इत का है, यह सुखदेव का है। यह उसका है, यह उसका है।''

फसलों के बीच काली माई का मन्दिर।

''तो यह मन्दिर अभी उसी तरह विराजमान है मंजुल। लेकिन उदास-उदास लग रहा है।''

''नहीं चाचा जी, नवरात्र में देखिएगा यहाँ की गहमागहमी। कैसे-कैसे भूतप्रेत आते हैं और ओझा के सामने खेल करते हैं। चुनरी, कड़ाही, पचरा से यह थान कैसा गुलजार हो उठेगा।''

''अच्छा तो काफी कुछ बदला गया लेकिन यह नहीं बदला।''

''बदला ? अरे चाचा जी बढ़ता जा रहा है।''

''ठीक कह रहे हो, यहीं क्यों पूरी-दुनिया में एक ओर विज्ञान अपनी बौद्धिकता का दावेदार बना हुआ है दूसरी ओर धार्मिक उन्माद और अज्ञात सत्ता के प्रति आग्रह बढ़ता जा रहा है।''

''ऐसा क्यों हो रहा है चाचा जी?''

''यह एक अलग बहस का विषय है मंजुल। फिर कभी। फिलहाल तो सुख़देव के यहाँ चलना है।''

''हाँ वहीं तो चल रहे हैं। वह देखिए बाँध के पास आटा चक्की पुक-पुक कर रही है।''

बहुत अच्छा लग रहा था। उमड़ी हुई फसलों की घाटी में धँस कर चलना बहुत रोमांटिक लग रहा था। हवा कुछ ठंडी हो चली थी और फसलें फड़फड़ा रही थीं। चक्की की पुक-पुक-पुक-पुक की आवाज़ फसलों की घाटी में फैले संगीतात्मक सन्नाटे

में छेद कर रही थी। प्रकृति और यंत्र का विसंवाद कहीं संवाद बन रहा था। दोनों मनुष्य के पेट के साथ जुड़ कर साथ हो लेते थे।

बाँध पर आ गये तो देखा एक छोटी सी झोंपड़ी पड़ी हुई है। उसी में आटा चक्की लगी हुई है। उसके सामने एक तख्ता पड़ा है। मैं सोच रहा था कि सुखदेव से शायद मेरा परिचय नहीं है और पता नहीं कैसा आदमी है। ब्राह्मणों से चिढ़ा हुआ आदमी पता नहीं मेरे साथ क्या सुलूक करे।

''नमस्कार सर।'' एक आदमी जो तख्ते पर बैठा हुआ था हाथ जोड़ कर खड़ा हो गया।

''नमस्कार भाई नमस्कार।'' मैं समझ गया कि बनियान और चारखाने का अंडरवीयर पहने यह व्यक्ति ही सुखदेव है और याद आया कि इसे किशोरावस्था में देखा तो है।

''का हाल है हो सुखदेव मास्टर।'' मंजुल ने पूछा।

''आ ठीके है मंजुल जी। सब ठीके चल रहा है।'' मुझे खड़ा देख वह बोला—''बैठिए न सर, यहाँ आप लायक कोई सीट तो नहीं है यही तख्ता है बिराजिए।''

''अरे भाई शहर में गद्दीदार सीटों पर बैठते-बैठते मन ऊब गया है, इस तख्ते पर ही तो बैठने यहाँ आया हूँ। यही तो अपनी असली सीट है।''

मैं बैठ गया और सुखदेव नीचे बोरा बिछा कर बैठ गये। मैंने बहुत आग्रह किया कि आइए मेरे साथ मेरे पास बैठिए लेकिन वे हाथ जोड़े हुए यही कहते रहे—''नाहीं, आपके साथ बैठने की मेरी औकात नहीं है। मैं यहीं ठीक हूँ।''

''अरे, कैसी बात कर रहे हैं मास्टर साहब, आप शिक्षक हैं, इधर के तमाम बच्चों के गुरु। आपकी औक़ात किससे कम है? और ज़माना बदल गया है, मुझमें आप में भेद कहाँ है ?''

''यह सब ठीक है सर। आप जो कह रहे हैं वही मैं भी कहता हूँ उन लोगों से जो केवल जाति-पाँत के आधार पर बड़े बने हुए हैं, और चाहते हैं कि हम लोग उनके सामने छोटे बने रहें, घुटने टेके रहें, रिरियाते बिलबिलाते रहें। मैं अपने लोगों को सिखाता हूँ कि तुम किसी से छोटे नहीं हो। तुम लोग अपनी मेहनत की कमाई खाते हो, फिर किसी के आगे झुकने का क्या मतलब? वे भी इंसान हैं, तुम भी इंसान हो। तुम्हें सारे इंसानी हक मिलने ही चाहिए। अपने बच्चों को पढ़ाओ-लिखाओ और स्वाभिमान से जियो। ये ऊँची जातियों के तमाम लोग बहुत छोटा होने के बावजूद बिलावजह तुम्हारे सामने बड़ा होना चाहते हैं और चाहते हैं कि तुम उनके अत्याचारों के बावजूद उनके सामने झुके रहो, उनका सजदा किया करो।''

''बहुत अच्छे विचार हैं आपके। तभी तो कहता हूँ कि आइए मेरे साथ बैठिए। आप नीचे बोरे पर बैठे हुए हाथ जोड़ कर मुझसे बात कर रहे हैं यह मुझे अच्छा तो नहीं लग रहा है।''

"मैं बदतमीज नहीं हूँ सर, मैं बड़ों की इज्जत करना जानता हूँ। मैं तो छोटा-मोटा गुरु हूँ लेकिन आप तो न जाने कितने बड़े गुरु हैं। आप इतने नामी साहित्यकार और पत्रकार हैं। आपकी रचनाओं और लेखों से पता नहीं कहाँ-कहाँ कितने-कितने लोगों को रोशनी मिलती होगी, क्या यह मैं नहीं जानता। हमारे तो बड़े भाग्य कि हमारी कुटिया पर आप पधारे।"

मैंने मंजुल की ओर देखा। बोलो क्या कहते हो ? वह भी चकित था। मैंने भी इस प्रसंग को आगे खींचना उचित नहीं समझा। दूसरी बातें छेड़ दीं। समाज, राजनीति और शिक्षा के अनेक प्रसंग आये और सुखदेव मुस्कराते हुए बड़े अदब से अपने विचार व्यक्त करते रहे। फिर मैंने हँस कर कहा—"आपका तो बहुत आतंक सुना था।"

उन्होंने भी हँस कर कहा—"सर हम लोग तो खुद ही आतंक में जीते रहे हैं और जी रहे हैं, किसी के लिए क्या आतंक बनेंगे ? हाँ, आज थोड़े जगे हैं और अपनी अस्मिता के प्रति सचेत हुए हैं तो लोगों को हम आतंक दिखाई दे रहे हैं। लोगों की मानसिकता नहीं बदली है, इसलिए हमारे बदलाव को वे भीतर से पचा नहीं पाते हैं और टकराहट का मौका देते हैं। इसमें हम लोग क्या करें ?"

"हाँ, आप सही कह रहे हैं।"

"मामा जी चाय पी लीजिए।"

मैंने चौंक कर पीछे देखा।

"यह मेरी भानजी है सर, पवित्रा।"

"यहाँ मास्टरनी जी बन कर आयी है।" मैंने हँस कर कहा।

"अरे आप इसे जानते हैं सर ?"

"हाँ अभी कुछ देर पहले भेंट हुई थी।"

देखा तो पवित्रा मन्द-मन्द मुस्करा रही थी। वह आँखों-आँखों पूछ रही थी कि कहीं आपने कुछ कहा तो नहीं। और मैंने भी सिर हिला कर बता दिया—"नहीं कुछ नहीं कहा।"

"बड़ी तेज लड़की है। घर में लड़-झगड़ कर इसने अपनी पढ़ाई की और बारहवीं फर्स्ट क्लास पास की। फिर ट्रेनिंग की। फिर मास्टरनी बन गयी। यह आगे पढ़ना चाहती है। लेकिन यहाँ यह सब कैसे होगा ?"

"अरे तेज़ लड़की है तो प्राइवेट बी.ए. कर लेगी। लगन चाहिए।"

"हाँ लगन तो इसमें बहुत है लेकिन हम लोगों की लगन भी प्रतिकूल सामाजिक व्यवस्था में कहाँ सफल हो पाती है ? कदम-कदम पर रोड़े। और नहीं तो गाँव के लफंगे-लौंडे बोली ठोली ही कसेंगे। शराब की दुकान ने तो इस गाँव जवार में लौंडों को बिगाड़ कर रख दिया है।"

पवित्रा ने फिर मेरी ओर देखा। मैंने फिर सिर हिला कर इशारा किया कि नहीं मैंने कुछ नहीं कहा है।

''ऊँची जातियों के लोग अभी भी हमारी बहू-बेटियों को अपनी बहू-बेटी की तरह नहीं मानते और उनके भीतर उनसे खेलने की जो सदियों से हविश जोर मारती रही है, वह अभी मरी नहीं है।''

''हाँ यह तो है आप ठीक कह रहे हैं ?''

''लेकिन हम लोग अब वह नहीं रहे। अगर किसी ने मेरी भानजी का अपमान किया तो अच्छा नहीं होगा।'' सुखदेव की शान्त आँखों से आग बरसने लगी थी।

मुझे लगा कि सुखदेव को अभी-अभी घटी घटना की भनक पड़ गयी थी या हो सकता है उन्होंने यों ही आते-जाते लोगों का रवैया देखा हो। मैंने मुस्कराते हुए कहा—''अरे सुखदेव जी, पवित्रा अपने आप में तेजपुंज है, उसे छूने की हिम्मत कोई नहीं करेगा। वह अपनी रक्षा स्वयं कर लेगी।''

मशीन चल रही थी। लोग बारी-बारी से गेहूँ जौ लेकर आते थे। सुखदेव उठ कर चक्की के पास चले जाते थे, फिर आकर बैठ जाते थे। इस तरह दो घंटे बीत गये।

''मामा चाय।'' पवित्रा ने कहा।

''अरे इस कहा-सुनी में तो चाय रह ही गयी। पीजिए-पीजिए सुखदेव जी।''

''लेकिन सर।''

''देखिए संकोच की कोई बात नहीं है। चाय एक कप आयी है। यहाँ अतिरिक्त बरतन भी नहीं है। जहाँ तक मेरा सवाल है, मुझे आपकी चाय पीने में क्या एतराज़ हो सकता है बल्कि प्रसन्नता ही होगी। किसी दिन फिर आकर चाय पिऊँगा पवित्रा पिलायेगी, किन्तु आज आप पीजिए।''

''लेकिन तो भी सर।''

''हम चलते हैं, नहीं तो आपका लेकिन लगा ही रहेगा।''

सुखदेव कुछ कहें, इससे पहले मैं वहाँ से चल पड़ा।

छः

हम दो भाई हैं। मैं छोटा हूँ मुझसे बड़े हैं शिवनाथ जी। शिवनाथ जी कलकत्ता में नौकरी करते हैं। उनका बड़ा बेटा मंजुल दुकान किये हुए है छोटा बेटा सुभाष प्राइमरी स्कूल में पढ़ाता है। एक तरह से यह परिवार ठीक-ठाक चल रहा है।

मैंने मंजुल से कहा—''तुम अपने काम पर जाओ। मैं अपने ढंग से यहाँ की दुनिया

देखूँगा और कभी-कभी सुभाष को साथ ले लूँगा और गाँव के और लोग हैं ही। आठ-दस दिन बाद आना, मुझे ले चलना।''

आज वह चला गया। मैं दरवाजे पर अकेला बैठा था। वैसे तीन दिनों से मैं अकेला कहाँ हो पाता हूँ। जैसे ही दरवाजे पर आता हूँ कोई न कोई आ जाता है और गम्मज शुरू हो जाती है। कभी-कभी कहीं से मेरे घूम कर आने के पहले ही कुछ लोग बैठे इंतज़ार कर रहे होते हैं। मैंने मंजुल से कहा था—''गाँव वाले पहले की ही तरह किसी के आने पर इकट्ठा होकर उनको स्नेह-सम्मान देते हैं।''

मंजुल मुस्कराया था।

''क्यों, मुस्करा क्यों रहे हो ?''

''चाचा जी, अब वह बात रही नहीं। राजनीति के कारण गाँव में इतना अकेलापन आ गया है कि पूछिए मत। तर-त्यौहार, शादी-ब्याह, जनम-मरण सभी अवसरों पर लोग बहुत अकेले दिखाई पड़ रहे हैं। कोई किसी के साथ नहीं होता। बस दो-चार बहुत सगे या दोस्त एकत्र हो आते हैं।''

''तो फिर यह सब क्या है ?'' मैंने अपने संदर्भ में जुड़ने वाली भीड़ के बारे में पूछा।

''कई बातें हैं। पहली बात तो यह कि आपका गाँव की राजनीति से कोई वास्ता नहीं। बल्कि लोग आपको मेरे घर का भी नहीं समझते। वे समझते हैं कि आपसे तो गाँव की इज्जत बनती है, फिर आपका स्वभाव भी तो अलग है। देख लीजिए इस गाँव के अनेक लोग जो बाहर छोटी-बड़ी नौकरियों में हैं, किस तरह तने हुए आते हैं और जब तक गाँव में रहते हैं तने ही रहते हैं। वे तने भी होते हैं और घर की राजनीति का एक मोहरा भी होते हैं। अब ऐसे लोगों से मिलने कौन आयेगा ? लेकिन आप गाँव के हर आदमी से प्यार से जुड़ जाते हैं, इसलिए लोग भी आपके साथ उठना-बैठना चाहते हैं। अब देख लीजिए आप आये तो कब की बुझी हुई होली जी उठी ?''

अपनी प्रशंसा सुनकर मैं क्या कहता, बस चुप रहा।

''और एक बात और है चाचा जी। इन दिनों फसल पकने को है। लोगों की हलचल तब शुरू होगी जब फसल पक जायेगी। अभी लोग एक तरह से कुछ खाली से हैं, इसलिए भी आपके पास उनकी भीड़ लगी हुई है।''

''लेकिन ये जितने भी लोग आ रहे हैं, मेरे समय के आसपास के लोग हैं आपस में हमारी कितनी स्मृतियाँ जुड़ी हुई हैं। नयी पीढ़ी के लोग कहाँ आते हैं। मुझसे कहाँ लगाव अनुभव करते हैं ?''

''दरअसल गाँव में अलगाव की जिम्मेदार तो नयी पीढ़ी ही है न। नये लोगों से उम्मीद थी कि पढ़-लिख कर गाँव के सामूहिक जीवन में रोशनी लायेंगे। भाईचारापन मजबूत करेंगे, लेकिन इसके ठीक उलटा हुआ। आपसे जुड़ने के लिए ये कोई आधार

नहीं बना पाते होंगे। हालाँकि आप गाँव के तमाम गँवार लोगों के बीच उनके होकर उनमें रमे हुए हैं। ये क्या इस भीड़ में शामिल नहीं हो सकते ?''

''नहीं नहीं, नयी पीढ़ी को इतनी हेय दृष्टि से न देखो। ये जो बने-बिगड़े हैं, उसमें उनकी जितनी जिम्मेवारी है, उससे अधिक जिम्मेवारी पुरानी पीढ़ी के लोगों की है। सब कुछ के बावजूद इस पीढ़ी में मेरी बहुत आस्था है और उसकी गिरावट से मुझे पीड़ा होती है। और कहीं यह अपराध-बोध भी कि उसकी अग्रज पीढ़ी के हम लोग उसके लिए वह नहीं कर सके जो हमें करना चाहिए था।''

मंजुल चुप हो गया था।

आज हाटा का बाज़ार है। मन में बड़ा उत्साह था। जर-जवार के लोग मिलते हैं। इस बार तो बहुत दिनों बाद लोगों से भेंट होगी। पता नहीं कौन-कौन जीवित है, कौन-कौन मर गया। कौन किस हालत में है। बाज़ार के पास ही प्राइमरी स्कूल है। वहाँ जाने का बड़ा मन हो रहा था किन्तु अब वहाँ जाकर क्या करूँगा ? कौन पहचानेगा मुझे ? और जाऊँगा किस बहाने ? प्राइमरी में मुझे भाषण तो देना नहीं है। वहाँ जाकर अजनबी मास्टरों से क्या यह कहूँगा कि मैं प्राइमरी स्कूल देखने आया हूँ। वे हँसेंगे और आँखों आँखों में पूछेंगे कि ''क्या आपने प्राइमरी स्कूल नहीं देखा है ? क्या आप डिप्टी साहब हैं या स्कूल कोई नुमाइश है ?'' अब मैं उन्हें कैसे बताऊँगा कि यह प्राइमरी स्कूल मेरे लिए क्या है ?

कोई बात नहीं, प्राइमरी स्कूल के पास से गुज़रेंगे या उसके अहाते में से भी गुज़र सकते हैं। लोग आते-जाते तो हैं।

चाय पी चुका था। दरवाज़े पर बैठा क्या करूँगा ? मंजुल चला गया था। सुभाष भी खाना खाकर बकरुआ के स्कूल में चला गया था। भौजी तो मर चुकी हैं, मंजुल की पत्नी उसके साथ है। सुभाष की पत्नी घर में है। घूँघट करती है। उससे क्या बात करूँगा ? बच्चे भी स्कूल में चले गये थे। कोई आ जाये इससे पहले मैं उठ कर खेतों की ओर निकल पड़ा। रास्ते में केदार भाई मिल गये। ''का हो भइया कहाँ से ?''

''अरे अपना तो एक ही ठिकाना है, सुबह-शाम उसी दुकान पर चाय पीने निकल आता हूँ जहाँ आपसे भेंट हुई थी।''

''क्यों इतनी दूर चाय पीने जाते हैं घर की चाय अच्छी नहीं लगती ?''

वे ठठाकर हँसे। फिर बोले—''भइया अच्छी लगने का सवाल नहीं है, सवाल है बुढ़ौती को कैसे अच्छे ढंग से काटा जाय। सुबह-शाम वहाँ चला आता हूँ। वहाँ दस आदमी मिलते हैं। गपशप होती है। बाज़ार है न, तमाम लोग आते-जाते उस दुकान पर ठहरते हैं, चाय पीते हैं, उनसे भी बातें होती हैं, यहाँ-वहाँ की तरह-तरह की खबरें मिलती हैं। लगता है मैं बैठे-बैठे एक बड़ी दुनिया से जुड़ गया हूँ। दिन के चार-पाँच घंटे मजे में बीत जाते हैं।''

"हाँ यह तो है केदार भाई। यह बहुत अच्छी बात है।"

"और सब से बड़ी बात यह है भइया कि घर पर समय से चाय न मिले तो कोफ्त होती है। औरतों को डाँटना पड़ता है। वे भी कहासुनी शुरू कर देती हैं और कहती हैं कि सवेरे-सवेरे स्कूल और काम पर जाने वाले बच्चों और मर्दों की चिंता की जाय कि घर पर बैठ कर चारपाई तोड़ने वाले बूढ़-ठेल की। यह नौबत न आये इसलिए सुबह-शाम दुकान पर ही चला आता हूँ। न ऊधो की लेनी, न माधो की देनी। और भइया, औरतें भी ठीक ही कहती हैं। पहले वे काम पर जाने वाले लोगों की चिंता करें कि हम जैसे घर बैठे बूढ़ ठेलों की।"

"आप ठीक कह रहे हैं केदार भाई। लेकिन बूढ़-ठेल भी तो आदमी हैं। उन्हें भी समय से चाय और नाश्ता चाहिए। समय से खाना चाहिए। इन्हीं बूढ़-ठेलों का तो बनाया हुआ परिवार है।"

"यह सब सही है लेकिन लोग कहाँ समझते हैं और रोज कौआरोर कौन करे? जितना सम्भव हो, बचाओ और अपने को बाहर से जोड़े रहो।"

"इसके अलावा आपकी दिनचर्या क्या रहती है भइया ?"

"खेती-बारी की देखभाल करता हूँ। कुछ समय पुस्तकें पढ़ता हूँ, बच्चों से खेलता हूँ, उन्हें कथा-कहानियाँ सुनाता हूँ।"

"खेतों में भी काम करते हैं ?"

"यही तो मुसीबत है भइया ! यह मुझसे नहीं होता कि अब बुढ़ौती में मैं कुदाल चलाऊँ, खेत सोहूँ, कटिया-दँवरी करूँ, सिर पर खाद गोबर और अनाज भूसा ढोऊँ। जो काम जिन्दगी भर नहीं किया, बुढ़ौती में वह कैसे सपरेगा ?"

"हाँ यह तो है। ज़िन्दगी भर तो आपने कुर्सी पर बैठ कर कलम चलाई, अब यह देह क्या हँसिया-कुदाली सँभाल पायेगी ?"

"लेकिन लोग इस बात को नहीं समझते हैं न! हमारे सपूत हैं, खेती-बारी के बारे में बड़े कर्मठ हैं। वे चाहते हैं मैं भी उनका हाथ बँटाऊँ, इसीलिए भिनभिनाते रहते हैं। उनकी बीवी यह समझती है कि मैं घर पर निकम्मा पड़ा हुआ हूँ।"

"ऐसा क्यों सोचते हैं लोग ?"

"इसलिए कि इस गाँव में जो लोग भी नौकरी से रिटायर होकर आये हैं, अंधाधुंध काम कर रहे हैं।"

"कर्रही-कर्रही।"

"ओ देखिए।" केदार भाई ने कहा।

मैंने चौंक कर देखा—एक आदमी लाठी लिए भैंस को हाँक रहा था।

"उन्हें पहचाना आपने ?"

"कौन हैं ये ?"

"अरे यह मास्टर जगदीश हैं जो हाईस्कूल की मास्टरी से रिटायर होकर घर आये

हैं। अब भैंस के पीछे कर्रही-कर्रही करते घूम रहे हैं। देखिए अपनी भैंस के लिए भैंसा खोज रहे हैं।''

''अच्छा ?''

''अच्छा क्या दामोदर भइया ! अरे जगदीश अकेले थोड़े हैं, कई हैं। कोई फौज से रिटायर हुआ है, कोई मिल की क्लर्की से रिटायर हुआ है, कोई रेलवे से आया है। सभी भैंस के पीछे लाठी लिए घूम रहे हैं और पानी मिला-मिला कर दूध का व्यापार कर रहे हैं। ये ससुरे न भर पेट खाते हैं, न अपनी भैंस का दूध ही पीते हैं। भैंस चराने के साथ-साथ खेतों में खूब खटते भी हैं। अब भला बताओ ऐसे कमासुत रिटायरों के बीच केदार तो नालायक माना ही जायेगा न।''

''अच्छा है, ये काम तो कर रहे हैं। काम जीवन भर लोगों को व्यस्त और स्वस्थ रखता है।''

''लेकिन उसका सुख भी तो उठाना चाहिए। ये ससुरे जब नौकरी में थे, तब भी सुख नहीं उठा सके और जब बूढ़े होकर आराम करने के दिन आये तब भी कर्रही-कर्रही करते घूम रहे हैं। और काम ? ये काम क्या किसी सामाजिक हित में कर रहे हैं ? अरे ये अर्थ-पिशाच केवल अपने लिए कर रहे हैं और अपने लिए भी कहाँ रहा, जब उसका सुख नहीं भोग सकते। इतना ही नहीं, इनकी अर्थ-पिशाचता इनके घरों को बरबाद किये हुए है।''

केदार भाई खड़े-खड़े मुस्कराते रहे।

''भइया पालागी।''

''खुश रहो, खुश रहो, शिवकुमार भाई ! कहाँ से ? होली में भी नहीं दिखे।''

''अरे जरा काम से बाहर चला गया था।''

''अच्छा अच्छा।''

''शिवकुमार भाई प्रणाम।''

''अरे अरे, दामोदर भाई आप कब आये ? मैंने तो पहचाना ही नहीं।''

''मैं तो होली के दिन ही आ गया था।''

''अरे बाप रे, कितने वर्षों बाद आपको गाँव की याद आयी।''

मैं चुप मुस्कराता रहा।

वे चले गये तो केदार भाई ने कहा—''इन्हें तो जानते हो न ! ये कचहरी के पेशकार रहे हैं।''

''हाँ हाँ जानता हूँ।''

''बहुत पैसा कमाया और सबसे बड़ी बात है कि बहुत पैसा बचाया।''

''हाँ सो तो है।''

''अरे यह साला सबसे भयानक अर्थ-पिशाच है। पैसा जमा करने के सिवा यह और कुछ जानता ही नहीं। लीचड़ की तरह रहता है। यह भी भैंस के पीछे कर्रही-

कर्रही करता घूमता है। इसके घर के बच्चे दूध नहीं पाते। दूध में पानी मिला कर बेचता है। इसके कारण इसके बेटे ने आत्महत्या कर ली।''

''अरे, वह क्यों ?''

''लड़के ने बी.ए. बी.एड. कर लिया था। नौकरी लग नहीं रही थी, यह शिवकुमार उसकी लानत-मलानत करता रहता था। वह पैसे माँगता था तो यह कहता था—''शरम नहीं आती ? बी.ए. पास करके मुफ्त की रोटियाँ तोड़ते हो और ऊपर से आवारागर्दी के लिए पैसे माँगते हो।''

लड़का तो बेकारी से यों ही परेशान था, बाप के तानों ने उसे और जर्जर कर दिया। लड़का बहुत स्वाभिमानी था लेकिन बेकारी से लाचार था। सब कुछ सह रहा था। एक दिन उसने शिवकुमार से कहा—''बाबू जी, गोपीगंज के स्कूल में मास्टर की एक जगह खाली है। वह जगह मुझे मिल सकती है।''

''तो इससे अच्छी बात और क्या हो सकती है ?'' खुशी से शिवकुमार बोला।

''हाँ लेकिन आप जानते हैं कि बिना घूस के आजकल कोई काम नहीं होता।''

शिवकुमार आशंकित हो उठा बोला—''तो ?''

''तो उसके लिए दस हजार रुपये चाहिए।''

''दस हजार का घूस ?''

''हाँ यह भी कम है। वह इसलिए कि इसके चेयरमैन मेरे एक मित्र के बहुत करीबी हैं।''

''जब इतने करीबी हैं तो तुम्हारा मित्र बिना घूस के क्यों नहीं करा देता ?''

''देखिए पिता जी, जहाँ लोग बीस-बीस हजार घूस देने को तैयार हों वहाँ मेरा मित्र इतना ही कर सकता है कि दस हजार पर काम बना दे। काम बन जायेगा, उसके नाते ही इस बात की गारंटी है।''

''नहीं घूस-घास देने के लिए मेरे पास पैसे नहीं हैं। बड़ी गाढ़ी कमाई के पैसे हैं। तुम्हें पढ़ा-लिखा दिया, यह बहुत है। अब तुम मेरी सहायता करने से तो रहे, उलटे मेरी छाती पर मूँग दल रहे हो। वैसे भी घूस देना मेरे सिद्धान्त के खिलाफ है।''

''बड़ी गाढ़ी कमाई के पैसे हैं, यह मैं भी जानता हूँ। दूध में पानी मिला-मिला कर बेचते हैं, बड़ी गाढ़ी कमाई करते हैं। गरीबों को कर्ज दे-देकर बेरहमी से नाजायज सूद उगाहते हैं बड़ी गाढ़ी कमाई करते हैं। बच्चों और पत्नी की जरूरतें काट-काट कर बैंक में पैसे जमा करते हैं, बड़ी गाढ़ी कमाई करते हैं। और क्या-क्या करते हैं कहवाइए मत। और जहाँ तक बात सिद्धान्त की है, उसे भी जानता हूँ। चकबंदी आफिसर को, मजिस्ट्रेटों को, और जाने किन-किन को घूस दे-देकर अपने पक्ष में काम करा लेने में आपका सिद्धान्त आहत नहीं होता।'' बेटा तैश में आ गया था।

''अरे तू तो बहुत बेहूदा आदमी है रे, बाप से इस तरह बोलता है।''

''आप को अब बाप कहने में मुझे घिन आती है।''

''निकल जा बदमाश मेरे घर से।'' शिवकुमार चिल्लाया।

''निकला हुआ तो हूँ ही। दो रोटियाँ खिला देते हैं तो उसके बदले ताना मार-मार कर उससे ज्यादा खून जला देते हैं। मैं जा रहा हूँ या तो कुछ बन कर लौटूँगा या नहीं लौटूँगा।''

''दो महीने तक न जाने वह कहाँ गायब रहा। एक दिन सुबह-सुबह शिवकुमार ने ही देखा कि उसके खेत के पेड़ की डाल से बेटे की लाश लटकी हुई है।''

''अरे यह तो बड़ा करुण प्रसंग है केदार भाई।''

''हाँ तभी तो मैंने आपको सुनाया। अब देख लीजिए ऐसे-ऐसे लायक पैसे वाले रिटायर लोगों के बीच केदार की क्या स्थिति होगी ?''

''होगी क्या, है ! बहुत अच्छी है। ये ससुरे पेट काट कर कमाते ही रह जायेंगे, ज़िन्दगी का सुख क्या होता है मरते दम तक नहीं समझ पायेंगे।''

केदार भाई हो हो हो हो करके हँसने लगे।

''अच्छा भइया आप कहीं जा रहे थे, बीच में मैं रोड़ा बन कर अटक गया।''

''नहीं नहीं केदार भइया, मुझे जाना कहाँ है ? आप लोगों से मिलने ही तो आया हूँ। हाँ अब ज़रा खेतों की ओर चलता हूँ।''

केदार भाई से अलग होकर मैं बसावनपुर की सीमा में स्थित अपने खेतों की ओर चल पड़ा।

केदार भाई मेरे भीतर भरे हुए थे। केदार भाई मुझ से आठ-दस साल बड़े हैं। वे गाँव के सबसे अच्छे खाते-पीते घर के लड़के थे। किन्तु पढ़ने में बहुत बोंदा थे। माँ बताती थी कि वे प्रायः मेरे घर आते थे। उनके बोल भी साफ नहीं थे। माँ से कहते थे—''ताती ताती, एक तहानी थुनाऊँ ?''

''सुनाओ ।''

''एक तूहा दंगल में लहता है।''

''हाँ रहता है। आगे।''

''आगे नहीं मालूम।''

माँ हँस पड़ती थी।

केदार भाई प्राइमरी और मिडिल में मास्टरों की छड़ी खाते-खाते आगे बढ़ते रहे और दर्जा सात में जो रुके तो रुके ही रह गये। सबने मान लिया कि इस बेवकूफ लड़के से सात की वैतरिणी नहीं पार होगी और न जीवन में कुछ हो सकेगा।

कितना दुर्भाग्यपूर्ण है यह सोच कि जो पढ़ने में आगे नहीं निकला वह निकम्मा मान लिया गया। ऐसे लोगों को या तो खेती या पुश्तैनी पेशे में ढकेल दिया गया या निकम्मा भटकने के लिए छोड़ दिया गया। यह बात और है कि ऐसे लोग अपने पुश्तैनी काम में ज़्यादा कुशल साबित हुए। कुछ ऐसे भी निकले जिन्होंने पढ़ाई में अपनी

कमज़ोरी को अपने जीवन की कमज़ोरी नहीं माना और अपने अनुकूल कोई रास्ता पकड़ने के लिए घर से निकल पड़े। केदार भाई ऐसे ही लोगों में थे। खेती-बारी में अपने को खपाने के स्थान पर वे घर से निकल भागे और बलिया में किसी सड़क कांट्रैक्टर के सम्पर्क में आकर उसकी विद्या सीखने लगे और धीरे-धीरे स्वयं कांट्रैक्टर बन गये। काफी अच्छी कमाई। बड़े-बड़े लोगों से सम्पर्क। और जीवन के स्कूल ने उन्हें इतना कुछ सिखा दिया जो वे स्कूल में नहीं सीख पाते। उन्हें निकम्मा सिद्ध करने वाले मास्टर और अन्य लोग उनकी कृपा के पात्र बनने लगे। उदार केदार भाई सबकी सहायता करते थे और स्वयं बहुत सलीके से रहते थे। उनके खान-पान, कपड़े-लत्ते, रहन-सहन में एक ऐसी स्तरीयता थी जो गाँव के तमाम पढ़े-लिखे लोगों को नसीब नहीं थी। और आज वे जिस ढंग से रह रहे हैं, वह उनकी सन्तुलित और विवेकपूर्ण जीवन-दृष्टि का ही परिणाम है। इनसे मिलकर बहुत अच्छा लगा।

बसावनपुर हमारे गाँव से करीब एक मील की दूरी पर है। मेरे गाँव और बसावनपुर के बीच की दूरी में खेतों का विस्तार बहुत सुहावना लगता है। बीच में दो-एक बागीचे आते हैं, वरना यहाँ से वहाँ तक फसलों का समुद्र ही समुद्र दिखाई पड़ता है और बसंत में तो लगता है जैसे तरह-तरह के रंगों के ज्वार उठ रहे हों। कुछ दूर तक अरहर का सघन विस्तार था। उसमें डूबा तो देर तक डूबा ही रहा। अरहर पक रही थी—पन्द्रह-बीस दिन में कटने लायक हो जायेगी। बचपन के दिन याद आ रहे थे। सुख और दुःख की कितनी स्मृतियाँ जुड़ी थीं इन खेतों से।

अरहर के विस्तार से निकला तो तालनुमा नीची जगह के खेतों में जा पहुँचा। तीसी के नाले नीले फूलों की बहार आयी थी, गेहूँ की गहरी हरीतिमा अब धीरे-धीरे सुनहली हो रही थी। यह जगह मुख्य मार्ग में पड़ती है। लोगों का आना-जाना लगा रहता है। कितनी सुहानी हैं बचपन की स्मृतियाँ। तब यह क्षेत्र काफी नीचा था। फागुन तक कुछ न कुछ पानी सबसे नीची जगह में बना होता था। कभी-कभी कार्तिक में इसे जोत कर गेहूँ-जौ बोने की स्थिति नहीं बनती थी तो अधसूखी जमीन में मटर तीसी यों ही फेंक दी जाती थी और माघ फागुन में उनकी छटा देखने लायक होती थी। दोपहर की धूप में हम उसके बीच घूमते थे। सुहानी धूप बिछी होती थी और फूलों की दुनिया और मोहक हो उठती थी। तितलियाँ इस फूल से उस फूल तक उड़ती थीं। आकाश में टिहाती हुई चील चक्कर काटती थी और पानी के बीच झपट्टा मार देती थी। हमें भूख लगी होती थी लेकिन घर जाकर क्या करते ? इन खेतों के साथ तो घंटों मन बहल जाता था। किसी-किसी साल इनमें गन्ने की फसल होती थी तो बड़ा आनन्द आता था। गन्ने की फसल का सौन्दर्य ही कुछ और होता है। वह बरसात से लेकर फागुन तक मन मोहती है और कार्तिक लगते ही वह भूखे पेट का सहारा भी बनने लगती है।

हाँ, आज बाज़ार है न। दुकानदार पीठ पर या घोड़े पर या साइकिल पर सामान

लादे शिवपुरा के बाज़ार में जा रहे हैं। तब भी मैं इस खेत के पास खड़ा होकर बाज़ार जाते सामानों को देखता था और मेरा भूखा मन कल्पना करता था कि इस हलवाई की गठरी में पेड़ा होगा, बरफी होगी, गट्टा होगा, लकठा होगा। इस पंसारी की गठरी में गरी होगी, छोहाड़ा होगा, मिश्री होगी, चीनी होगी। सब कुछ होगा लेकिन अपने हिस्से में कहाँ कुछ आने वाला है ? मेरी भूख देखते-देखते बढ़ जाती थी और खेत में से कुछ मटर तोड़ कर खाने लगता था। या गन्ना रहा तो गन्ना चूसने लगता था और कहीं कुछ नहीं रहा तो अपने ही ओठ चूसने लगता था।

कुछ आगे बढ़ा। अरे नाला कहाँ गया ? यहाँ एक नाला हुआ करता था—शैतनवा नाला जो बरसात में बहुत ऊधम मचाता था। उसी के ज़रिए गोर्रा नदी का पानी हाहाकार करता हुआ इन खेतों की ओर दौड़ता था और प्रलय मचा देता था। बरसात बीतने के बाद भी उसमें महीनों काफी जल भरा होता था और अगहन-पूस तक नाव चलती थी। फिर हलांत होती थी। गर्मी में भी कुछ न कुछ जल इसमें यहाँ-वहाँ होता था। इसके पार हमारे और हमारे गाँव के अनेक लोगों के खेत हैं। इसलिए हमें हर हालत में उसे पार करना ही पड़ता था। बाढ़ आने की स्थिति में कितने लोग अपनी फसल उखाड़ कर उनका बोझ लेकर तैरते हुए गाँव की ओर आते थे इस प्रक्रिया में कितने ही लोगों को यह नाला लील गया। इसे पार करते समय उन डूबे हुए लोगों की रूहें हमें आसपास घूमती मालूम पड़ती थीं। तमाम लोगों के विश्वासों में वे लोग बुड़ुवा बन गये थे और हमारे आतंक का कारण बनते थे।

लेकिन इस नाले के नाते ही जाड़े में इन फसलों को एक अलग रंगत मिल जाती थी। यह बरसात में इन खेतों को नयी मिट्टी दे जाता था और भीतर तक उन्हें भिगो जाता था, जिससे उनकी उर्वरता नयी-नयी शक्ति पाती रहती थी और यह जाड़ों में सिंचाई के लिए जल भी देता था। कुवार-कातिक में इसके किनारे-किनारे कास फूलते थे। उनकी छवि का क्या कहना ? ज्यों-ज्यों बड़ा होता गया, इसकी छवि का मूल्य समझ में आने लगा। जब मैं बाहर चला गया और इनसे प्राप्त होने वाला सतत सम्पर्क कम से कमतर होता गया, तब गाँव के साथ-साथ इन खेतों और नाले का सौन्दर्य एक तड़प के साथ याद आने लगा। मैं बनारस में पढ़ता था और दशहरे की छुट्टियों में घर आने का अवसर मिलता था तब स्टेशन से घर लौटते-लौटते रात हो जाती थी और इस नाले के आसपास आकर चाँदनी में खिले कासवन में मैं खो जाता था लगता था सपनों का वन फैला हुआ है। नाले का पानी भी सिमट गया होता था और उसमें रमी हुई चाँदनी माया-लोक की सृष्टि करती थी। आसपास अपने खेत होते थे। उनके पास आकर लगता था कि वे जीवित साथी हैं जैसे मेरी प्रतीक्षा कर रहे थे और घर चलने के लिए जैसे मेरे साथ हो लेते थे। उनमें झूमते धानों की लय और चमक लिए मैं घर लौटता था। नवरात्र की गहमागहमी से गाँव भरे होते थे और

मीलों फैले इस सूने विस्तार में एक-दूसरे से जुड़ने के लिए टहलते से लगते थे।

मैं आगे बढ़ा तो एक-एक करके अपने खेत समीप आते गये। मैं अनुमान से अपने खेतों की पहचान कर रहा था। ठीक-ठीक न भी पकड़ में आयें लेकिन यह भाव तो मन में महक ही रहा था कि इनमें से कोई न कोई तो अपना है और वैसे तो सारे अपने ही हैं। बचपन में अपने खेतों के साथ-साथ न जाने कितने पराये खेतों से अपनापन जुड़ा हुआ था। तमाम खेतों से गुज़रना, किसी में खेलना, किसी में घास उखाड़ना, किसी में से गन्ना तोड़ना, किसी में से मटर या चना ले लेना, किसी में पेड़ की छाँह में बैठ कर सुस्ता लेना, किसी में बैठे-बैठे दिवा-स्वप्न देख लेना, किसी में भूखे पेट बैठ कर आँसू बहा लेना।

''अरे का देख रहे हैं दामोदर बाबा।''

मैंने चौंक कर देखा। कोई अपरिचित व्यक्ति था।

''पालागी। पहचाना नहीं ?''

''नहीं भाई।''

''हाँ कैसे पहचानेंगे, कितने साल बाद तो आये हैं। अरे मैं इसी बसावनपुर गाँव का रघुनाथ यादव हूँ न।''

''अच्छा अच्छा, अब पहचाना।''

''अपने खेतों को पहचान रहे हैं ?''

''हाँ कुछ-कुछ तो पहचान ही रहा हूँ। अब एक खेत तो यही है, एक शायद वह है।''

रघुनाथ यादव हँसे।

''क्यों भाई, क्या मैं ग़लत कह रहा हूँ।''

''नहीं, आप बहुत पहले की बात कह रहे हैं। अरे चकबंदी हो गयी है न, उसमें तो सारे खेतों का उलट-पुलट हो गया है। आपके खेत उनके और उनके खेत आपके हो गये हैं। चलिए मैं बताता हूँ आपके खेत।''

''रघुनाथ ने तीन बीघे के एक चक के सामने ला खड़ा किया। यह चक आपका है और यह चक आपके भाई साहब का।''

''ओह तो अब मेरे और भाई साहब के खेत भी एक नहीं रहे, दो हो गये और न जाने किनके खेत किनके नाम और किनके खेत किनके नाम हो गये।''

लेकिन मुझे लगा कि बसावनपुर का पूरा क्षेत्र तो अपना ही रहा है यह पूरा परिवेश समग्र भाव से मेरे भीतर उमड़ता रहा है, यहाँ कौन अपना है कौन पराया ?

थोड़ा आगे बढ़ा तो सड़क मिली। सड़क चौड़ी और ऊँची हो गयी थी और उस पर खड़ंजा बिछा हुआ था। इस सड़क से मेरा कितना गहरा लगाव रहा है। तब यह धूलभरी कच्ची सड़क थी। अभी ही कौन पक्की हो गयी है लेकिन कुछ तो बदलाव

है ही। बचपन में इस सड़क के किनारे बैठ कर मैं सुस्ताता रहा हूँ और इस पर आते-जाते लोगों को, बैलगाड़ियों को, साइकिलों को देखता रहा हूँ। 'कहाँ से आते हैं और कहाँ जाते हैं लोग।' मैं सोचता रहा हूँ।

"कब बनेगी यह सड़क रघुनाथ जी।"

"अरे दामोदर बाबा, न जाने कब से इस पर खड़ंजा बिछा हुआ है। सुनते रहते हैं कि अब बनने वाली है, अब बनने वाली है लेकिन यह कबसे सुन रहे हैं। अपने देश की तरह इस सड़क का भी हाल है। यह न कच्ची रही न पक्की। इसका अजब हाल है।"

"हाँ सो तो है। यह बन जाती तो इस जवार की खुशहाली में बड़ी तरक्की होती। क्यों है न ?"

"हाँ बाबा, क्यों नहीं ? यह बन जाये तो बसें चलने लगें। लोगों को शहर आने-जाने में बड़ी सुविधा हो जाय। यहाँ का माल वहाँ और वहाँ का माल यहाँ आसानी से आये जाये। और सब से बड़ी बात तो यह है बाबा कि सड़क के किनारे गाँव वाले दुकानें खोल लेंगे जिससे गाँव और खुशहाल हो जायेंगे। अब मैं ही कब से सोच रहा हूँ कि बसें चलने लगेंगी तो मैं अपने उस खेत में चाय की दुकान खोलूँगा। बस का अड्डा तो यहीं बनेगा न।"

"हाँ यह तो है। ये खेत भी महँगे हो जायेंगे। धीरे-धीरे एक छोटा-सा कस्बा बनेगा और लोग अपने-अपने खेतों को महँगे दामों पर बेचेंगे और कृषि की जगह मकान, दुकान नज़र आयेंगे। खुशहाली तो आयेगी ही और बहुत-सी अच्छी-बुरी बातें आयेंगी।"

"और बहुत-सी बातें ?"

"हाँ बहुत-सी बातें। मगर छोड़िए जो होना होगा होगा ही। हमारे आपके चाहने न चाहने से क्या होगा।" रघुनाथ सुरती मलते चले गये और मैं एक बबूल की छाया में बैठ गया।

इन खेतों से जुड़ी बचपन की कितनी ही स्मृतियाँ मन में उतराने लगीं, आँखों में बचपन के कितने ही दृश्य तैरने लगे, अपने परिवार की और लोगों की आँखों में लदे अभावों के कितने ही रूप उभरने लगे। अभावों के भीतर से छलछलाते प्यार और सौहार्द के कितने रंग खिलने लगे। मौसमों की अपनी-अपनी महक मेरे भीतर हलचल मचाने लगी। सामने यह बँसवारी दिखाई पड़ रही है न ? उसमें हमारे धानों की फसल कट कर एकत्र होती थी। पिता जी गाँव पर होते थे और हम दोनों भाई रात को फसल की दँवाई करते थे। हम दोनों बारी-बारी दँवरी हाँकते थे। धान और कोदो की नयी फसल की महक हमारे नथुनों में भरी होती थी। नया अन्न हमारा भविष्य बन कर रात के अँधेरे में मुस्करा रहा होता और हम दँवरी हाँक रहे होते। चारों ओर रात का सन्नाटा फैला होता था। उस सन्नाटे में पास ही दस घरों का गाँव बसावनपुर

सोया रहता था और हम जाग रहे होते। और उस सन्नाटे में हमारी हट्ट-हट्ट की आवाज़ भटक रही होती। हम इस सन्नाटे में डरते थे इसलिए उसे अपनी आवाज़ों से डरा रहे होते थे। हम दोनों भाई हँसी-मजाक भी करते थे। कभी-कभी गाते भी थे और बार-बार देखते थे कि शुकवा उगा कि नहीं।

शुकवा उगते ही हम आश्वस्त होते कि अब रात बीतने वाली है। थोड़ी देर बाद कोई कौवा बोलता—कांय-कांय और हम प्रसन्न होकर उससे छेड़खानी करने लगते।

उसकी आवाज़ में आवाज़ मिलाते। कभी कहते—"अरे कड़बड़ेश्वर, भागो यहाँ से, क्या कान खा रहे हो।" वह 'कांय-कांय' करता होता तो हम ढेला फेंकते और बोलते—कड़बड़ेश्वर। वह वहाँ से उड़कर किसी और बाँस पर जा बैठता था और फिर बोलता था—कांय-कांय . . . फिर उषा की लाली आकाश में छलक पड़ती थी और इस तरह रात बीत जाती थी।

जहाँ बैठा हूँ वह बहुत चालू रास्ता है। यहाँ से जैसे इधर का सारा कछार गुजरता था। तमाम गाँवों के रास्ते यहाँ आकर मिल जाते थे और नदी पार करते हुए चौरीचौरा रेलवे स्टेशन की ओर चले जाते थे। कुछ रुद्रपुर को जाते थे, कुछ पश्चिम दिशा की ओर निकल जाते थे। कुछ सरदार नगर गन्ना मिल की ओर जाते थे। अभावों की मार से छटपटाता हुआ यह इलाका रोज़ी-रोटी के लिए न जाने कहाँ कहाँ भागता था—कभी कलकत्ता, कभी बंबई, कभी अहमदाबाद, कभी बनारस, कभी कानपुर . . .। घर छोड़ कर जाते हुए लोगों की अभावग्रस्त आँखों में परिवार के छूटने का अथाह दर्द भरा होता था। अब पता नहीं कब आना हो। मैं उन खेतों में काम करता हुआ यह सब देखता रहता था और देखता था घर पर छूटे हुए उनके परिवार की आँखों का सूनापन। मेरे भाई साहब शिवनाथ भी तो ऐसे ही एक दिन कलकत्ता चले गये थे।

कितनी बार पट्टीदारी की भाभियों या चाचियों ने वर्षों से न आये अपने पतियों के लिए मुझसे चिट्ठियाँ लिखवाई हैं और मैंने अपनी लियाकत भर पत्र को खूब प्रभावशाली बना कर चिट्ठियाँ लिखी हैं और विश्वास करता रहा हूँ कि इस दमदार चिट्ठी पर तो वे आ ही जायेंगे। और मैं देखता था प्रायः होली के दिनों में बक्सा लादे, नया छाता लटकाये, बूट चमचमाते लौटते हुए कुछ परदेसियों को। मुझे इनका लौटना बड़ा अच्छा लगता था। होली का मेरा हुलास दूना-चौगुना हो उठता था। लगता था जैसे मेरे ही घर का कोई सदस्य लौट रहा हो। और तब तो सचमुच मुझे कितना उल्लास अनुभव हुआ था जब शिवनाथ भाई पहली बार कलकत्ता से गाँव लौटे थे। तब मैं दर्जा सात में था और शिवनाथ भाई सात पास करने के बाद घर की हालत से विचलित होकर नौकरी खोजते फिरे थे और इधर-उधर से थक कर कलकत्ता चले गये थे और दो साल बाद गाँव लौटे थे। उनसे इसी राह पर भेंट हुई थी और मैं उनके साथ खुशी में डूबता-उतराता घर पहुँचा था—माँ-बाप के पास। हाँ तब शिवनाथ भाई की शादी

नहीं हुई थी। गरीब घर के बच्चों से शादी कौन करता ? इसलिए मुझे भाभी की ओर से शिवनाथ भाई को चिट्ठी नहीं लिखनी पड़ी थी। माँ-बाप के तथा अपने आँसुओं को ही चिट्ठियों में भेजा था। हाँ, वहाँ से वे आये तो कमासुत हो गये थे। उनकी शादी हो गयी। जब इस बार कलकत्ता जाने लगे तो घर में जैसे वेदना का कुहराम मच गया। रोने वालों में एक चेहरा और शामिल था, वह था भौजी का चेहरा। भौजी कमरे में छिप कर हबस-हबस कर रो रही थीं और जैसे पूछ रही हों, फिर कब आओगे? अभी-अभी तो तुम्हारी होकर आयी थी और तुम छोड़ कर चल पड़े न जाने कब वापस होने के लिए।

मैं यहीं बैठा हुआ या खेतों में काम करता हुआ देखता था—जाड़ों में अकाल के मारे हुए झुंड के झुंड लोगों को गन्ना मिल की ओर भागते हुए और वहाँ से एक पैसे का एक कनस्टर गंधक मिला चोटा उठा कर लौटते हुए जिसे प्रायः नालियों में फेंक दिया जाता है। देखता था उन्हें पशुओं के चारा के लिए बांगर की ओर जाते हुए और वहाँ से अरहर के गिरे हुए पत्ते बटोर कर या जंगल के पेड़ों से पत्ते तोड़ कर उन्हें सिर पर उठाये हुए घरों को लौटते। मैं अपने को भी इस भीड़ में देख रहा हूँ। अभाव के मारे हुए शरीर ऐसे लगते थे जैसे आदमी के नहीं, बिजूके के हों।

लेकिन मैं मेलों, बाज़ारों, शादी-ब्याह में जाते हुए लोगों को भी देखता था। ठट्ट की ठट्ट भीड़ रामनवमी के मेले में मैरवा जा रही होती, शिवरात्रि के मेले में शिवपुर जा रही होती। गर्मियों में शादी-ब्याह के उत्सव में शरीक होने की उमंग देखते ही बनती थी। पल-पल डोली, बाजा-गाजा, रंगीन कपड़ों में गाते-बजाते बराती। अभावों से भारी देह में मस्ती का न जाने कितना अक्षय स्रोत था जो पर्वों, त्यौहारों और मेले-हटियों की छुवन से फौवारे की तरह फूट पड़ता था।

और फागुन में तो जैसे मैं इस परिवेश में खो जाता था। उमड़ती हुई फसलें, अल्हड़ फागुनी हवा, ऊष्म होती हुई धूप, झड़ते हुए पत्ते, बुहारी गयी सी हँसती हुई राहें।

हाँ, यहाँ से मैं सब कुछ देखता था। अब न वह अभाव देख रहा हूँ न वह भाव देख रहा हूँ। चारों ओर एक सामान्य सम्पन्नता है और उस सम्पन्नता से उपजी सामाजिक उल्लास की विपन्नता। यहाँ आज बैठा-बैठा मैं एक अद्भुत सूनापन अनुभव कर रहा हूँ।

घड़ी देखी—बारह बज रहे थे। सोचा अब घर लौटना चाहिए। शाम को बाज़ार भी तो जाना है। उठ कर आगे बढ़ा। देखा कोई व्यक्ति सामने के गाँव मझगाँवा से खरामा-खरामा इधर को ही आ रहा है। उसके पीछे-पीछे कोई युवक भी है। हम दोनों आमने-सामने टकरा गये। एक-दूसरे की ओर देखा, फिर आगे बढ़ गये। लेकिन उस एक क्षण की देखा-देखी में कुछ कौंध गया। लगा पहचाना हुआ चेहरा है। पीछे मुड़कर देखा। देखा कि वह व्यक्ति भी मुड़ कर देख रहा है। फिर हम दोनों मुड़कर आमने-सामने हो गये। ''आप शायद दामोदर जी हैं।'' उसने कहा।

"हाँ, और आप शायद दिनेश माझी हैं न।"

उसने 'पावलागी' कहा और शायद मेरे पाँव छूने के लिए लपका।

"अरे भाई कितने दिनों बाद मिले हैं।" कहते हुए मैंने उसे भुजाओं में भर लिया लेकिन वह मुझे अपनी भुजाओं में नहीं भर सका और मुझसे छूट कर अपने हाथ मेरे पाँव की ओर बढ़ाये।

"यह क्या करते हो दिनेश ? अरे हम सहपाठी रहे हैं। हमारा बराबरी का रिश्ता है।"

"नहीं दामोदर जी, हम स्कूल में साथ भले ही पढ़े हों किन्तु कहाँ आप कहाँ मैं ? आप तो पढ़-लिख कर कितने महान् पुरुष बन गये और मैं मिडिल पास करके बंबई चला गया। वहाँ दूध का धंधा करने लगा और उसी में जिन्दगी बीत गयी।"

"अरे तो इसमें अपने को छोटा मानने की बात क्या है दिनेश भाई ! कोई काम छोटा-बड़ा नहीं होता। इस जवार के कितने होनहार छात्र आगे पढ़ने की सुविधा नहीं पा सके और कोई न कोई धन्धा पकड़ कर जीवन की यात्रा की है। इसमें वे छोटे कहाँ से हो गये ? और छोटे-बड़े का भेदभाव चाहे और जगह चलता भी हो, सहपाठियों और दोस्तों में कहाँ चलता है ?"

"अरे कोमल खड़ा क्या है, पाँव छू।"

अब ख़याल आया कि दिनेश के साथ कोई और व्यक्ति भी है जो हम लोगों से कुछ दूर खड़ा होकर खेतों की ओर देख रहा था। उसने मुड़ कर मुझे नमस्ते किया।

"अरे पाँव छू पागल ! ऐसे लोगों के पाँव छूने से पुण्य प्राप्त होता है और पुण्य से ही जीवन में सफलता मिलती है।"

वह युवक अपनी जगह खड़ा रहा तो दिनेश ने कहा—"आज के लड़कों में छोटे-बड़े का लिहाज नहीं रह गया है। यह मेरा छोटा बेटा है दामोदर भाई, पढ़-लिख कर बेकार है।"

"बाबू जी, मैं आगे चलता हूँ। अपने दोस्त के यहाँ रहूँगा। जब आपका शिकायत-पुराण खत्म हो जाय तो वहीं आ जाइएगा।" कह कर वह आगे बढ़ गया।

"देखा आपने ?"

मैं मुस्कराया और दिनेश से बोला—"भाई, पाँव छूने की परम्परा पुरानी है। आज की पीढ़ी इसे पसन्द नहीं करती तो इसका यह मतलब नहीं कि वह बदतमीज़ है। बहुत से पाँव छूने वाले बहुत ढोंगी होते हैं और मतलब से पाँव छूते हैं, श्रद्धा से नहीं। पाँव छूने की परम्परा को मैं भी पसन्द नहीं करता। आप अपने बेटे को इसलिए मत लांछित कीजिए कि उसने मेरे पाँव नहीं छुए। और मुझे यह भी अच्छा लगा कि अपनी शिकायत सुनकर वह आगे बढ़ गया। उसमें स्वाभिमान है यह उसकी जीवंतता की निशानी है, कुछ न कुछ करेगा ही।"

"क्या करेगा भाई ? मैं जिन्दगी भर बंबई में अपने को खपाता रहा और चाहता

रहा कि मेरे बेटे भी कुछ बन जायें। पेट काट-काट कर घर पैसे भेजता रहा। तीन बेटों में से दो तो नालायक निकल गये। दसवीं भी पास नहीं कर सके लेकिन यह पढ़ने में तेज निकला। इसने सेकंड क्लास में बी.ए. किया। नौकरी नहीं मिली। लोगों के कहने से बी.एड, भी किया, नौकरी नहीं मिली। पाँच साल से यह यों ही भटक रहा है नौकरी की खोज में।''

''हाँ यह समस्या तो है।''

''जिन दो बेटों को मैं नालायक समझता रहा, वे घर से भाग कर बाहर चले गये और गाजियाबाद की फैक्टरियों में काम कर रहे हैं और अच्छा कमा रहे हैं। लेकिन यह लेबर का काम तो करेगा नहीं और कलम का काम कहीं मिलता नहीं। अब बुढ़ौती में यह दर्द मुझे खाये जा रहा है।''

मैं चुप रहा।

''आपके तो बड़े-बड़े लोगों से सम्बन्ध हैं, इसके लिए कुछ हो सके तो कीजिए।''

''दिनेश भाई, शहरों में भी काफी पढ़े-लिखे बेकार घूम रहे हैं। या छोटे-मोटे पब्लिक स्कूलों में पाँच-छ: सौ रुपये पर अध्यापिकी कर रहे हैं। अब बी.ए., बी.एड. की औक़ात क्या रह गयी है ? इसलिए लोग छोटे-मोटे धंधे शुरू कर देते हैं। नैं तो अखबार में काम करता हूँ, पत्रकारिता की रुचि और योग्यता वाला कोई युवक हो तो कुछ सहायता कर सकता हूँ, बाकी स्कूलों में कुछ कर पाऊँ, ऐसी औक़ात मेरी नहीं है।''

''नहीं नहीं, ऐसी बात नहीं दामोदर भाई ! आपके प्रभाव के बारे में बहुत सुना है। आप चाहेंगे तो यह कहीं न कहीं फिट हो ही जायेगा।''

मैं समझ गया कि दिनेश के मन में वही भ्रम है जो इस क्षेत्र के अपना काम कराने जाने वाले अनेक लोगों के मन में होता है। सभी समझते हैं कि मैं दिल्ली में हूँ और मेरा नाम है तो मैं दुनिया हिला सकता हूँ। जिस किसी से चाहूँ काम ले सकता हूँ। बहुत से लोग तो मेरी साफगोई पर दुखी और नाराज़ होकर चले जाते हैं और सोचते हैं कि मैं बहाने से उन्हें टाल रहा हूँ। जब कि असलियत यह है कि मैंने ज़िन्दगी में अपने लिए और अपने परिवार के लिए कभी दौड़धूप नहीं की। किसी प्रभावशाली व्यक्ति से अच्छा सम्बन्ध भी है तो उससे स्वार्थ की बात कह कर कितना छोटा हो जाना पड़ता है यह मैं बहुत गहरे समझता हूँ लेकिन दूसरे लोग तो यह बात नहीं समझते न। उनका तो काम होना चाहिए चाहे जैसे हो। मैं समझ गया कि दिनेश को समझा पाना कठिन है। उनसे यह भी नहीं कह सकता कि स्वयं मेरी पुत्रवधू एम.ए. बी.एड. करके घर बैठी है, नौकरी नहीं दिला पा रहा हूँ। इसलिए जान छुड़ाने के लिए कह दिया कि अच्छा आप अपने लड़के का बायोडाटा दे दीजिएगा। देखूँगा क्या हो सकता है ?

''तो कल घर पर आ जाऊँगा।''

''घर आइए स्वागत है, लेकिन आज बाज़ार आयेंगे क्या ?''

''हाँ आयेंगे।''

''तो वहीं लेते आइएगा।'' कह कर मैं वहाँ से चल पड़ा।

वहाँ से चला तो बड़ा उखड़ा-उखड़ा सा अनुभव करने लगा। यह दिनेश माझी है, जिसे मैं वर्षों से कितना याद करता रहा हूँ। यह मिडिल स्कूल में मेरा सहपाठी था। पढ़ने में बहुत अच्छा था बल्कि मेरे साथ इसकी प्रतिस्पर्धा रहती थी। यह स्कूल का अच्छा धावक भी था। कई बार इसने स्कूल को पुरस्कार दिलाये थे। स्वस्थ और सुन्दर था। कुल मिलाकर यह मास्टरों का चहेता छात्र था और मेरा अच्छा मित्र था। इसने मेरे ही साथ उर्दू मिडिल भी किया था। इसके बाद . . . । यही प्रश्न इस कछार क्षेत्र के छात्रों के साथ लग जाता था। इसके बाद हाई स्कूल में दाखिल होने के लिए बीस मील दूर शहर जाना पड़ता था। शहर के अलावा दूर-दूर तक और किसी स्थान पर हाईस्कूल नहीं था। लोगों की औक़ात कहाँ थी कि वे अपने बच्चों को शहर भेज कर अंग्रेज़ी की शिक्षा दिलाते। इसलिए मिडिल या उर्दू मिडिल शिक्षा-यात्रा का अन्तिम पड़ाव बन जाता था और बच्चे बिखर जाते थे। यही हाल दिनेश का हुआ। जब मैं उर्दू मिडिल पास कर गाँव से बाहर के स्कूलों में पढ़ाई करने के लिए संघर्ष कर रहा था तब सुना कि दिनेश अपने गाँव के किसी व्यक्ति के साथ बंबई चला गया। नहीं गया होता तो नाव खेता रहता। तब से उससे भेंट नहीं हुई थी। मन बहुत हुटकता था उससे मिलने के लिए लेकिन कभी संयोग नहीं हुआ मिलने का। आज मिला तो मैं कितना प्रसन्न हुआ। एकाएक कितनी स्मृतियाँ मन में तैर गयीं लेकिन . . . ।

लेकिन यह मिलना भी सहज मिलना कहाँ रह पाया ? मैं चाहता रहा कि हम कुछ देर कहीं बैठें, गपशप करें, सुख-दुःख पूछें, स्कूली जीवन के अतीत को फिर एक बार ऊष्मा से जी लें और बात करके उठें तो हलके हो जायें और हँसकर कहें —''कितना अच्छा लगा दोस्त आज मिलना। कल फिर मिलेंगे।'' लेकिन यह कुछ नहीं हो पाया। बीच में कितनी कुछ बातें आ गयीं। यद्यपि तीन-चार घंटे बाद हम बाज़ार में फिर मिलेंगे लेकिन क्या मैं चाहता हूँ कि फिर मुलाकात हो या चाहूँगा कि हम कहें—कल फिर मिलेंगे।

घर लौटा तो दो बज रहे थे। बच्चे स्कूल से आ गये थे और परेशान से लग रहे थे। आते ही सवालों की बौछार शुरू हो गयी—''आप कहाँ चले गये थे दादा जी? कई लोग आकर लौट गये। माई बहुत परेशान हो गयी है। आपको भूख नहीं लगती क्या ?''

''लगती है भाई, खूब लगी हुई है। अपनी माँ से कहो खाना परोसें, मैं आ रहा हूँ।''

सात

खा-पीकर थोड़ा लेटा। उठा तो पौने चार बज रहे थे। तभी अंगद भाई आ गये।

''का हो दामोदर भाई, बाजार चलना है क्या ?''

''हाँ हाँ, ज़रूर चलूँगा चलिए।''

अंगद भाई के साथ गाँव में से निकल रहा था। लोग मुस्कराकर देख रहे थे।

''का बात है अंगद भाई, आज जहाँ से जाओ, लोगों की नज़र आप पर ही टिक रही है और लोग आपको देख-देख कर मुस्करा रहे हैं।''

''अरे तुम नहीं समझोगे इस गाँव का चरित्तर। बड़ा गहरा गाँव है यह। ये साले न मुझे देख रहे हैं न मुझ पर हँस रहे हैं। ये देख यह रहे हैं कि दामोदर जैसे पढ़े-लिखे और बड़े आदमी को इस गाँव में जोड़ीदार यह लंठ आदमी ही मिला है। 'राम मिलाई जोड़ी' वाले तर्ज पर ये हमें देख कर हँस रहे हैं।''

''नहीं ऐसा नहीं होगा अंगद भाई।''

''नहीं नहीं, ऐसा ही है हो दामोदर। जब आप यहाँ थे तो गाँव थोड़ा अलग था, अब तो बहुत पेचीदा हो गया है। मैं इसकी नस-नस पहचानता हूँ।''

मैं हँसने लगा। गाँव से बाहर निकला तो फसलों के बीच आ गया। शुरू के मार्च की तिजहर। फड़फड़ाती हुई हवा में एक मादक छुवन। सड़क से तमाम गाँवों के लोग बाज़ार की ओर जा रहे थे। रास्ते में अंगद भाई दुआ-सलाम करते चल रहे थे। कुछ पहचाने लोगों से मेरा भी दुआ-सलाम हो रहा था। थोड़ी देर में हम नाले के पास पहुँच गये जहाँ गाँव के लोगों की दुकानें थीं। कुछ लोगों ने आग्रह किया कि मैं वहाँ थोड़ा बैठूँ और चाय पिऊँ। मैंने शाम की चाय पी नहीं थी इसलिए बोला — ''कोई हर्ज नहीं थोड़ा बैठ लेते हैं।'' बैठे तो डाक्टर जी भी अपनी दुकान से निकल आये और सुरती मलने लगे।

उनकी आँखों में शरारत की हँसी थी। प्रायः रहती है। बोले—''का हो अंगद चाचा, दामोदर चाचा को बाज़ार दिखाने ले जा रहे हैं। आज कहीं नेवता नहीं है क्या ?''

''अरे कैसे उजबक आदमी हो। दामोदर भाई कोई विलायत से आये हैं क्या ? उन्होंने यह बाज़ार नहीं देखा है कि मैं दिखाने ले जाऊँगा।''

डाक्टर जी हुँ हुँ हुँ हुँ करके हँसने लगे। बोले, ''अरे देखा क्यों नहीं है लेकिन यह नया बाज़ार नहीं न देखा है। इस नये बाज़ार को देखने के लिए आपसे बढ़िया साथी इन्हें कौन मिलेगा।'' वे हँसने लगे।

अंगद भाई मूड़ी हिलाने लगे और मुझे लग गया कि अब अंगद भाई की कुंडलिनी जाग्रत होने वाली ही है। अभी-अभी अंगद भाई ने गाँव वालों की हँसी का जो राज बताया था क्या डाक्टर की भी हँसी उसी से जुड़ी हुई है।

"हे डागडर, अंगद बेपढ़ा-लिखा कुकर्मी ही सही और यह भी सही कि वह दामोदर भाई के साथ घूमने लायक नहीं है लेकिन यह बताओ कि जब से दामोदर भाई आये हैं तुम उन से मिलने कितनी बार आये ? यहाँ तक कि होली को भी दिखाई नहीं पड़े। ये जबसे आये हैं इनके पास से उठने को मेरा मन ही नहीं करता। न जाने क्या बात है दामोदर भाई में कि मन यहीं आकर रमता है और सोचता है कि जिन्दगी भर तो अपना काम काज करना ही है, चार दिन तो इस प्यारे भाई के पास बैठ कर कुछ पा लो लेकिन तुम तो रेलवे में बड़े बाबू रहे हो, पढ़े-लिखे हो। सुना है कि कुछ कविताएँ भी लिखते हो लेकिन बीस बरस बाद आने वाले अपने इस नामी गिरामी चाचा से मिलने की तुम्हें इच्छा ही नहीं हुई? तुम लोग तो एक-एक पैसा दाँत से पकड़ते हो और वहीं उठते-बैठते हो जहाँ दो पैसे का फायदा हो। तुमने सोचा होगा कि अपने घर-गृहस्थी और डागडरी के कामों को छोड़ कर इस आदमी के पास निठल्ला कौन बैठे ? क्या मिलेगा इससे ? और नहीं तो अपना नुकसान होगा।"

अंगद भाई बोलते ही जा रहे थे। मैंने कहा—"बस कीजिए अंगद भाई। यह बात नहीं है। मरीज़ों की सेवा ईश्वर सेवा है। वे मरीज़ों को छोड़ कर मेरे पास आते और गप्प करते तो क्या यह बात मुझे पसन्द आती ? सब को अपनी-अपनी विवशताएँ होती हैं।"

मैंने देखा डाक्टर जी का चेहरा फक्क पड़ गया था और शायद कोई बहुत कड़वी बात कहने की तैयारी में थे कि अंगद भाई की आवाज़ सुनी—

"अरे क्या कहते हो दामोदर भाई। ये मरीज़ों की नहीं, मरीज़ इनकी सेवा करते हैं। अरे रिटायर होने के बाद कमाई धमाई के लिए जैसे कोई भैंस चरा रहा है, कोई दलाली कर रहा है वैसे ही ये होमियोपैथी की डागडरी कर रहे हैं। ये कौन धनवंतरी हैं कि इन्हें समय नहीं मिलता।"

"अंगद चाचा अब बस कीजिए। बहुत बकवास कर ली आपने। आप नहीं जानते कि दामोदर चाचा के लिए मेरे मन में क्या स्थान है। आप अपना गन्दा गुबार तो निकाल ही रहे हैं दामोदर चाचा की आँखों से भी मुझे गिरा रहे हैं।"

नये लड़के भी अंगद भाई पर कुछ न कुछ रिमार्क करके हँस रहे थे।

मुझे लगा कि कहीं झगड़ा न हो जाये। मैं चिन्ता में था कि इन्हें कैसे रोकूँ कि अंगद भाई के हँसने की आवाज़ आयी। बोले—"अब तुम्हारी हँसी कहाँ चली गयी डागडर महोदय। अरे अभी अंगद से टकराने की औकात किसी में नहीं है। तुम लोग चिकोटी काटते हो न। काटो। अंगद चिकोटी नहीं काटता, थप्पड़ मारता है। जिसमें सहने की औकात हो वह इसे चिकोटी काटे। और ये कल के लौंडे भिन्न-भिन्न छेड़खानी

कर रहे हैं। अरे अंगद मर्द आदमी है जनखों से नहीं भिड़ता।''

एक ज़ोर की हँसी पड़ी। ''लीजिए अंगद बाबा, चाय पीजिए। जाने दीजिए दुनिया भर का बवाल।'' एक नये लड़के ने चाय सामने रख दी और धीरे-धीरे वातावरण फिर शान्त हो गया। लेकिन देखा डाक्टर जी का चेहरा प्रकृतिस्थ नहीं हुआ। उन्हें शायद लग रहा था कि अंगद ने उन्हें मेरे सामने छोटा कर दिया।

''अच्छा चलते हैं बाज़ार की ओर।'' कह कर मैं खड़ा हुआ और अंगद भाई के साथ चल पड़ा।

''आपको डाक्टर को इस तरह नहीं कहना चाहिए था अंगद भाई। वे बहुत परेशान हो गये थे।''

''यहाँ के लोग इसी तरह समझते हैं। भला बताओ मैंने उन्हें कुछ कहा था। उन्होंने ही तो चिकोटी काटी। यह इनकी आदत है। अरे बाबा जब दूसरों को चिकोटो तो उसका थप्पड़ खाने को तैयार रहो।''

हाईस्कूल के सामने से गुज़रा तो देखा कुछ मास्टर लोग बाहर खड़े थे। वे लोग मेरी ओर देखने लगे और वहीं से हाथ उठाया तथा धीरे-धीरे मेरी ओर आने लगे। मैं खड़ा हो गया।

वे पास आये तो उनमें मेरे गाँव के रमेश मास्टर भी थे। रमेश ने ही परिचय दिया— ''भाई साहब ये इस स्कूल के प्रिंसिपल साहब हैं मिस्टर श्याम वर्मा।''

''आपसे मिल कर बहुत प्रसन्नता हुई।'' मैंने कहा।

''अरे प्रसन्नता तो हम लोगों को है कि आप जैसे महापुरुष इस इलाके के हैं और आपके दर्शन हो रहे हैं।''

''देखिए प्रिंसिपल साहब, मैं कोई महापुरुष नहीं हूँ। मैं इस मिट्टी से पैदा हुआ वैसे ही एक किसान-पुत्र हूँ जैसे तमाम लोग हैं। दिल्ली में रहने से कोई महापुरुष नहीं हो जाता।''

''यह तो आपकी विनम्रता है साहब ! बड़े लोग विनम्र होते ही हैं। कभी हमारे स्कूल के बच्चों को यह सौभाग्य दीजिए कि वे आपको सुनें।'' प्रिंसिपल साहब हाथ जोड़ कर बोल रहे थे और अन्य सारे मास्टर लोग अपनी मुस्कान से उनका अनुमोदन कर रहे थे।

मैं सोच ही रहा था कि क्या जवाब दूँ कि अंगद भाई बोल पड़े—''ए प्रिंसिपल साहब, मैं तो गँवार आदमी हूँ लेकिन फिर भी इतना समझता हूँ कि किसी को महापुरुष कहा जाय और उसे अपने यहाँ बुलाया जाय तो उसके यहाँ जाया जाता है। वहाँ जाकर उससे प्रार्थना करनी होती है कि हमारे यहाँ पधारें। आप तो अपने स्कूल में तन कर बैठे रहें और बाजार जाते हुए दामोदर भाई को अपने दरबार में हाजिर करके प्रार्थना कर बैठें। अरे यह प्रार्थना नहीं हुकुम लगता है।''

प्रिंसिपल ने कुछ अजीब निगाहों से अंगद भाई की ओर देखा, फिर सँभलते हुए

से बोले—"अरे नहीं महराज, ऐसी गुस्ताखी मैं भला कर सकता हूँ ? हम तो रमेश जी को दरखास्त लेकर भेजने ही वाले थे। हम लोगों के बीच यही बात हो रही थी।"

"रमेश क्या दरखास्त लेकर जायेगा ? दामोदर भाई को आये पाँच दिन हो गये, कभी उनके यहाँ दिखाई भी पड़ा ?" अंगद भाई बोले।

"छोड़िए अंगद भाई, आज तो आप मेरे पास आने और न आने वालों का हिसाब लेने पर ही तुले हुए हैं। कौन किसके पास आता है नहीं आता है यह उसका निजी मामला है, उसकी अपनी रुचि-अरुचि और सुविधा-असुविधा का प्रश्न है। मैं आऊँगा प्रिंसिपल साहब, किसी दिन आऊँगा।"

सबको नमस्कार करके आगे बढ़ा। रास्ते में मैं बोला—"अंगद भाई अब आप चुप रहें। आप खामखाह लोगों में मेरे प्रति एक चिढ़ पैदा कर रहे हैं।"

"मैंने क्या बुरा कहा। यह प्रिंसिपल है और इसे इतनी तमीज नहीं कि आपको अपने स्कूल में बुलाने के लिए आपके घर आये, उलटे अपने स्कूल में ही आपको निमंत्रित कर रहा है और चिकनी-चुपड़ी बातें कर रहा है। आप तो सीधे आदमी हैं कुछ नहीं कहेंगे, लेकिन मैं किसी को नहीं छोड़ता। हाँ।"

मैं हँसने लगा। "अच्छा भाई अच्छा।"

कुछ दूर तक साथ चले। फिर बोला—"अंगद भाई, इस प्राइमरी स्कूल में कभी जाते हैं?"

"अरे अब प्राइमरी स्कूल में क्या करने जाऊँगा ?"

"क्यों आपको नहीं लगता कि कभी आप इस स्कूल में पढ़े थे, खेले थे, कूदे थे, मारपीट की थी, चोरियाँ की थीं और जाने क्या-क्या किया था ?"

"अरे अब इन बातों को याद करने से क्या फायदा ? दामोदर भाई जो बीत गया सो बीत गया।"

"नहीं अंगद भाई, कुछ चीज़ें सामने होकर भी नहीं होतीं, और कुछ चीज़ें बीत कर भी नहीं बीततीं। फायदा-नुकसान की बात तो मैं नहीं करता लेकिन जिन चीज़ों से हम बने हैं, उनकी यादें हमें जीवित रखती हैं। इस भाग-दौड़ और लेन-देन के समय में वह मासूम समय एक ताज़गी दे जाता है, हमें सहज और इंसान बना जाता है। याद कीजिए प्राइमरी स्कूल के वे दिन—क्या मस्ती थी ? साथियों में न कोई छोटा था न बड़ा। न हिन्दू न मुसलमान। एक ही टाट पर मास्टर जी की एक ही छड़ी के नीचे पढ़ने वाले हम केवल विद्यार्थी थे। एक ही कुएँ से पानी पीने वाले, एक ही मैदान में खेलने वाले, एक ही पुस्तक से गुज़रने वाले हम छात्र थे। बड़ा होने पर हम न जाने कितने खानों में बँट जाते हैं, कितने लाभ-हानि के गणित से संचालित होते हैं, तब क्या अपने वे दिन कुछ देर के लिए भीतर आकर चैन नहीं दे देते ? अपने वे मास्टर, अपने वे सहपाठी, अपने स्कूल के वे सारे प्रसंग और परिवेश कितना अपने लगते हैं। अंगद भाई, आप जब से मुझे मिले हैं स्कूल की न सही,

अपने तमाम पिछले प्रसंगों को याद कर रहे हैं ? आखिर क्यों ?"

देखा, अंगद भाई चुप थे और शायद उनकी चुप्पी कह रही थी—पता नहीं तुम क्या-क्या कह रहे हो, समझ में नहीं आता। लेकिन देखा—धीरे-धीरे उनके चेहरे पर एक तरलता फैलने लगी। आँखों में अतीत की चमक सी दिखाई देने लगी।

"अब अपने मास्टरों में से कोई जीवित है क्या अंगद भाई।"

"नहीं भइया, कोई जीवित नहीं है।" मैं बात करता हुआ अंगद भाई के पीछे-पीछे चल रहा था और पाँच मिनट बाद पाया कि हम प्राइमरी स्कूल के अहाते से गुज़र रहे हैं।

"अरे हम रास्ता छोड़ कर यहाँ कैसे आ गये ?"

"अरे आपको प्राइमरी स्कूल की याद आने लगी तो मैंने सोचा वहाँ से ही गुजरते हैं।" अंगद भाई बोले।

"वाह अंगद भाई, आप कितने समझदार हैं।"

वैसे तो इस अहाते से तमाम लोग बाज़ार के लिए आ जा रहे थे किन्तु मैंने देखा कि मुझे देखते ही मास्टरों में खुसफुस होने लगी और वे मेरी ओर देखने लगे थे। साढ़े चार का समय था। मास्टर लोग एक साथ बैठे हुए चाय पी रहे थे और बच्चे या तो अपनी-अपनी कक्षाओं में चिल्ला-चिल्ला कर पहाड़ा पढ़ रहे थे या यों ही घूम रहे थे।

मेरे गाँव के टीचर शंभूनाथ वहाँ से उठ कर आये और प्रणाम करते हुए बोले —"बाबाजी जरा आइए न, एक कप चाय हो जाय।"

"चाय तो अभी पी है हो डाक्टर जी के साथ।"

"अरे चाय तो बहाना है आप के चरण यहाँ पड़े हैं हमारे धन्य भाग्य। थोड़ा-सा हमारे साथियों को अपने साथ बैठने का सौभाग्य दीजिए।"

अंगद भाई के ओठ फड़क रहे थे शायद शंभू से भी कहना चाहते थे—"धन्य भाग्य के बच्चे, गाँव पर तो तुम एक बार भी धन्य होने नहीं आये, यहाँ दामोदर भाई स्वयं आये तो तुम्हारा भाग्य धन्य हो रहा है।" मैंने इशारे से उन्हें कुछ भी कहने से मना कर दिया।

तब तक और भी शिक्षक आ गये ?

सभी पेंट कोट में थे। सभी ने अपने-अपने ढंग से धन्यभाग्य वाली बात दोहरायी और चाय पीने का आग्रह किया। शंभू ने सभी शिक्षकों से मेरा परिचय कराया। उनके आग्रह पर मैं वहाँ बैठ गया। इस स्कूल के अन्दर आकर मुझे एक स्पंदन-सा अनुभव हो रहा था। मैं चारों ओर देख रहा था। स्कूल का ढाँचा वही था। हाँ, जहाँ खंभे और दीवारें बहुत कमजोर हो गयी होंगी, वहाँ नयी उठा दी गयी हैं। अहाते में कुछ पेड़ थे, वे नहीं दिखाई पड़ रहे हैं, शायद जलाने के लिए या स्कूल की बिल्डिंग की लकड़ी के लिए काट दिये गये होंगे। पहले इस अहाते में वसन्त में फूलों की

बहार आयी रहता थी अब कहीं कुछ दिखाई नहीं पड़ रहा था। पहले चारों ओर नागफनी का घेरा था, अब वह भी नहीं है।

''क्या देख रहे हैं श्रीमन् । अरे आपके देखने लायक यहाँ है क्या ? टूटी-फूटी बिल्डिंग, उजाड़ पड़ा हुआ अहाता। अरे इस टूटे-फूटे स्कूल में आप जैसे पत्रकार और साहित्यकार के चरण पड़े हैं इसके धन्यभाग। कुछ लिखिए इसके लिए ताकि इसके भी भाग जागें।''

''देखिए हेडमास्टर जी मुझे लज्जित मत कीजिए। मेरे चरण यहाँ स्कूल को धन्य करने नहीं आये हैं, यह स्कूल मेरे लिए मन्दिर है जहाँ मैंने विद्या की पूजा की है, जहाँ से मुझे न जाने कितना कुछ मिला है, मैं इस भूमि पर आकर उन दिनों से भर गया हूँ और मेरे तमाम शिक्षक, सहपाठी, दृश्य, प्रसंग, घटनाएँ, ऋतुएँ, मौसम, हवा, पानी मेरे भीतर महक रहे हैं। मैं इनसे ही तो बना हूँ। आप लोग मेरे उन गुरुओं की भूमि पर बैठे हुए उन्हीं की परम्परा में आते हैं अतः आप लोगों से भी मिल कर एक विचित्र सुख की अनुभूति हो रही है। लेकिन यह उजाड़ क्यों पड़ा है ? पहले तो यहाँ मौसम में गेंदे, गुलाब, वैजयंती आदि के फूल भरे होते थे।''

''हम लोग शिक्षा-विभाग को लिखते रहे हैं कि किसी माली की व्यवस्था कर दी जाय। लेकिन कौन सुनता है ?''

''लेकिन हमारे समय में तो हमी लोग इसे गोड़ते थे, फूल लगाते थे, सींचते थे, रखवाली करते थे, माली का कोई काम ही नहीं था।''

''अरे श्रीमान् अब लड़के कहाँ सुनते हैं। छुट्टी हुई कि घर की ओर भागते हैं और उन्हें रुचि भी नहीं रही फूल-पौधों में।''

मैं क्या कहता ? पहले तो बड़े लोगों में रुचि जागनी चाहिए। क्या वे चाहते तो स्कूल टाइम में बच्चों से थोड़ा काम नहीं ले सकते थे।

''दिल्ली के क्या हाल हैं श्रीमान् जी।''

देखा—पूछने वाला एक स्मार्ट-सा नवयुवक शिक्षक था।

''दिल्ली के समाचार ठीक ही हैं।''

''सुना है दिल्ली बहुत रंगीन शहर है। कभी वहाँ गया नहीं हूँ सुनता रहता हूँ।''

''तो कभी जाकर देख आइए इतनी तड़प मन में क्यों पाले हुए हैं।'' किसी ने चिकोटी काटी।

''हाँ रंगीन तो है। उसके बहुत से रंग हैं, आप क्या देखना चाहते हैं ?''

''अरे जब देखा ही नहीं है तो क्या बताऊँ क्या-क्या हैं वहाँ देखने लायक ? मगर सुना है, है बहुत रंगीन शहर।''

''अरे दामोदर जी, यह लड़का बहुत महत्वाकांक्षी है। यह तो इसकी मजबूरी है कि हाटा जैसे पिछड़े हुए गाँव के प्राइमरी स्कूल में नौकरी कर रहा है। चाहता तो यह यही रहा कि किसी बड़े शहर में नौकरी मिलती, वहाँ की चहल-पहल और

रौनक भरी जिन्दगी में शामिल होता। आधुनिक समाज के राग-रंग भोगता, मगर तकदीर ने वहाँ भटका दिया है जहाँ कुछ भी नहीं है।'' हेडमास्टर जी बोले।

''अरे नहीं हेडमास्टर जी, आप तो मेरा मजाक बनाने लगे। मैं अपनी औकात पहचानता हूँ लेकिन दिल्ली हमारे देश की राजधानी है। वहाँ के बारे में जिज्ञासा होना स्वाभाविक है।'' शंभू बोला।

सभी लोग मुस्कराने लगे। मुझे लग गया कि सचमुच इस युवक का मन किसी नगर की ज़िन्दगी के लिए तड़प रहा है और दिल्ली तो फिर दिल्ली है। मैं बोला—

''शंभू जी, नगर बनाता भी है बिगाड़ता भी है। दिल्ली जैसे महानगर में जाकर बहुत से लोग चमक गये और बहुत से लोग बरबाद हो गये। वहाँ बड़े-बड़े नेता हैं, बड़े-बड़े पूँजीपति हैं, बड़े-बड़े साहित्यकार, पत्रकार हैं, बड़े-बड़े खिलाड़ी और अभिनेता हैं, अच्छे-अच्छे मकान हैं, अलकापुरी जैसे कुछ मोहल्ले हैं, शानदार सरकारी और गैर सरकारी बिल्डिंगें हैं, कनाटप्लेस जैसे रंगीन बाजार हैं, रंग-बिरंगी आधुनिक वेशभूषा में स्वच्छन्द घूमते युवक-युवतियाँ हैं और उनका रोमांटिक संसार है. . .।''

मैंने देखा शंभू अभिभूत सा हो रहा है उसकी आँखों में एक रस छलक आया है।

''परन्तु।'' मैंने कहा।

लगा जैसे शंभू को खट से एक झटका लगा और पूछ रहा हो 'परन्तु क्या?'

''परन्तु दिल्ली का यह एक रंग है, जो थोड़ा है। दिल्ली में झुग्गियाँ है, झोंपड़ियाँ है, नारकीय मोहल्ले हैं, नौकरी खोजते बेकार शिक्षित युवक हैं जो वहाँ से न लौट पाते हैं न वहाँ के हो पाते हैं, मित्रों के सहारे चाय पीते घूमते हैं। अपनी बँधी-बँधाई तनख़ाह से कराह-कराह कर गृहस्थी की गाड़ी खींचते हुए मध्यवर्ग के नौकरी पेशा लोग हैं जो गन्दे मोहल्लों में धूल धुआँ और घुटन पीते रहते हैं जिन्हें न कभी खुली हवा मिलती है, न खुली धूप। जिन्हें न फसलों का संगीत सुनाई पड़ता है, न मौसमों की पुकार। बन्द-बन्द मकान एक-दूसरे का खाँसना सुनते रहते हैं। और कहीं जाना हो तो बसों में गिरते-पड़ते घंटों बाद वहाँ थके-थके पहुँचते हैं और थके-थके लौटते हैं। आप सौभाग्यशाली हैं शंभू जी कि गाँव के खुले वातावरण में रहते हुए एक ठीक-ठाक नौकरी कर रहे हैं। हाँ, यदि कुछ बनने की इच्छा हो—जैसे बड़ा नेता, बड़ा प्रोफेसर, बड़ा साहित्यकार, बड़ा पत्रकार, बड़ा चित्रकार तो दिल्ली सही जगह है लेकिन उसके लिए बहुत संघर्ष करना पड़ता है, बहुत कुछ सहना पड़ता है। दिल्ली अपने आप किसी को बड़ा नहीं बना देती। अब आप बताइए कि आपको क्या बनना है वैसी सलाह दूँ ?''

''अरे इन्हें कुछ बनना-बोनना नहीं है, इन्हें दिल्ली की रंगीनी चाहिए।'' बहुत देर बाद अंगद भाई बोले। और एक हँसी फैल गयी। देखा शंभू लजा गया था।

''अच्छा हेडमास्टर साहब, अब हम लोग ज़रा बाज़ार में जा रहे हैं बहुत-बहुत

धन्यवाद। यहाँ आकर बहुत ताज़ा हो गया और आप लोगों ने हमारे पुराने गुरुओं की याद दिला दी।''

आगे बढ़े तो मैंने कहा—''अंगद भाई यहाँ कुछ आम के पेड़ थे। और वहाँ आँवले का एक पेड़ था। याद है न, हम लोग इनके फल खूब खाते थे और इन्हीं पेड़ों के नीचे खेलते थे। वे सभी उजड़ गये।''

''हाँ थे तो।''

बाज़ार में पहुँचे तो सवा पाँच बज रहे थे। वहाँ पहुँच कर रोमांच सा हो आया। बचपन की अनेक स्मृतियाँ खुल गयीं। अब तो इस बाज़ार का एक तिहाई भाग स्थायी दुकानों ने घेर लिया था दो तिहाई में भी वह सघनता वह रौनक नहीं दिखाई दे रही थी जो पहले थी। हालाँकि दुकानें सभी प्रकार की आज भी थीं।

''अब इस बाज़ार में वह बात नहीं अंगद भाई जो पहले थी।''

''अरे भइया, पहले लोग हफ्ता भर इस बाज़ार का इंतजार करते थे। वे इसी के भरोसे होते थे। अब गाँव-गाँव में तरह-तरह की दुकानें खुल गयी हैं, लोगों की जरूरतें पूरी हो जाती हैं फिर इस बाजार में क्यों आयें ? आते हैं तो खास कर साग-सब्जी के लिए या गोश्त के लिए या फिर मिलने-जुलने या मन बहलाव के विचार से।''

''हाँ ठीक कह रहे हैं।''

नमस्कार, पालागी, प्रणाम, सलाम . . .

मैंने देखा कि इस जवार के तमाम अपढ़ और पढ़े-लिखे लोग (जो होली के अवसर पर बाहर से घर आये थे या यहीं कोई नौकरी-चाकरी करते हैं) मिलते जा रहे हैं और दुआ-सलाम करते जा रहे हैं और वही शिकायत कि बहुत दिन बाद गाँव आये हैं।

अब मैं केवल मुस्करा भर दे रहा हूँ। मन होता है कहूँ कि आप तो गाँव आते रहते हैं न, या गाँव के आसपास ही नौकरी करते हैं न। आपमें गाँव कितना बचा हुआ है। यह पेंट-कोट, गँवार लोगों से बच कर निकल जाने की यह अदा, अपने शिक्षित वैशिष्ट्य की एक सचेत भंगिमा, अंग्रेजी की छौंक वाली भाषा में वार्तालाप और न जाने क्या-क्या ? क्या यही गाँव आना है ? मगर क्यों कहूँ ? यह सब कहने तो आया नहीं हूँ। यहाँ तो लोगों से मिलने आया हूँ। जिससे जितना अपनापा मिल जाय, सहेज लूँगा और अपनी निधि बना लूँगा।

''प्रणाम पंडित जी।''

चौंक कर मैंने देखा—एक नेतानुमा व्यक्ति चार-पाँच लोगों से घिरा हुआ सामने खड़ा है।

''प्रणाम भाई प्रणाम।''

''लगता है आपने मुझे पहचाना नहीं।''

''नहीं पहचान तो रहा हूँ फिर भी . . .।''

"अरे पहचानिएगा कैसे ? जब आप यहाँ थे तो ये हनुमान ठाकुर यहाँ प्राइमरी में पढ़ाते थे। अब इस जवार के एम.एल.ए. हो गये हैं।" अंगद भाई बोले।

"अच्छा-अच्छा माफ करना हनुमान भाई। सुना तो था कि आप इस क्षेत्र के दलितवर्ग के नेता हो गये हैं और एम.एल.ए. भी हैं लेकिन बहुत दिनों के बाद देखा न, पहचान थोड़ी अटक गयी। हम लोगों को आप पर गर्व है।"

"गर्व ? हनुमान ठाकुर थोड़ा मुस्कराये। आप इतने बड़े आदमी हैं और मुझ पर गर्व करने की बात कह रहे हैं ? लेकिन जरा इधर की बड़ी जाति के लोगों से चर्चा करके देखिए। वे किस तरह मुझे याद करते हैं। उनकी बातों से तो आपको ऐसा लगेगा कि मुझे न शिक्षा में आना चाहिए था, न विधान सभा में। मुझे अपने बाप-दादों की तरह पालकी ढोनी चाहिए थी, घरों का पानी भरना चाहिए था, भार ढोना चाहिए था, जूठे पत्तल साफ करने चाहिए थे और गाहे-बगाहे पिटना चाहिए था।"

"क्या अभी तक लोग ऐसा सोचते हैं ?" मैंने कहा।

"अरे कौन सोचता है हो हनुमान। उलटे तुम्हीं सबको सिखाते हो कि बाभनों को पैलगी मत करो, उनके काम मत करो, उनके साथ नरमी से पेश मत आओ और न जाने इतिहास के पन्ने खोल-खोल कर उनकी सात पुश्तों को गाली देते हो और गाली देना सिखाते हो।" अंगद भाई बोले।

"अंगद भाई, जब बड़ी जातियों के लोग अपना बड़प्पन नहीं दिखायेंगे तो नीचे गिरे हुए लोगों से कैसे उम्मीद करेंगे कि वे हमेशा उनका सम्मान करते रहें। अब नीचे गिरे हुए लोग उठ रहे हैं, सँभल रहे हैं, आदमी की तरह जीने का अपना हक़ माँग रहे हैं, तब उन्हें आप सहारा देने के बदले कोसेंगे तो वे क्यों आपका सम्मान करेंगे ? यदि आप उनके बाप-दादों के इतिहास के साथ उन्हें जोड़ेंगे तो वे आपको भी इतिहास से जोड़ेंगे।"

"छोड़िए सर, ये राजनीति की बातें। इतने दिनों पर तो आप मिले हैं। कुछ अपनी बताइए, कुछ दिल्ली की बताइए। चलिए दुकान पर बैठते हैं, वहीं चाय पियेंगे और बातें करेंगे।"

"नहीं हनुमान भाई। चाय बहुत हो चुकी है और बैठक भी बहुत हो चुकी है अब ज़रा घूमने की इच्छा है। ज़रा घूम-घाम कर अपने पुराने बाज़ार का जायजा ले लूँ।"

"ठीक है आप अभी हैं न।"

"हाँ दो-चार दिन तो रहूँगा ही।"

"तब मैं घर आऊँगा, वहीं बात होगी।"

"ठीक है।" कहता हुआ मैं आगे बढ़ गया।

यह गुड़ की दुकान है, यह चावल की दुकान है, यह बिसाती की दुकान है—इन सभी दुकानों से बचपन के अभाव की स्मृतियाँ जुड़ी हुई हैं। यह हलवाई की दुकान

जिस पर सजी मिठाइयों को स्कूल से लौटने पर भूखी आँखें निहारती थीं। एक बार एक सहपाठी इस दुकान से लकठा चुरा कर लाया। फिर लाया और मुझे भी उकसा दिया। मैं भी वहाँ गया कुछ देर खड़ा रहा। जैसे ही हलवाई ने इधर-उधर देखा मुट्ठी में लकठा भर लिया और चुपके से भाग चला। तब तक पीठ पर भरपूर मुक्के का आघात अनुभव किया। गिर पड़ा किन्तु गिरने की चोट उतनी नहीं आयी जितनी भरे बाज़ार में चोर बन जाने की शर्म थी। ज़िन्दगी में जब कभी किसी कमज़ोर क्षण में ग़लत काम करने की कोशिश की, पहली ही चेष्टा में पकड़ में आ गया और उसने मुझे सावधान कर दिया कि यह रास्ता तुम्हारा नहीं है।

"आइए चाचा जी पान खाइए।"

"नहीं मैं पान नहीं खाता।" कहता हुआ उधर सरक गया और वहाँ खड़े लोगों से दो-चार मिनट बातें कीं।

"नमस्कार श्रीमान् जी कब पधारे ?"

मैंने तब कई अपरिचित लोगों को एक साथ देखा।

"हम लोग हाईस्कूल में मास्टर हैं श्रीमान् जी। आपके बारे में सुना बहुत है, दर्शन आज हो रहे हैं।"

मैं मुस्कराया। "धन्यवाद आप लोगों का, इस इज्जत-अफज़ाई के लिए। आप लोग कहाँ के हैं ?"

"हम सभी लोग अलग-अलग स्थानों के हैं। दूर-दूर से आये हैं। मैं बाँसगाँव का हूँ, ये गोला के हैं, ये आजमगढ़ से आये हैं, ये सहजनवाँ के हैं।"

"अच्छा तो कभी भेंट होगी। अभी घूमते हैं।"

"चलिए एकाध कप चाय हो जाय।"

"फिर कभी।" कह कर मैंने हाथ जोड़ दिए।

यह सब्ज़ियों की लाइन है। सब्ज़ियों की दुकानें वास्तव में एक तरावट भर देती हैं। सीधे खेत से आयी ताज़ा-ताज़ा सब्ज़ियाँ देखने में भी अच्छी लगती हैं और खाने में भी। शहर में सब्ज़ियों का हुजूम तो दिखाई देगा लेकिन उनमें यह टटकापन कहाँ? न देखने में स्वाद, न खाने में स्वाद। इसलिए गँवई बाज़ारों में मेरे लिए सब्ज़ियों का एक विशेष आकर्षण होता है।

"अंगद भाई कुछ सब्जी-वोब्जी ले ली जाय। देखिए न कितनी हरी-भरी सब्ज़ियाँ हैं।"

"हाँ हाँ ले लो, बाकी हरी-भरी तो ये होती ही हैं।"

मुझे खाली हाथ देख कर वे बोले—"अरे ले लो, मैं अपने अंगोछे में बाँध लूँगा।"

सब्ज़ियाँ लेकर जैसे ही मुड़ा कि पुत्र के साथ दिनेश माझी खड़े मिले।

"मैं आपको कब से खोज रहा था। आप नहीं दिखाई पड़े तो गाँव में चला गया था। कुछ काम था।"

''हाँ मैं जरा देर से पहुँचा।''

मैंने कोमल की ओर देखा। सुबह वाली विद्रोही मुद्रा उसमें नहीं थी। बहुत ध्यान से और विनीत मुद्रा में वह मुझे देख रहा था।

''यह रहा इसका बायोडेटा। भाई साहब इसके लिए कुछ अवश्य कीजिएगा। बड़ी मेहरबानी होगी।''

''देखो भाई, सुबह ही मैंने कह दिया था कि मुझसे जो हो सकेगा, अवश्य करूँगा। वैसे मेरे हाथ में है ही क्या ?''

''अरे आपके हाथ में बहुत कुछ है। चाहेंगे तो अवश्य कुछ न कुछ हो जायेगा।''

''अच्छा ठीक है भाई।'' कह कर मैंने हाथ जोड़ दिये। दिनेश ने भी हाथ जोड़ दिये लेकिन बेटे ने लपक कर मेरे पाँव छू लिये।

''अरे अरे यह क्या करते हो भाई ? सुबह तो तुम ठीक थे, फिर इस वक्त तुम्हें एकाएक क्या हो गया ?''

''ठीक है भाई साहब। इसे बड़ों के पाँव छूने ही चाहिए। जब इसने आपको जाना तब सुबह वाली अपनी उद्दंडता पर अफसोस करता रहा।''

मैं मुस्कराया और आगे चल दिया। सोचता रहा कि स्वार्थ सुबह और शाम में कितना अन्तर ला देता है।

''अखखा अखखा जनाबे आला, एक ज़माने के बाद आपके कदम इधर मुड़े हैं। कहिए-कहिए मिजाज़ कैसे हैं ? आँखें तरस गयीं आपके लिए।''

देखा पंडित नंदलाल थे। मैंने नमस्कार किया। बोला—''सचमुच आपके दर्शन एक मुद्दत के बाद हो रहे हैं। कैसे हैं ?''

''बस वैसे ही हूँ जैसे था।''

मैंने देखा कि नंदलाल जी बुजुर्ग तो हो ही गये हैं, कुछ विपन्न से भी लग रहे हैं। यद्यपि बानक वही है—सलीके से पहनी हुई धोती, कुर्ता, जूता और हाथ में छड़ी। लेकिन कपड़ों में वह रौनक नहीं है जो हुआ करती थी। ठाट वही हैं किन्तु उसकी चमक गायब हो गयी है। लग रहा है कि इधर काफी बुरे दिनों से गुज़रे हैं। पहले भी कौन अच्छे दिन थे तो भी कभी किसी को पता नहीं चलता था कि पंडित नंदलाल के कष्ट क्या हैं ? उनकी भाषा, कपड़ों और व्यवहार में हमेशा एक चमक बनी रहती थी किन्तु अब कुछ ऐसा ज़रूर है कि . . .

''क्या सोचने लगे दामोदर जी।''

''अरे कुछ नहीं। पंडित शिवमंगल जी कैसे हैं ?''

''शिवमंगल जी ?''

''हाँ। आपको देख कर उनकी और उन्हें देखकर आपकी याद हो आती थी।''

''हाँ भाई, हम दोनों एक-दूसरे के साथ होकर जी लेते थे। लगता था कि इस छीन-झपट, लेन-देन, पैसे-रुपये की दुनिया में कोई ऐसा भी है जिससे मन का संवाद

भी चल सकता है। लगता था कि कोई अपनी भाषा भी समझता है। अब तो निपट अकेला हो गया हूँ।''

''क्या मतलब पंडित जी ?''

''अरे आपको पता नहीं शिवमंगल भाई को गुज़रे दो साल हो गये।''

''अरे यह तो बहुत दुखद समाचार है।''

''अरे दुखद हो या सुखद सच तो यही है। अब मैं भी तो जाने की ही तैयारी में हूँ। अच्छा फिर मिलेंगे।'' कह कर वे आगे बढ़ गये।

मैं कुछ क्षण स्तब्ध खड़ा रहा।

''अरे चलिएगा नहीं।'' अंगद भाई ने टोका।

''चलिए अब घर चलते हैं।''

''हाँ चलिए लेकिन पहले गोश्त तो ले लूँ।''

उनके साथ बाज़ार के अन्तिम छोर पर पहुँच गया, जहाँ तीन-चार कसाई बकरे काटने में मशगूल थे। कुछ बकरे बँधे हुए मिमिया रहे थे।

जाते ही एक कसाई बोला—''पालागी अंगद बाबा।''

''जीते रहो। एक किलो गोश्त तौल दो।''

''आपके लिए नया बकरा काटता हूँ।'' और उसने एक बकरा अपने पाँव के नीचे दबाया और छुरे से रेतना शुरू कर दिया। मिमियाते हुए बकरे की गर्दन से खून का फौआरा छूट पड़ा और देखते-देखते उसकी आँखें उलट गयीं।

''अंगद भाई, मैं आगे चलता हूँ आप लेकर वहीं आ जाइए। यहाँ मुझसे खड़ा हुआ नहीं जा रहा है।''

अंगद भाई मुस्कराये।

थोड़ी देर में उनके साथ घर की ओर लौटने लगा तो बकरे की मिमियाहट और उसकी उलटी हुई आँखें मेरे भीतर भर आयीं और उनसे मुक्त होना चाहा तो पंडित नंदलाल और पं. शिवमंगल मेरे भीतर उभर आये।

पंडित नंदलाल पंडित इसलिए हैं कि वे ब्राह्मण हैं नहीं तो पंडिताई की कोई बात उनमें नहीं है। वे दरजा सात पास हैं लेकिन कुछ पं. शिवमंगल जी की सोहबत के कारण कुछ अपने शौक और मस्ती के कारण लच्छेदार भाषा बोलना सीखते गये। संस्कृत, उर्दू सभी के तत्सम शब्दों से बनी भाषा बोलने का अभ्यास बढ़ता गया और उसके साथ ही कुछ साहित्य का भी अभ्यास होता गया। इसलिए जब वे पढ़े-लिखे लोगों से मिलते थे तो इसी भाषा में बोलते थे। लेकिन सवाल भाषा का ही नहीं था, भीतर स्थित मस्ती का भी था। वह मस्ती उनसे ऐसी भाषा ही नहीं बोलवाती थी बल्कि उनके आचरण और व्यवहार को भी तमाम लोगों से अलग एक वैशिष्ट्य और मानवीय गरिमा प्रदान करती थी। अपने अभावों और दुखों को पीकर वे हँसते हुए चलते रहते थे।

"क्या है दामोदर भाई। बहुत चुप-चुप हैं।"

"हाँ नंदलाल जी के बारे में सोच रहा था। ऐसे दयनीय तो वे कभी नहीं दिखाई पड़े थे।"

"अरे दामोदर भाई, जो कहीं नहीं हारता है, वह अपने घर में हारता है और खास कर सन्तानों से।"

"हाँ सो तो है।"

"नंदलाल बहुत ईमानदार आदमी हैं। आज के जमाने में जब दुनिया खूब फलफूल रही है यह आदमी खाली होता चला गया। यह एक बार चकबन्दी में क्लर्क लगा था। इस पेशे में लोगों ने न जाने कितना कमाया, लेकिन यह आदमी न कुछ लेता था और न साहब की आमदनी का जरिया बनता था। बच्चों ने बहुत समझाया—पिता जी दुनियादार बनिये नहीं तो कहीं के न रहेंगे लेकिन यह हँस कर रह जाता था। साहब भी नाराज हो गये और उसे हटा दिया। बच्चे भी नाराज हो गये। इसने पेट काट-काटकर और खेत बेच-बेच कर बच्चों को पढ़ाया था। बच्चे नौकरी से लग गये, इसे घर पर अकेला छोड़ दिया। वे इसे कुछ देते वेते नहीं हैं, उल्टे ताना मारते हैं—'जब कमाने का अवसर मिला था तब नैतिकता चाटते रहे अब चाटो नैतिकता।' यह फिर भी हँस देता है।

मुझे लगा कि पंडित नंदलाल अपने बच्चों पर ही नहीं, पैसे के लिए भागते सारे जमाने पर हँस रहे हैं। उस दौड़ में शामिल ये बच्चे भला क्या समझेंगे पंडित नंदलाल की हँसी का वैभव ?

इनसे और बड़ा एक पागल मेरे भीतर भर आया—इनका मित्र गुरु शिवमंगल। शिवमंगल जी की भी स्कूली शिक्षा अधिक नहीं हुई थी किन्तु वे अपने स्वभाव के बल पर संस्कृत, हिन्दी और उर्दू के अधिकारी विद्वान् बन गये थे। यह बात दूसरी है कि इस देहात में उनकी विद्वत्ता का कोई मोल नहीं था लेकिन उन्होंने दुनिया के लिए नहीं, अपने लिए यह विद्वत्ता अर्जित की थी। वे अच्छे कवि भी थे। इस देहात की ज़िन्दगी के सारे गुण-धर्म निभाते हुए वे अपनी विद्वत्ता और कविताई की दुनिया में मस्त रहते थे। यह मस्ती किताबी नहीं थी, उनकी ज़िन्दगी थी। साहित्य की मूल्यवत्ता उनके जीवन और व्यवहार में उतर आयी थी। इसी नाते एक ज़मींदार का बेटा होने के बावजूद धीरे-धीरे अपनी सम्पत्ति खोते गये। अभावों ने चारों ओर से उन्हें घेर कर बाहर-बाहर जर्जर बना दिया था लेकिन वे उनकी भीतरी मस्ती नहीं छीन सके। वे कभी वाल्मीकि की भाषा में बोलते, कभी कालिदास की भाषा में, कभी तुलसी की भाषा में, कभी जयशंकर प्रसाद की भाषा में। लेकिन इस भाषा को सुनने वाले वहाँ थे कहाँ ? जब कभी कोई बाहरी पढ़ा-लिखा व्यक्ति मिल जाता तो इस भाषा को खेल करने का अवसर मिल जाता, नहीं तो देहात के ही कुछ साहित्यिक से लगने वाले लोगों से काम चलाने की कोशिश करते। पं. नंदलाल उन्हीं लोगों में विशिष्ट

थे। शिवमंगल जी की सोहबत में उनकी भाषा और साहित्यिक रुचि में निखार आता गया और शिवमंगल जी ने इस देहात में उनके रूप में अपना एक स्थायी सहयात्री पा लिया था। दोनों प्रायः मिलते एक-दूसरे के दुःख-सुख को जानते-बूझते और उसमें शरीक होते। घर फूँक मस्ती दोनों को एक सूत्र में जोड़ती चली गयी और ऐश्वर्य की होड़ में लहूलुहान होते हुए समाज के लिए दोनों ही अजनबी बने रहे। दोनों को अभाव निगलता गया, दोनों पर ही लोग हँसते रहे और ये दोनों ही लोगों पर हँसते रहे एक फकीराना अंदाज़ में।

मुझे कैसा-कैसा लग रहा था। इनमें से एक चला गया, एक जाने की तैयारी में है। वह भी चला जायेगा और सचेत लोगों की जो दुनिया विकसित हो रही है उसमें किसी को याद भी नहीं रहेगा कि इस जवार में शिवमंगल और नंदलाल जैसे दो पागल भी थे जो कल तक ज़िन्दा रहे।

आठ

रात को लेटा तो आज की शाम आँखों में उतरा आयी। मेरे साथ अंगद भाई और अंगद भाई पर बिछी हुई लोगों की मुस्कानें . . . और उन पर अंगद भाई की चोटें . . . । बीस बरस बाद मैं अंगद भाई से मिला हूँ इसलिए इस अवधि में जो एक नये अंगद भाई उभर आये हैं, उसे मैं देख रहा हूँ। कम से कम मेरे लिए तो वे नये अंगद भाई लग ही रहे हैं किन्तु और लोग तो उन्हें एक क्रम में सतत देखते आये हैं और अपने स्वार्थों की टकराहट के संदर्भ में देखते आये हैं इसलिए उन्हें उनका नया रूप नहीं दिखाई पड़ रहा है। उन्हें शायद मेरी अक्ल पर भी तरस आ रहा होगा कि पूरे गाँव में यह लंठ बागड़ा और शातिर चोर ही इन्हें साथ के लिए मिला है। लेकिन मैं किसी को बुलाने तो गया नहीं था। अंगद भाई अपने आप आये, आते रहे और कई दिनों से मेरे साहचर्य में अपने को बिछाते रहे तो मैं उन्हें मना तो नहीं करता। यह मेरा स्वभाव ही नहीं है। बल्कि यह मुझे अच्छा लगना ही था और विशेषतया तब जब गाँव के तमाम सभ्य और शिक्षित लोग एक रस्म अदायगी के तौर पर दुआ- सलाम करने आये। या आये भी नहीं, रास्ते में मिल गये तो रस्म पूरी हो गयी।

और मंजुल ने भी बताया था कि अंगद चाचा अब एकदम वह नहीं रहे जो पहले थे। एक तो उम्र का तकाजा दूसरे बाल-बच्चे लायक हो गये जिन्होंने इन्हें बदलने

के लिए मजबूर कर दिया। फिर भी अंगद चाचा अंगद चाचा हैं, कुछ न कुछ कमाल तो दिखाते ही रहते हैं।

अंगद भाई मेरे बड़े भाई शिवनाथ जी के सहपाठी थे। पढ़ने-लिखने में माशाअल्लाह थे किन्तु खेलकूद, दौड़ और कुश्ती में अव्वल थे। उन्होंने अपने स्कूल को कई बार इनाम दिलाया। वे सात पास नहीं कर पाये किन्तु स्कूल ने उनके स्कूल छोड़ने के बाद भी कई साल तक टूर्नामेंटों में छद्म नाम से उनका उपयोग किया और इनाम पाया।

कुश्ती में वे लगातार बेहतर निकलते गये और जवार के नामी पहलवानों में उनकी गणना होने लगी लेकिन उनकी शक्ति सात्विक शक्ति के रूप में विकसित नहीं हुई। उनमें चोरी-चिकारी की लत बचपन से ही थी जो लगातार विकसित होती गयी। स्कूली जीवन में साथियों की कलम, दावात, पेंसिल, किताब, चाकू आदि चुरा लेने की जो आदत थी वह बाद में सेंध मारने, खेत काटने, गाय बैल चुरा लेने आदि में विकसित होती गयी। इसके साथ ही लोगों के खलिहान, घर, चौपाल आदि फूँक देने में उन्हें महारत हासिल हो गया। जिस किसी से कुछ टकराहट हुई, या जिसके द्वारा उनके स्वार्थ पर आँच आयी उसकी शामत आ गयी। गाँव में ये संत्रास बन गये थे। पकड़े जाने पर पिटते भी थे किन्तु ऐसा अवसर कम ही आता था।

ऐसे गुणों के साथ लपंटता लिपटी चलती है, सो अंगद भाई इसमें भी माहिर थे। पिछड़ी जातियों की तमाम लड़कियों के साथ उन्होंने देहलीला की थी। कई बार उनके घरों में पकड़े जाने पर पिटे भी थे। एक हरिजन बालिका तो इनकी रखैल ही बन गयी थी और पुलिस द्वारा पकड़े जाने पर इनकी अच्छी पिटाई भी हुई थी और पट्टीदारों द्वारा इनका जाति बहिष्कार भी हुआ था।

यों ये हमारी खास पट्टीदारी में आते हैं इसलिए पिता जी द्वारा कुकर्मों के लिए धिक्कारे जाने पर भी ये उनका आदर करते थे और हमारी सम्पत्ति पर हाथ नहीं डालते थे। लेकिन कब तक ? लोगों द्वारा उकसा दिये जाने पर इनका रुख हमारे घर की ओर भी हुआ और इन्होंने हमारे नये बैलों की जोड़ी उड़ा ली, खलिहान फूँक दिया और खेत काटने शुरू कर दिये। हमारे घर के खिलाफ बोलने लगे। एक बार मैं अपने कालेज में काफी बीमार पड़ा तो अंगद भाई ने गाँव में कहा कि दामोदर की लाश आ रही होगी। लोग यह सुन कर दुखी हुए। दुखी इसलिए भी हुए कि अंगद भाई ओझा भी बन गये थे। देवी-देवता उन पर आविष्ट होते गये। लोग मेरे बारे में उनके इस अमंगल कथन को ओझा का कथन मान कर आशंकित हो गये लेकिन जब मैं सही-सलामत गाँव आया तो लोगों को प्रसन्नता हुई।

कुल मिला कर अंगद भाई गाँव के एक कुख्यात व्यक्ति थे जिनके सामने तो कोई नहीं बोलता था किन्तु छिपे तौर पर सभी उनसे घृणा करते थे और गालियाँ देते थे। किन्तु न जाने क्यों शुरू से ही मुझे अंगद भाई में एक और अंगद भाई दिखाई पड़ते

रहे। शायद इसका कारण यह साहित्यिक मन है जो किसी चीज़ को भीड़ की आँखों से नहीं देखता, अपनी आँखों से देखता है। इसलिए किसी बात या व्यक्ति का वह रूप भी देखता है जो लोगों को नहीं दिखाई पड़ता।

बचपन में मैं अंगद भाई को होली जलने के दिन करताल लेकर नाचते देखता था तो बहुत अच्छा लगता था। वे जैसे फागुन की मस्ती बन जाते थे। होली के दिन सुबह जब पड़ोसी गाँव के बच्चों के साथ हमारे गाँव के बच्चों की पत्थरबाजी होती थी तो अंगद भाई के कारण ही हम जीत पाते थे। नहीं तो पड़ोसी गाँव के यादव लड़के हमें गाँव के पास तक खदेड़ सकते थे। अंगद भाई मेरे बाल मन में बाल हीरो बन कर उभरते थे। मन कहता था—शाबाश अंगद भाई, आपके कारण गाँव की इज्जत रह गयी। बड़ा हुआ तो देखा कि जब किसी बात पर किसी पड़ोसी गाँव से हमारे गाँव का झगड़ा हुआ, अंगद भाई अपनी लाठी का कमाल दिखाते हुए सबसे आगे दिखाई पड़े और उनके युद्ध कौशल और शक्ति के कारण ही हर बार गाँव की इज्जत बची। अंगद भाई ने चाहे खुद कई घरों में आग लगायी हो किन्तु जहाँ उनके होने का सन्देह नहीं होता था वहाँ आग बुझाने में वे सबसे आगे होते थे। एक बार तो एक बच्चा जलते घर में फँस गया था, अंगद भाई उसे निकाल लाये थे और स्वयं बुरी तरह जल गये थे। एक बार कुएँ में एक विधवा का एक बैल गिर कर फँस गया था, सभी लोग हताश से देख रहे थे और हाय-हाय कर रहे थे। अंगद भाई कहीं से आये और रस्सी बाँध कर कुएँ में उतर गये और जान का खतरा झेलकर उसे निकालने में सफल हुए।

जो चमारिन उनकी रखैल थी उसे भोगने की चाहत तो अनेक को थी लेकिन छिप-छिप कर। अंगद भाई ने उसे खुले आम अपने यहाँ रख लिया था और उसके सुख-दु:ख को साझा सुख-दु:ख बना लिया था। उसके लिए उन्होंने बदनामी सही, पुलिस की मार खायी, जाति बहिष्कार झेला, जुरमाना भरा लेकिन उसका साथ नहीं छोड़ा।

न जाने ऐसे कितने प्रसंग हैं जो मेरे कवि-मन को अंगद भाई को कुछ अलग दृष्टि से देखने को प्रेरित करते थे और सबसे अलग प्रसंग तो यह था कि बचपन में मैं अपने डीह वाले खेत में अकेले मक्का रखाता था। उस सुनसान दोपहरी में बहुत डर लगता था। अंगद भाई का भी खेत वहीं था और वे दोपहर को आ जाते थे। उन्हें कोई काम नहीं था, बस उन्हें यह मालूम हो गया था कि मैं डरता हूँ और उनके आने से मेरा डर दूर हो जाता है। इसके बदले में मैं उन्हें खेत में से तोड़-तोड़ कर अच्छी-अच्छी काँकर खिलाता हूँ। मेरी उनकी यह दोस्ती अपने ढंग की अद्‌भुत दोस्ती थी जो इतने उतार-चढ़ाव में भी कहीं बनी रही और अंगद भाई इस बार की मेरी यात्रा में उस प्रसंग को कई बार दुहरा चुके हैं। धूप के टुकड़े की तरह दोस्ती का वह छोटा-सा समय आज भी कितनी ऊष्मा देता है।

अंगद भाई ने जाने-अनजाने लोगों का कितना मनोरंजन किया है यह बात लोग

याद रखें या न रखें मेरे भीतर तो बसी हुई है। शादी-ब्याह में तो वे प्रहसन बन जाते थे। गाँव में बारात आयी है, द्वारपूजा के समय अच्छे-अच्छे घोड़ों की दौड़ हो रही है। अंगद भाई साफा-वाफा बाँधे हुए एक लिल्ली घोड़ी को एंड मारते चले आ रहे हैं। वह घोड़ी इधर-उधर से कहीं पकड़ लेते थे। अच्छे-अच्छे घोड़ों की दौड़ को कोई नहीं देखता था, अंगद भाई की लिल्ली घोड़ी का बिदकना, रुकना, फिर थोड़ा भागना और अंगद भाई का उस पर उछलना-कूदना सब देखते थे और हो हो हो हो हँसते रहते थे। चारों ओर शोर होता था---वाह अंगद भयवा, वाह अंगद बबवा, वाह अंगद चचवा पछाड़ दे सबको। . . .

कूट-मज़ाक में और बहसने में अंगद भाई का लहजा और तर्क ऐसा होता था कि गाँव के लोग हँसते-हँसते लोट-पोट हो जाते थे और प्रतिद्वन्द्वी की बोलती बन्द हो जाती थी।

अंगद भाई के व्यक्तित्व की गहरी कालिमा को भेद कर उसकी थोड़ी सी धूप मेरे भीतर समायी हुई थी और इतनी अच्छी लगती थी कि कालिमा का विस्तार उसके आगे फीका पड़ जाता था। और लोग अंगद भाई की अच्छाइयों का उपयोग तो करते थे किन्तु उन्हें महसूस नहीं करते थे। उनके लिए अंगद भाई बस चोरी, चिकारी, लंपटता, आगजनी झूठ-फरेब के नीरंध्र प्रतीक थे। और आज जब बूढ़े हो गये हैं तब भी लोग उन्हें उसी निगाह से देखते हैं। इसीलिए वे लोग उन्हें मेरे साथ देख कर हँस रहे थे।

हँसने वाले कौन हैं? अंगद भाई के समय के हैं, बाद के हैं, बिल्कुल आज की पीढ़ी के हैं। इन्होंने ऐसा क्या किया है कि अपने को अंगद भाई पर हँसने की पात्रता पा ली है। वे लोग शायद अपने को बहुत शरीफ समझते हैं। उन्होंने कभी चोरी नहीं की, आग नहीं लगायी, कोई रखैल नहीं रखी, पुलिस की मार नहीं खायी और पढ़-लिख कर कुछ बन गये लेकिन इन्होंने जो नहीं किया सो नहीं किया किन्तु किया क्या? अपने लिए लिखते-पढ़ते रहे, अपने लिए नौकरी पायी, अपने लिए जीते रहे, औरों के लिए क्या किया? अंगद भाई आग लगा सकते हैं तो आग में से लोगों को बचा भी सकते हैं, गाँव को नुकसान पहुँचा सकते हैं तो गाँव के लिए लड़-मर भी सकते हैं, लंपटता कर सकते हैं तो उसके पीछे निहित सम्बन्ध निभा भी सकते हैं।

नहीं शायद मैं पूरी बात नहीं कह पाया। ये शरीफ लोग अपने लिए जीते रहे इतना ही नहीं, दूसरों का जीना शरीफ ढंग से दूभर करते रहे हैं।

कुछ शरीफ लोग अंगद भाई के समय के थे। वे अपढ़ शरीफ थे। पैसे वाले बड़े आदमी। इन शरीफ लोगों की तिजारियों में गाँव के तमाम असहाय और लाचार लोगों के घरों के जेवर और प्रोनोट फरेब द्वारा बन्द थे। उनके खेतों में लाचार लोगों के खेत समाये हुए थे। वे कर्ज़ देकर बड़ी आसानी से तीन का तेरह कर लेते थे और उनके शयन कक्ष में दलित वर्गों की स्त्रियाँ बहकर चली आती थीं और वे परम ईमानदार

चरित्रवान और बड़े आदमी बने हुए रहते थे। मलमल का कुरता, फैंसी धोती, दुपलिया टोपी या साफा, मुँह में पान और वाणी में गाँव वालों के लिए उपदेश और आदेश भरे होते थे।

बाद की पीढ़ी में पढ़े-लिखे निकले। पढ़े-लिखे लोग तो और भी शरीफ माने जाते हैं। कोई नौकरी पाकर लायक हो गया और कुछ पैसे एकत्र कर गाँव में तनाव पैदा करने लगा, विशिष्ट व्यक्ति होने का अहंकार पालने लगा। जिन्हें नौकरी नहीं मिली वे राजनीति में घुस गये और राजनीति की दलाली करते हुए गाँव-जवार में भेद-भाव, कलह और आपसी टकराहटें पैदा करने लगे। कुछ लोग जिन्हें आसपास के स्कूलों और कालेजों में नौकरी मिली या सरकारी संस्थानों से जुड़े वे तो अपने दायित्व का पालन कम राजनीति ज़्यादा करने लगे। अपने राजनीतिक प्रभाव से पेशेगत दायित्वहीनता को तोपते हुए दलगत ही नहीं गाँव में गृहगत टकराहटें भी पैदा करने लगे और देखते-देखते गाँव की सांस्कृतिक और सामाजिक इकाई छिन्न-भिन्न होकर टुकड़ों में बिखर गयी।

आज मैंने देखा था कि अंगद भाई को मेरे साथ देख कर वे ही लोग मुस्करा रहे थे जो या तो शरीफ बन कर ग्रामीण वातावरण में प्रदूषण फैला रहे हैं या सभ्य तो हैं किन्तु समाज के लिए निष्क्रिय हैं। उन्हें केवल अपनी खेती-बारी, नौकरी-चाकरी और बैंक-बैलेंस से मतलब है। डाक्टर साहब जैसे लोग उन्हीं लोगों में से हैं। वे होली में कहीं दिखाई नहीं पड़े, दवा की पुड़िया बाँधते और गाय का दूध दूहते रह गये। वकील के वकील बेटे ने सम्मति उखाड़ कर फेंक दी और लंठ बागड़े जगदीश ने अपनी बाँस कोठी के पास सम्मति गड़वा कर परम्परा की रक्षा की। मर-मर कर पैसे बटोरने वाले रिटायर्ड क्लर्क शिवकुमार होली के दिन अपने किसी और जोगाड़ में बाहर गये हुए रहे। मास्टर लोग होली के दिन भी या तो गाँव और स्कूल की राजनीति में जुटे रहे या अपने खेतों में धँसे रहे। होली मनाने बाहर से आये हुए अनेक कमासुत अपने दरवाज़े पर तने बैठे रहे। प्राइमरी मिडिल स्कूल में पढ़ने वाले बच्चे तो अभी कच्चे हैं, वे होली जलने के दिन पंचगोइठी माँगते और होली के दिन भी धूल माटी और रंग से खेलते रहे, गाते-बजाते रहे किन्तु कालेज में पहुँच गये लड़कों को अपनी विशिष्टता का बोध था वे अपनी शिष्टता की पहचान बनाये हुए तटस्थ रहे और होली खेलने वालों पर हौले-हौले मुस्कराते रहे।

सारा गाँव शरीफ। नंगे केवल दो व्यक्ति अंगद भाई और जगदीश। जगदीश ने जब अपनी बाँस-कोठी के पास सम्मति गाड़ने की इजाजत दी तो मेरे भीतर उसके प्रति गहरा सद्भाव उभर आया। जगदीश भी अंगद भाई का सहपाठी था। अंगद भाई की तरह ही बदनाम। लेकिन अंगद भाई में पौरुष था, जगदीश में गिजगिजाहट थी। घटिया दर्जे का चोर, घटिया दर्जे का रेर और झगड़ालू था। वास्तव में उसका पूरा खानदान ग़रीब तो था किन्तु अपनी असभ्यता और आतंककारी कार्यों के लिए बदनाम

था। उसके दादा इस जवार के बहुत नंगे और सरहंग व्यक्ति थे। जब हम लोग बच्चे थे तो वे कोढ़ी हो गये थे फिर भी उनके दरवाज़े पर से गुज़रने में डर लगता था। वे गाली देते हुए मुवड़ी फेंक कर मारते थे। बड़े से बड़े ज़मींदार या अफसर से नहीं डरते थे और जो भी मन में आता था, कह देते थे। वे मर गये तो लगा जैसे एक आतंककारी छाया गाँव पर से उठ गयी। लेकिन उनका छः फिटा पुत्र उनसे भले ही काफी पीछे रहा हो, उसमें बाप का जितना गुण बचा था वह भी कुछ कम नहीं था। वह भी बात-बात में गाली देता, लाठी भाँजता, बात-बात में झगड़े पर उतारू हो जाता, छाती ठोंक-ठोंक कर दुश्मन को ललकारता—मैंने ये किया, मैंने वो किया, मुझे जानते नहीं हो, मैं ये कर दूँगा, वो कर दूँगा। बात-बात में जवार के बड़े-बड़े आदमियों के साथ अपने सम्बन्धों और विविध प्रकार के व्यंजनों के भोग की बात करता। लोगों को हँसी आ जाती क्योंकि सभी जानते थे कि वह खाली बहस रहा है और लोगों को यह भी पता था कि जिस दिन वह खाने-पीने की ज्यादा डींग मारता था उस दिन उसके घर उपवास हुआ रहता था।

मुझे उसकी लम्बी काया का निरन्तर झुकते जाना याद है। ज्यों-ज्यों अभाव की मार से वह झुकता गया त्यों-त्यों उसका आतंक शिथिल पड़ता गया और उसके व्यवहार में एक तरलता और सौहार्द आता गया।

उसका बेटा जगदीश भी पारिवारिक विरासत का हक़दार बना। अन्तर यह था उसके दादा और पिता के समय पढ़ने का कोई रिवाज़ नहीं था नहीं पढ़ सके किन्तु जगदीश के समय तो पढ़ाई का क्रम शुरू हो गया था। जगदीश सुविधा होने के बावजूद अपने परिवार की जड़ता से उबर नहीं सका और मुश्किल से चार पास कर सका।

जगदीश था तो अपने ख़नदान में ही किन्तु इसके बाप-दादे चोर नहीं थे, लंपट नहीं थे, गिजगिज़े नहीं थे। जगदीश कई बार लंपटई करते पकड़ा गया और बुरी तरह पिटा भी लेकिन यह घटिया आदमी भी सामाजिक कामों में कहीं न कहीं जुड़ा रहा। अंगद भाई की तरह यह भी खेल-कूद, पर्व-त्योहारों, शादी-ब्याह, मरन-जीयन आदि में सक्रिय रहता था और गाँव के संकट के समय हरावल दस्ते में दिखाई पड़ता था। किसी बीमार को नीबू चाहिए तो ले जाये, उसके पेड़ में से तोड़ कर। कोई मर गया, उसकी टिकटी के लिए बाँस चाहिए तो ले जाये उसकी बाँस-कोठी में से काटकर। किसी बड़े देवता पर चढ़ाने के लिए गाय का दूध चाहिए, ले जाय उसके यहाँ से। और न जाने कितने छोटे-छोटे सन्दर्भों में वह लोगों के काम आता था।

मंजुल बता रहा था कि वह कहीं बाहर नौकरी पर चला गया था। नौकरी पर से लौटा तो काफी बदल गया है। जहाँ कई पढ़े-लिखे सभ्य लोग नौकरी पर से लौट कर अपने में या अपने काम में डूब गये, वहाँ यह अवधूत बना घूमता है। बस गृहस्थी का काम करना, लोगों के साथ उठना-बैठना और उनके काम से उनके साथ हो लेना ही उसकी दिनचर्या है।

लेकिन अभी भी लोग जगदीश को वही जगदीश समझते हैं। लोगों को अपने को समझने का न अवकाश है न रुचि। बस दूसरों को समझने में उन्हें दिलचस्पी है और समझने में भी क्या, अरे एक बार उन पर जो समझ का ठप्पा मार दिया गया है उसी को ढोने में।

''चाचा जी, टी.वी. देखिएगा। एक अच्छी फिल्म आने वाली है।'' सुभाष ने कहा।

मैंने देखा कि सभापति के दरवाजे पर भी कुछ लोग जुट गये थे। शायद वे टी.वी. ही देखने आये होंगे। लगता है कुछ विशेष है। मैंने घड़ी देखी नौ बज रहे थे। पिक्चर 12 तक तो चलेगी ही। खैर यहाँ मुझे कौन कार्य व्यस्तता लगी हुई है। पिक्चर ही देख लेते हैं।

''लेकिन बहू कैसे देखेगी।''

''अरे वह भी ओसारे में बैठ जायेगी आपसे पर्दा क्या लगा है?''

''अच्छी बात है।''

फिल्म चालू हो गयी। फिल्म में वह सब कुछ था जो प्राय: होता है किन्तु राजनीतिक रंग होने के कारण यह फिल्म थोड़ी अलग थी। यों कहानी एक नेता की थी जो ऊपर से सभ्य और छिपे रूप में खल था। लेकिन सबसे आला था उसका चमचा नेता मनमोहन। सबसे जानदार वही लग रहा था।

मनमोहन सामान्य गरीब ब्राह्मण परिवार का था। देखने में सुन्दर था, गोरा रंग था। स्कूल में पढ़ता था किन्तु पढ़ने में उसका मन नहीं लगता था। रोज मास्टरों से बुरी तरह पिटता था। अत: प्राय: स्कूल न जाकर बीच रास्ते में खेलने लगता था। कभी तालाब के किनारे कटिया लगा कर मछली मारता था और बागीचे में पत्ता बटोर कर भून कर खाता था। कभी किसी के खेत में पैठ कर छीमियाँ तोड़ लेता था। कुछ खाता था कुछ फेंकता था। कभी पेड़ पर चढ़कर राह चलते आदमियों को डराता था। कभी किसी की कलम, किसी का चाकू, किसी की दावात चुरा लेता था। कभी चलते-चलते किसी के बैलों का पगहा खोलकर हाँक देता था। लोग परेशान थे। पकड़े जाने पर ऐसा साफ झूठ बोलता था और बहाने बनाता था कि लोग हैरान रह जाते थे। कक्षाओं में दो-दो साल फेल होता गया। किसी तरह गिरता-पड़ता दसवीं तक पहुँचा तो वहाँ थमा ही रह गया।

दसवीं फेल छात्र का भविष्य क्या था? बाप मर चुका था। अकेली गरीब माँ और कुँवारी बहन बच गयी थीं। वह लड़का धीरे-धीरे बड़ा होकर एक सुन्दर लम्बे जवान के रूप में परिणत हो गया था। माँ कहती—''बेटे कहीं कुछ नौकरी खोजो और नौकरी नहीं मिलती तो खेती-बारी में ही मन लगाओ। घर का कैसे काम चलेगा?'' लेकिन मनमोहन के कान पर जूं नहीं रेंगती थी। वह इधर-उधर भटकता रहता। चौपाल जमाता। उसकी वाणी लच्छेदार थी और अट्टहास में एक विचित्र आकर्षण था।

माँ बेचारी स्वयं खेती-बारी कराती अपने भाग्य को कोसती रहती और किसी तरह

गृहस्थी की गाड़ी खींचती। आखिर संयोग बना तो उसने मनमोहन की शादी कर दी। सोचा शायद वह जिम्मेदारी महसूस करे। लेकिन वही ढाक के तीन पात। आखिर एक दिन पत्नी ने इतना लताड़ा कि वह घर छोड़ कर भाग गया।

शहर में भटकता फिरा। उसने कचहरी में एक मजमेबाज को देखा। उसने सोचा कि मजमा तो वह भी लगा सकता है। और वह एक दिन कुछ सामान लेकर चौराहे पर खड़ा हो गया और लच्छेदार भाषा में सामान का विज्ञापन करने लगा।

एक प्रसिद्ध नेता विधान सभा के चुनाव में खड़े थे। अपनी कार से जा रहे थे कि उनकी नजर इस पर पड़ी—लम्बी-चौड़ी गोरी काया, लम्बा अंगरखा और पायजामा, लच्छेदार असरदार भाषा। उन्होंने कार रोकवाई। ड्राइवर से इसे अपने पास बुलाया। पूछा—"क्या करते हो?"

"यही जो आपने देखा है।"

"मुझे जानते हो।"

"नहीं।"

"अरे इतने बड़े नेता को नहीं जानते?" एक चमचे ने कहा।

"मैं तो अभी-अभी गाँव से आया हूँ। यहाँ किसी को खास नहीं जानता।"

"बाबू प्रताप सिंह का नाम सुना है।"

"हाँ, उनका नाम तो सुना है।"

"तो उनके दर्शन कर लो।"

"अरे हाँ तो आप हैं मशहूर नेता बाबू प्रताप सिंह जी। नमस्कार, नमस्कार।"

बाबू साहब मुस्कराये और कहा—"अपना सामान समेटो और मेरे साथ चलो।"

"मगर क्यों?"

"चलो तो। तुम इन सब छोटे कामों के लिए नहीं बने हो। बड़े काम तुम्हारा इंतज़ार कर रहे हैं।"

सामान समेट कर वह कार में आ बैठा। घर पर सभी लोग उतरे तो नेता जी ने कहा—"देखो, तुम्हें मेरे चुनाव-प्रचार में हिस्सा लेना है। तुम्हारी वाणी में एक लच्छेदार खोखलापन है, वह चुनाव-प्रचार में बहुत सहायक सिद्ध होगा।"

वह खुश हो आया और तभी से प्रचार में जुट गया। अन्य चमचों के साथ कभी जीप में, कभी ट्रक पर, कभी रिक्शे में, कभी मोटर साइकिल के पीछे बैठकर प्रचार करने लगा। चुनाव प्रचार के पैसे में से अपने लिए खादी के शानदार झोलदार कुर्ते और पाजामे बनवा लिए और वह स्वयं नेता लगने लगा। वह जरूरत पड़ने पर मारपीट भी करने लगा और देखते-देखते वह बाबू साहब के चमचों का प्रधान हो गया।

बाबू साहब चुनाव जीत गये। उसने बाबू साहब की कृपा से ही शहर में एक ठीक-ठाक मकान किराये पर ले लिया था। उसने धीरे-धीरे अपने राजनीतिक प्रभाव का प्रचार शुरू कर दिया। उसने यह बात फैला दी थी कि किसी को कोई काम कराना

हो तो उससे कहे। उसकी पहुँच बाबू साहब तक ही नहीं, लखनऊ में मन्त्रियों तक है। और बाबू साहब मन्त्री नहीं बने तो क्या, उनका प्रभाव किसी मन्त्री से कम नहीं है।

बाबू साहब की कृपा होती तो भी मैट्रिक फेल को कौन–सी नौकरी मिलती और नौकरी मिलती भी तो उसमें क्या मिलता? इस दलाली के धन्धे में तो उसे पैसे भी मिल रहे हैं, उसका दबदबा भी है। लोगों से रेल के किराये के और काम कराने के पैसे ले ले कर लखनऊ तक चक्कर काटने लगा और विधायकों तथा मन्त्रियों के बीच अपने परिचय का प्रसार करता गया। उसकी सिफारिश पर या यों ही कितनों के काम बन जाते थे तो उसका प्रचार होता था। जिसका काम नहीं बनता था उससे पहले तो कहता था—"काम हो जायेगा, थोड़ा कठिन है देर लग रही है।" किन्तु अन्ततोगत्वा जब नहीं हो पाता था तो किसी अफसर को गाली बकता था कि वह हरामी है और विरोधी पार्टी के किसी नेता के दबाव में है। देखूँगा बच्चू को। दो महीने में उनका तबादला न कराया तो मेरा नाम मनमोहन नहीं।

कोटा, परमिट, लाइसेंस और न जाने क्या-क्या दिलाने के धन्धे करने लगा। अपराधियों के पकड़े जाने पर वह उनसे पैसे लेकर थाना भी पहुँचने लगा और एक ओर नेताओं के साथ अपने सम्बन्ध का प्रदर्शन कर पुलिस पर अपना रोब जमाने लगा दूसरी ओर अपराधियों से लिए हुए पैसे में से पुलिस को भागीदार बनाने लगा। इस तरह उसके इशारे पर बात-बात में पुलिस किसी को अपराधी बना कर थाने में लाती थी और अपना तथा उसका स्वार्थ साधती थी। कई वर्ष बीत गये।

अच्छी स्थिति हो गयी थी। उसने एक जीप भी ले ली थी। उसने घर से अपने बेटे स्वतन्त्र कों बुला लिया। बेटा गाँव से छठी पास करके आया था सातवीं में उसका नाम लिखा गया। वह पढ़ने में सामान्य था किन्तु स्वभाव से ठीक-ठाक था। पढ़ने में ऐसा तो अवश्य था कि कक्षा पार कर जाये। उसने सातवीं कक्षा पास कर ली। लेकिन वह अपने पिता को लगातार घूमते पाता था।

और जब वे घर पर होते थे तो अपने कुछ दोस्तों के साथ शराब पीते थे, जुआ खेलते थे। अनेक नेताओं और अफसरों को गालियाँ देते थे, कभी आपस में ही गाली गलौज करते थे। कुछ लोग आते थे और अपना काम बनवाने के लिए पैसे देते थे। कभी किसी के खिलाफ, कभी किसी के खिलाफ षड्यंत्र चलता था। बेटा पढ़ते-पढ़ते रुक जाता था और यह सब देखता था। कभी-कभी देखता था कि कोई औरत आती थी और आते ही उसे देखकर उसके पिता जी के सामने रोने लगती थी—"अरे ए नेता जी, हम तो बड़ी विपत्ति में हैं हमारी मदद कीजिए।"

"अरे बैठिए बैठिए , इतमिनान से सुनते हैं आपकी बात।" और बेटे को सम्बोधित कर कहते—बेटे जरा यह जरूरी चिट्ठी है। इसे पोस्ट आफिस में छोड़ आओ। या इसी तरह और कोई काम बता देते। स्वतन्त्र मन मार कर उठता और भुनभुनाता हुआ

चला जाता। उसे यहाँ आने वाली औरतें अच्छी नहीं लगती थीं। उनकी आँखों में उसे एक बेहूदा ढंग का भाव नजर आता। एक दिन स्कूल में जल्दी छुट्टी हो गयी। वह घर आया तो देखा दरवाजा अन्दर से बन्द है। उसने दरवाजा खटखटाया तो उसे लगा कि अन्दर कमरे में कुछ भगदड़ सी मची हुई है। कुछ देर बाद मनमोहन ने दरवाजा खोला तो उसने देखा—एक औरत कुर्सी पर बैठी हुई है और कुछ लिखने का काम कर रही है। बेटा इतना बड़ा हो ही गया था कि इस तरह के नाटक को समझ ले। मनमोहन ने कहा—"आज तुम जल्दी आ गये?"

"हाँ, आज एक टीचर मर गये इसलिए जल्दी छुट्टी हो गयी। आप लोगों को असुविधा तो नहीं हुई।"

"असुविधा? कैसी असुविधा? अरे हाँ कुछ जरूरी पेपर निबटाने थे। लोग हैं कि जब चाहे तब आ जाते हैं और काम करने नहीं देते। इसलिए दरवाजा बन्द कर दिया था।"

"अच्छा किया पिता जी।" और उसने गौर से दोनों के अस्तव्यस्त रूप पर नजर गड़ा दी थी। मनमोहन कुछ हिल से गये।

एक दिन मनमोहन ने पूछा—"पढ़ाई कैसी चल रही है?"

"क्यों आज आपको मेरी पढ़ाई की बात पूछने की याद कैसे आ गयी?"

"इसलिए कि तुम्हारे एक मास्टर मिले थे, उन्होंने बताया कि तुम्हारी पढ़ाई ठीक नहीं चल रही है। अपना छमाही का रिजल्ट दिखाओ।" स्वतन्त्र ने दिखा दिया। वह फेल था। मनमोहन ने जोर का चाँटा मारा—"बेवकूफ इसीलिए तुम्हें गाँव से यहाँ लाया था कि फेल होओ? अच्छे स्कूल में तुम्हें डाला है, पैसा खर्च कर रहा हूँ फेल होने के लिए?"

"मैं क्या करूँ। कुछ पूछता हूँ तो आप बताते ही नहीं। आपको फुरसत कहाँ है? आंटियाँ ऊपर से आया करती हैं। पढ़ता रहूँगा तो उठा देंगे। उनके लिए कभी यह लाओ, कभी वह लाओ।"

मनमोहन ने घूर कर उसे देखा लेकिन उसकी आँखों में भय नहीं था, एक क्रोधभरी शिकायत थी। लगा कि मनमोहन फिर उसे थप्पड़ मार देगा लेकिन धीरे-धीरे वहाँ से हट गया और लगा जैसे खुद कुछ सहम गया है। एक दिन स्वतन्त्र के कुछ बिगड़ैल मित्र उसके यहाँ पहुँच गये और मनमोहन की आलमारी में शराब की बोतलें देख लीं। एक ने उठकर एक बोतल निकाली और बोला—"वाह यार, अंकल जी तो बहुत शौकीन हैं। क्या लाजवाब चीज रखी है। चलो भाइयो हो जाय मौज मस्ती।" सब तैयार हो गये किन्तु स्वतन्त्र ने मना किया।

"नहीं, पिता जी बुरा मान जायेंगे।"

"अरे ऐसी बुरी चीज होती तो खुद क्यों पीते? जो काम वे खुद करते हैं दूसरों के करने पर बुरा क्यों मान जायेंगे?"

अन्ततोगत्वा स्वतन्त्र ने ले ही लिया और उसका जो सरूर उसे चढ़ा वह अच्छा लगा। अब पिता की अनुपस्थिति में प्रायः रोज़ पीने लगा।

उस दिन उसका नौवीं का रिजल्ट आया था। वह फेल था। फेल होने के ग़म में उसने बोतल चढ़ा ली। मनमोहन शाम को आये तो रिजल्ट के बारे में पूछा। उसने निस्संकोच रिजल्ट शीट दिखा दी।

''अरे तुम फेल हो गये।''

''तो क्या हुआ?'' उसने लड़खड़ाती आवाज़ में कहा।

''ऐं क्या तुमने पी रखी है?'' क्रोध से मनमोहन ने कहा।

''हाँआँआँ तो क्या हुआ?''

''अरे नालायक, कमीने, कपूत, तुमने कोई ऐब बाकी नहीं छोड़ा?''

''छोड़ा है। अभी इस घर में लड़कियाँ ले आना बाकी है। उसे भी पूरा करूँगा।''

''अरे हरामी तू इतना गिर गया है? मैं तो तुम्हें शहर लाया था कि कुछ बन जायेगा, लेकिन तू तो नष्ट होने पर तुला है। अब तेरा क्या होगा रे? तू जिन्दगी में क्या करेगा?''

''बहुत कुछ करूँगा। आपका सच्चा बेटा हूँ। आप भी तो दसवीं फेल हैं। आप भी तो बचपन में क्या-क्या उपद्रव करते रहे हैं। आप भी तो शराब पीते हैं, आप भी तो आंटियाँ लाते रहते हैं और बिना कोई नौकरी-चाकरी किये इतना पैसा उगाहते रहते हैं। तो मैं क्यों नहीं कर सकता? मैं तो आपसे ज्यादा लायक निकलूँगा। आप तो बिना ट्रेनिंग के इतने योग्य निकले थे, मुझे तो आपकी ट्रेनिंग मिली है।''

''निकल साला, भाग यहाँ से। कल सुबह होते ही यहाँ से गाँव चला जा और वहीं मर। इतना पैसा खर्च करने के बाद भी तुझे बिगड़ना है तो शहर में क्यों रहेगा? गाँव चला जा और जो करना हो कर।''

''ठीक है, चला जाऊँगा। जहाँ भी जाऊँगा आपका दिया हुआ वरदान मेरा साथ नहीं छोड़ेगा।''

''वही है वही है।'' सभापति के दरवाजे पर हल्ला हुआ।

मैंने चौंक कर सुभाष की ओर देखा—''क्या बात है?''

वह मुस्कराया। ''छोड़िए चाचा जी, यह गाँव बहुत अद्‌भुत है।''

''मैं तो शुरू में ही समझ गया कि वही है।'' एक ने कहा।

फिर ''वही है वही है।'' एक लय में बजने लगा। साथ-साथ हँसी होती रही।

''फिर भी। लोग क्या कह रहे हैं?'' मैंने पूछा।

''अरे चाचा जी, इस गाँव में एक पियक्कड़ है सुधाकर यानी साधो। लोग कह रहे हैं यह कहानी उसकी और उसके बाप की है।''

''अच्छा-अच्छा।'' उस दिन की साधो-माधो वाली सारी घटना मेरे मन में कौंध गयी और मंजुल की टिप्पणी भी।

''अच्छा बेटे। अब टी.वी. अन्दर ले जाओ मैं सोऊँगा।''

वह मुस्कराया और टी.वी. अन्दर उठा ले गया। मैं सोने का उपक्रम करने लगा किन्तु वही है, वही है ध्वनि देर तक मेरे भीतर बजती रही।

नौ

आज सुभाष की छुट्टी थी। उसके साथ सवेरे-सवेरे खेतों की ओर निकल गया था। फसल पक रही थी कुछ पक भी गयी थी। इक्का-दुक्का कटिया भी पड़ गयी थी। मैं अपनी पढ़ी हुई एक कविता गुनगना उठा—

सोचती हैं खेत में फसलें खड़ी सी
आह कटने का समय अब आ गया है . . .

सुभाष मुस्कराया। ''चाचा जी, आप कितने दयालु हैं फसलों के कटने का दर्द भी आपको साल रहा है।''

''नहीं रे, यह तो बस यों ही एक भावुक ख़याल है। वास्तव में ये फसलें होती ही हैं कटने के लिए। यही उनकी सार्थकता है। ये न कटें तो मानव-समाज में भूख का जो दर्द पैदा होगा वह कितना भयानक और ठोस होगा। क्या मैं नहीं जानता?''

सुभाष फिर मुस्कराया और सिर हिलाने लगा।

''सुभाष, मुझे यह भी मालूम है कि यह समय ग़रीबों के लिए वरदान बन कर आता है। जिनकी फसलें हैं और जो चार-पाँच मास से उपवास की मार सहते हुए इनके पकने की प्रतीक्षा करते हैं, उनके लिए तो वरदान होता ही है उन मजूरों के लिए भी होता है जिनके पास कुछ नहीं होता और जो मजूरी मिलने के लिए इस महीने की प्रतीक्षा करते हैं।''

''अरे चाचा जी, आप कब की बात कर रहे हैं। यह हम लोगों के लिए बड़े संकट का समय होता है, मजूर मिलते ही नहीं। हरिजनों के सारे नये लड़के कुछ अकेले, कुछ सपरिवार कमाने-धमाने बाहर चले गये हैं। वहाँ से पैसे भेजते रहते हैं और जब जाड़ों में गरीब ब्राह्मणों के घर उपवास होते हैं तब भी वे ठीक-ठाक चलते रहते हैं। हरिजन बस्ती में बच गये हैं बूढ़े, बच्चे और कुछ औरतें। कटिया के दिनों में उनके लिए छीन-झपट, झगड़ा-फसाद और कभी-कभी मारपीट भी चलती रहती है। इस बड़े गाँव के खेतों की कटिया के लिए उनकी संख्या नगण्य हो गयी है। जो ब्राह्मण काम-धाम करने में समर्थ हैं और जिनके घरों में काम करने वालों की संख्या अधिक है वे तो स्वयं अपना काम निबटा लेते हैं, बाकी लोग हैरान हो जाते हैं। ये

हरिजन उन्हीं की सुनते हैं जो या तो उन्हें खूब खिलाते-पिलाते हैं, या जिनके हाथ में शक्ति है। अब देखिए और किसी को मजूरों का अकाल भले ही पड़े किन्तु सभापति को नहीं पड़ता। वे आतंकित भी कर सकते हैं और ओबलाइज भी। उनका या उन जैसों का काम समय से हो जाता है बाकी लोगों का काम गिरते-पड़ते अन्त में होता है।''

''अच्छा।''

''और मजूरी भी इतनी बढ़ गयी है कि मामूली लोगों को मजूरी कराने की हिम्मत ही नहीं होती है।''

''मजूरी तो ख़ैर बढ़नी ही थी। हर जगह बढ़ गयी है। महँगाई तेज़ी से बढ़ रही है आखिर मजूर मजूरी नहीं बढ़ायेंगे तो महँगाई का मुक़ाबला कहाँ से करेंगे?''

''हाँ लेकिन गाँव में जिनके यहाँ बाहर की कोई आमदनी नहीं है वे कैसे मुकाबला करेंगे?''

''हाँ यह भी ठीक है। लेकिन उनकी मजबूरी से मज़दूर तो मजबूर नहीं हैं। वे मिहनत कर रहे हैं तो कराने वाला मज़दूरी चाहे जहाँ से दे।''

''हाँ देना ही पड़ता है। इन सबों की भी यूनियन बन गयी है। यूनियन ही मजदूरी तय करती है। किसी को छूट नहीं कि यूनियन द्वारा तय की गयी मजदूरी से कम ले। इसलिए कोई उन्हें फोड़-फांस भी नहीं पाता।''

हम आग बढ़े तो देखा अंगद भाई एक हरिजन से उलझे हुए थे।

''क्या है अंगद भाई, सवेरे सवेरे?''

''अरे देखो तो दामोदर, आज मेरे खेत में कटिया होनी थी। कल मैं इस बसंता और इसके घर वालों को सहेज कर आया था, आज कह रहा है कि सभापति के खेत में जा रहा है।''

मैंने देखा एक चालीस-पैंतालीस वर्षीय हरिजन युवक तन कर खड़ा था। मैं उसे ठीक से पहचान नहीं रहा था। शायद बचपन में देखा हो। फिर बोला-

''यह तो बहुत बुरी बात है भाई वसंत। जिससे वायदा करो, उसके काम पर जाना ही चाहिए।''

''बुरी हो या भली, अब जहाँ जा रहा हूँ जाऊँगा। किसी का कर्जा नहीं न खाया है।''

''देख रहे हैं, दामोदर भाई। यह कैसे आपके साथ भी बदतमीजी से बोल रहा है। अब छोटे-बड़े का लेहाज ही नहीं रह गया है इन सबें में।''

''अरे भाई छोटे-बड़े की बात मैं नहीं करता। मैं कहाँ कहता हूँ कि मैं बसंत से बड़ा हूँ। यह भी मज़दूर है, मैं भी मज़दूर हूँ। मेरा तो इतना ही कहना है कि जिसे भरोसा दो उसके साथ हो लो। यह क्या कि कोई आदमी तुम्हारे भरोसे बैठा रहे और वक़्त पर तुम किसी और के साथ चल दो।'' मैंने कहा।

"अरे साहब, यह सब कायदा-कानून हमें भी आता है लेकिन कायदे-कानून पर यहाँ कौन चलता है? जिसका जहाँ बस चलता है खेल खेलता है।"

"तो तुम खेल खेल रहे हो।"

"अब जो जी में आये समझिए।"

मैंने देखा अंगद भाई गुस्से से लाल हो रहे थे खीझ मुझे भी हो रही थी। मेरी सारी पत्रकारिता सारी तर्कशीलता फेल हो रही थी। फिर भी बोला—

"सुनो भाई, मैं तो एक तरह से परदेशी आदमी हो गया हूँ। इसलिए तुम अंगद भाई के काम पर जाओ चाहे सभापति के, मेरे लिए क्या फर्क पड़ता है। लेकिन मैं कहीं तुम लोगों के लिए लड़ाई लड़ता हूँ इसलिए यह भी चाहता हूँ कि तुम्हारे व्यवहार में ऐसी सफाई हो जिसे तुम्हारी लड़ाई की ताक़त बनाया जा सके। तुम अंगद भाई को वचन देकर ऐन मौक़े पर वहाँ इसलिए नहीं जा रहे हो कि अंगद तुम्हारा कुछ नहीं कर सकते और सभापति जी काफी बना बिगाड़ सकते हैं। क्या तुम्हारी यूनियन तुम्हें अपने हक़ों के लिए ही लड़ना सिखाती है कर्तव्यों के लिए नहीं? क्या यह नहीं कहती है कि जो सही लगे वह करो, डर कर या छोटे-मोटे लोभ-वश अपना सही रास्ता मत छोड़ो।"

"सही-गलत का सारा हिसाब-किताब हम गरीबों को ही चुकाना है? ऊँचे-ऊँचे लोग इंसाफ और सत्य के नाम पर क्या कुछ कर रहे हैं इसे नहीं देखते? और मैं किसी से नहीं डरता साहब।"

"अरे ए बसंता, अरे ससुरा उहाँ क्या गलचौर कर रहा है? खेत में जाकर कटिया करनी चाहिए थी तो पता नहीं उहाँ खड़ा होकर क्या पंचायत कर रहा है।" सभापति का स्वर था।

"आया मालिक।" कह कर वह जल्दी-जल्दी जाने लगा।

मुझे हँसी आ गयी किन्तु अंगद भाई ग़ुस्से में बोले—"नहीं रहे न मेरे पहले वाले दिन। ये सभी जानते हैं कि मैं शरीफ हो गया हूँ। यानी मेरे नाखून और दाँत टूट गये हैं। कभी-कभी मन कहता है—लौट जा अंगद अपने उन्हीं दिनों में। तू बूढ़ा हुआ तो क्या हुआ, अभी भी तू बहुत कुछ कर सकता है।"

"नहीं अंगद भाई, इन छोटी-छोटी बातों से उत्तेजित होकर उन दिनों को लौटने की सोचिएगा भी नहीं। आप इन दिनों बहुत अच्छे लगते हैं। और हमें अपनी सोच बदलनी पड़ेगी। बड़े लोग सौ बदतमीज़ियाँ करते हैं सो हमें नहीं दिखाई पड़तीं, छोटे लोगों की मामूली सी बदतमीजी हम बढ़ा-चढ़ा कर देखने लगते हैं।"

"यह मामूली सी बदतमीजी है चाचा जी। इस आदमी को यह भी तमीज नहीं रही कि किससे बात कर रहा है?"

अब मैंने देखा कि सुभाष अलग-थलग पड़ा हुआ कितना उद्विग्न हो रहा था।

"किससे बात कर रहा था? मुझ से न। मैं उसके लिए क्या हूँ? तुम्हारा चाचा

हूँ अंगद भाई का छोटा भाई हूँ, पढ़े-लिखे लोगों में जाना माना पत्रकार हूँ मगर इस मजदूर के लिए क्या हूँ? वह मुझे क्या जानता है? वह इतना ही न जानता है कि मैं भी उन बड़ी जातियों का एक पढ़ा-लिखा हिस्सा हूँ जिनके व्यवहार से वे लोग सदियों से त्रस्त रहे हैं और आज जिनके विरुद्ध ग़लत-सही ढंग से वे प्रतिक्रिया व्यक्त कर रहे हैं। वह तो यों भी अपढ़ है उसके व्यवहार की अभद्रता तो क्षम्य है, उसके वर्ग के ऊँचे और पढ़े-लिखे लोगों की भाषा देखिए। लगता है उसमें से लावा और विष बह रहा है।''

''चलिए चाचा जी, आप तो हर बात की नयी व्याख्या करके उसे दूसरा रूप दे देते हैं।''

मैं हँसा। ''अच्छा चलो, आगे चलते हैं।''

''अभी तो शुरुआत है चाचा जी, जब सबकी फसलें कटने लगेंगी तो देखिएगा कैसा घमासान छिड़ता है। एक-एक मजदूर के पीछे दस-दस आदमी घूमते आयेंगे। क्या समय आ गया है?''

''अब समय तो अपने हिसाब से चलेगा ही न सुभाष। इसमें शिकवा-शिकायत की क्या बात है?''

चलते-चलते बागीचे में आ गये। एक कोयल बोल रही थी। कुऊ कुऊ कुऊ। मैं खड़ा हो गया।

''क्या बात है चाचा जी''

''देखो न कोयल बोल रही है।''

''हाँ वह तो हमेशा बोलती ही रहती है।''

''हमेशा? अरे नहीं रे पागल, कोयल हमेशा नहीं बोलती है, इसी ऋतु में बोलती है। और मेरे लिए तो इसके ये बोल दुर्लभ हो गये हैं। दिल्ली में कहीं कोयल और पपीहे के बोल सुनायी पड़ते हैं?''

''तो क्या हो गया? कोयल और पपीहे के बोल में ऐसा क्या रखा है कि इसके लिए तड़पा जाय? दिल्ली में तो न जाने कितनी मनमोहक चीजें हैं।''

मैंने सुभाष की ओर देखा। और उसकी आँख में आँख डाल कर देखा और बोला—''तुम नहीं समझोगे सुभाष कि इनके बोल में क्या रखा है। आखिर तुम भी तो उसी पीढ़ी के आदमी हो जिसने गाँव में रहते हुए भी शहर की ओर मुँह कर लिया है, जिसे कोयल और कौए की बोली में कोई फर्क नहीं दिखाई पड़ता क्योंकि दोनों से उसे कुछ मिलने वाला नहीं है।''

सुभाष अकबका कर मेरी ओर देखने लगा। उसे लग गया कि उसने मुझे कहीं आहत किया है किन्तु कहाँ किया है उसे पता नहीं।

ठंडी हवा का एक झोंका आया और आम की महक फैल गयी।

''वाह क्या बात है? थोड़े से पेड़ों ने वसंत की मस्ती सँभाल रखी है। सारे के

सारे पेड़ मंजरित भी नहीं हुए हैं। तो भी बाग आखिर बाग है, कुछ न कुछ देता ही है। क्यों सुभाष ठीक कह रहा हूँ न।''

''हाँआँ . . .'' उसने यों ही कह दिया।

''तुम्हें पता है सुभाष, आम का यह बाग पहले कितना बड़ा और सघन था और हर साल हर पेड़ मंजरियों से लद जाता था और पूरा गाँव महमहा उठता था। रात को हम लोग खलिहान में सोते थे, पुरुवा में बह कर महक आती थी और हमारी नींद में भर जाती थी। क्या अलसायी नींद होती थी। खलिहान में खड़े पाकड़ के पेड़ों में नये पत्ते आ जाते थे और उन पर बैठ कर रात को कोयल कूकती थी। क्या दृश्य होता था। . . .''

सुभाष अवाक् सा मुझे देख रहा था। ''और जानते हो सुभाष यह खलिहान अर्थ और संस्कृति का अदभुत संगम हुआ करता था। पूरे गाँव की जीविका डाँठों के रूप में पास-पास खड़ी होती थी और उसके साहचर्य की ऊष्मा में कई-कई लोग रात को चैता गा उठते थे। सोने से पहले कुछ देर तक कई लोग किस्से सुनते, सुनाते थे, गप्पें हाँकते थे, हँसी-मजाक करते थे और रातों को उठ-उठ कर अनाज खाते पशुओं को हाँकते हट्ट-हट्ट की एक लय बनी रहती थी। सुभाष मेरा बड़ा मन है कि इस बार खलिहान में सोऊँ और कुछ पुरानी यादें जीवित कर लूँ।''

सुभाष मुस्कराया। बोला—''अरे चाचा जी, आप कब की बातें कर रहे हैं। अब खलिहान में वह बात नहीं रही। अब तो मशीन से दँवाई होती है। गाँव में तीन दँवाई-मशीनें हैं। बारी-बारी से लोग अपने डौंठ दँवा लेते हैं। खलिहान में सभी सोते भी नहीं और जो लोग सोते हैं, वे अपनी-अपनी दुनिया में बन्द रहते हैं, एक-दूसरे से चौकन्ने से। अब तो बैलों की संख्या भी कम हो गयी है। मशीन से जुताई, मशीन से दँवाई, बैलों का क्या काम? जिन्हें बैलगाड़ी चलानी हो, वे बैल रखें। इसलिए अब लोग पशु पालते भी हैं तो गाय-भैंस।''

''ओह हाँ?''

अब मुझे याद आया कि मेरे जिस दरवाज़े पर चार-चार बैल रहते थे, वहाँ एक भी दिखाई नहीं पड़ा।

आगे बढ़े। देखा एक जवान औरत सामने से आ रही थी। माथा खुला हुआ था। कपड़े-लत्ते कुछ आधुनिक ढंग से पहने गये थे। उसने मेरे सामने आकर हाथ जोड़ कर नमस्ते किया।

मैं नमस्ते करके उसकी ओर देखने लगा।

वह मुस्करायी। ''आप मुझे भला कैसे पहचानेंगे? मैंने भी आपको कहाँ देखा था? हाँ आपके बारे सुनती रहती थी।''

''अरे ये भजुरामा की पत्नी हैं।''

''अच्छा अच्छा, भजुरामा यानी जग्गू भाई के सुपुत्र भजुरामा।''

''हाँ, हाँ वही।''

''कहाँ से आ रही हो भाभी?'' सुभाष ने पूछा?

''जरा शहर चली गयी थी। कल एक मुकदमा था।''

''आपका?'' मैंने पूछा।

''नहीं, मैं तो गवाही देने गयी थी।''

''आप?'' मैंने आश्चर्य से पूछा।

''हाँ, मैं। जब गाँव के मर्दों में हिम्मत बाकी नहीं है, तो मुझे जाना ही पड़ेगा न। औरत का दर्द औरत नहीं समझेगी तो कौन समझेगा? अच्छा चलती हूँ। आपसे फिर मिलूँगी।''

वह चली गयी। मैंने सुभाष की ओर प्रश्नवाचक दृष्टि से देखा। वह समझ गया।

''यह बहुत बहादुर औरत है चाचा जी। इसकी बहादुरी को गाँव के लोग बेशर्मी मानते आये हैं। कुछ लोग अब भी मानते हैं लेकिन इस औरत ने किसी की परवाह नहीं की और जो ठीक समझा, किया। हँसने वाले हँसें, रोने वाले रोयें।''

''लेकिन भजुरामा तो मेरा जहाँ तक खयाल है बहुत उल्लू जैसा लड़का रहा है, उसे यह कैसे मिल गयी?''

''दरअसल यह भजुरामा की नहीं, उसके बड़े भाई शिवरामा की पत्नी थी। आप जानते ही हैं ये दोनों भाई निकम्मे गरीब बाप के बेटे होने के कारण गाँव में उपेक्षित थे। शिवरामा तो पढ़ता भी था किन्तु भजुरामा दर्जा दो से आगे गया ही नहीं। शिपरामा तेज नहीं था लेकिन मेहनती था। गरीबी और उपेक्षा के बीच भी धीरे-धीरे उसकी पढ़ाई चल रही थी और उसने सातवीं कक्षा पास कर ली। भजुरामा थोड़ी-बहुत जो खेतीबारी थी उसे देखता था और लोग उसकी वाणी की गबगबाहट तथा बेवकूफी भरे आचरण से अपना मनोरंजन करते थे। अफाट गरीबी के बीच अपमान और असहायता की जिन्दगी जीते इस परिवार को आपने देखा होता चाचा जी।''

''देखा है मैंने सुभाष। मेरे समय में वे बच्चे थे। तुमने जितना बताया है उतना जानता हूँ। मैंने देखा है इस परिवार में जमी गरीबी की सालिन की पर्त को। इनके पिता जग्गू यानी जगपति निहायत निकम्मे और जनानी प्रवृत्ति के आदमी थे। इनके भाई लोग बहुत चालाक थे। वे अपने तिकड़म से काफी सम्पन्न हो गये थे और इस निकम्मे को अलग कर दिया था। वास्तव में इस परिवार के पास खुद के बहुत खेत नहीं थे बहुत थोड़े थे लेकिन बड़े भाई किसी सेठ के यहाँ नौकरी करते थे और मँझले भाई सेठ के यहाँ से प्राप्त आमदनी को कर्ज पर उठाते थे और सूद के तौर पर तमाम लोगों के खेत रेहन रख लिये थे और गहने भी। छोटे भाई जग्गू उनके इन क्रियाकलापों में योगदान नहीं देते थे और कर्मठ भी नहीं थे। वे सीधे-सच्चे थे और घूमना-घामना, किस्से-कहानियाँ कहना, औरतों को मेला घुमाना तथा उनके सामानों की ख़रीद-फरोख्त करना, यही उनका काम था। इसलिए भाइयों ने उन्हें अलग कर दिया। इनके हिस्से

में दो बीघे खेत आये थे और इनकी अकर्मठता के कारण वे दो बीघे खेत भी वह नहीं दे पाते थे जो दे सकते थे। जग्गू फटी गन्दी धोती पहने घूमते थे। धोती चूतड़ पर भी फटी होती थी। जाड़ों में सुबह-सुबह धूप में दीवार से लगकर वे बैठ जाते थे और अपने फटे कपड़ों में से चीलर निकालते थे। घर में इनकी पत्नी का भी वही हाल था किन्तु वह कर्मठ महिला थी। पति को कोसती थी, काम करने के लिए कहती थी लेकिन पतिदेव पतिदेव थे। उनकी सज़ा वह भी भोग रही थी। ये दोनों बच्चे शिवरामा और भजुरामा दस और आठ साल के थे। लोग कहते थे ये जग्गुआ के बेटे हैं। बड़ा तो शायद कुछ बन भी जाए छोटा तो साला निहायत अहमक और निठल्लू लगता है। अब इसके बाद की कहानी कहो।''

सुभाष मुस्कराया। तो सुनिये—''शिवरामा सात पास कर कहीं भाग गया। लोगों ने कहा—निकम्मे बाप का भगोड़ा बेटा, इसमें नया क्या है? वर्षों तक उसका पता नहीं लगा। जग्गू तो बीमार चल ही रहे थे। एक दिन मर गये। बची बेचारी गरीब विधवा औरत और भजुरामा। माँ रो-रोकर हलकान हो गयी। भजुरामा ने माँ से कहा—माई तू चिन्ता मत कर। भइया तो मुँह चुरा कर भाग गये, मैं हूँ न। और भजुरामा अपने खेतों से तो जूझने ही लगा, दूसरों के यहाँ भी खेतों की गोड़ाई, कटिया, दँवरी आदि करने लगा। लोगों ने ताना मारा कि ब्राह्मण होकर दूसरों के यहाँ हलवाहों की तरह काम करता है लेकिन भजुरामा पर कोई असर नहीं पड़ा। और एक दिन तो स्वयं हल लेकर अपने खेत में निकल पड़ा। लोग दंग रह गये। अरे यह साला तो चमार हो गया, हल जोतता है।

फिर भी उस पर कोई असर नहीं पड़ा। बोला—जब हम लोग भूख से मरते थे तो बभनई हमें रोटी देने नहीं आयी। जब पिता जी काम नहीं करते थे तब आप लोग कहते थे—निकम्मे हैं वे। और जब उनका बेटा काम करने लगा तो आप लोगों की बभनई खतरे में पड़ गयी। अरे भाई, मुझे तो हलवाहा मिलता नहीं और उसे इतनी ऊँची मजूरी देने के लिए मेरे पास पैसे नहीं हैं। आप लोग बभनई के नाम पर मेरे खेत जोतवा दिया करें, मैं हल नहीं उठाऊँगा।

कौन जोतवाये दूसरे का खेत। सभी लोग अवाक्। और सोचने लगे—कल का गबगबाने वाला बेवकूफ लौंडा कैसी-कैसी मारक बातें कह रहा है।

''सचमुच यह तो एक तरह से क्रान्ति ही हो गयी।''

''हाँ उसने क्रान्ति का सूत्रपात कर दिया था। बाद में हलवाहों से तंग आकर कई लोगों ने हल उठा लिये। अब किसी की बभनई खतरे में नहीं है।''

''हाँ तो फिर क्या हुआ?''

''हाँ तो शिवरामा का चार-पाँच साल तक पता नहीं लगा। और एक दिन उसके खत से मालूम पड़ा कि वह फौज में भरती हो गया है। यह भी मालूम पड़ा कि उसने मैट्रिक पास कर लिया है। खत में यह भी सूचना थी कि मनीआर्डर आ रहा है। फिर

तो घर में धीरे-धीरे रौनक आने लगी। और कुछ समय बाद शिवरामा घर आया तो उसे रास्ते में देखते ही लोगों की आँखें अचम्भे में डूब गयीं। क्या शरीर निखर आया था और चाल-ढाल में, देखने-सुनने में कैसी चुस्ती आ गयी थी। और फौजी ड्रैस तो उसे और भी चुस्ती प्रदान कर रही थी। मगर . . .''

''मगर क्या?''

''मगर उसके साथ एक औरत थी जो गाँव के लिहाज से बड़ी बेशर्म थी। उलटा पल्ला किये हुए आँखों में आँखें डाल कर देखती हुई। लोग भौंचक। आँखों-आँखों में इशारे करते हुए।''

''लोगो, यह मेरी वाइफ है। इस तरह भौंचक निगाहों से क्या देख रहे हो? यह कोई उड़ा कर लायी गयी औरत नहीं है, विवाह करके लायी गयी पत्नी है।''

''मगर।''

''अगर-मगर क्या होता है? यह मेरी धर्मपत्नी है तो है।''

घर में प्रवेश किया तो उसकी माँ ने उसे छाती से लगा लिया और रोने लगी। फिर उसकी आँखों ने भी सवाल किया—''यह औरत कौन है?''

''यह तुम्हारी बहू है माँ।''

''बहू?''

''हाँ।''

''मगर।''

''फिर बताऊँगा, अभी इतना ही कि यह तुम्हारी बहू है।''

बहू ने लपक कर सास के पाँव छुए।

माँ ज्यों की त्यों खड़ी रही।

''वाह सुभाष, तुम तो हर एक चीज का ऐसा वर्णन कर रहे हो जैसे हर जगह तुम खड़े देख रहे थे।''

''अरे चाचा, तमाम देखने वालों की आँखें जब एक हो जाती हैं न, तब एक कहानी बनती है। कुछ किसी ने देखा, कुछ किसी ने और सबकी मिली-जुली कहानी चारों ओर फैल गयी।''

''अरे वाह मेरे बरखुरदार, तुम तो साहित्यकार की तरह बोल रहे हो।''

''आखिर भतीजा किसका हूँ?''

मैं मुस्कराया। वह भी हँसने लगा।

''तब?'' मैंने पूछा।

''वाह चाचा जी, लगता है इस कहानी में आपको बहुत रस आ रहा है।''

''कहानी में नहीं, सत्य कथा में। आखिर पत्रकार हूँ न।''

''उस औरत से तो आप अभी मिल ही चुके हैं।''

''हाँ, इसका नाम क्या है?''

"वन्दना। वन्दना किसी बंगाली की लड़की है। पढ़ी-लिखी है, यानी बी.ए. पास है।"

"बी.ए. पास है। फिर भी उसने मैट्रिक पास शिवरामा से शादी कर ली। कमाल है।"

"कमाल क्या है चाचा? सुना है बंगाल में लड़कियों की शादी एक समस्या है। दहेज का भूत तो वहाँ भयानक है ही, लड़कियों की संख्या भी बहुत है।"

"हाँ यह मैं तुमसे अधिक जानता हूँ सुभाष। तुमने सुना है मैंने देखा है। हुआ यह होगा कि वन्दना कई बहनें होंगी। बाप गरीब होगा। वन्दना सबसे बड़ी रही होगी। दहेज के कारण कहीं ठीक-ठाक सम्बन्ध नहीं बन पा रहा होगा। लड़कियाँ पढ़ी-लिखी हैं, इसलिए वे ऐरे-गैरे के साथ नहीं जाना चाहती रही होंगी। बाप लाचार हो गया होगा या मर गया होगा। शिवरामा का इस खानदान में आना-जाना रहा होगा। वन्दना ने अनुभव किया होगा कि यह लड़का मैट्रिक है तो क्या हुआ फौज में एक अफसर तो है। और बातों-बातों में बात बन गयी होगी।"

"हाँ, बिल्कुल ऐसा ही कुछ मैंने सुना था। चाचा जी, आपने भी तो सत्य कथा ऐसे कही जैसे आप वहाँ मौजूद रहे हों।"

"आखिर चाचा किसका हूँ।"

और हम दोनों जोर से हँसने लगे।

"तब?" मैंने कहा।

"तब क्या चाचा जी। इसके बाद की कथा तो सुख-दुःख की घाटियों से गुजरती कथा है—

गाँव में एक चर्चा चल पड़ी कि शिवरामा विधर्मी लड़की भगा लाया है। किस जाति की है--किस धर्म की है किसी को पता नहीं। दरअसल चाचा जी शिवरामा के कुछ बन जाने के बावजूद गाँव में इस घर की हैसियत और इज्जत क्या थी? कुछ नहीं। इसलिए बड़ी आसानी से इस परिवार को लांछित किया जा सकता था, इसका बायकाट किया जा सकता था, उसकी उपेक्षा की जा सकती थी। यह सब हुआ। शिवरामा के अफसर बन जाने और घर को कुछ श्री सम्पन्न कर लेने के बावजूद भजुरामा की शादी अटक गयी। इस परिवार का बहिष्कार कर दिया गया और सगे-सम्बन्धियों को जैसे सचेत कर दिया गया कि इस घर में कोई आदमी लड़की न दे।

वन्दना ने घर के भीतर का तो काम सँभाला ही, बाहर का भी बहुत कुछ सँभाल लिया। शिवरामा की माँ के मन में पहले तो यह चिढ़ उठती थी कि इस विधर्मी बहू के कारण उसके घर की बदनामी हो रही है और बायकाट हो रहा है। लेकिन वन्दना ने अपने स्वभाव, हिम्मत और परिश्रम से सास का मन जीत लिया। और तब आया वज्रपात का समय।"

"यानी?" मैंने पूछा।

''यानी खबर आयी कि शिवरामा लड़ाई में मारा गया। पूरा घर जैसे काँप कर गिर गया और वन्दना का तो हाल मत पूछिए। वह तो ठकमारी रह गयी। न रोना, न बोलना, केवल सूनी आँखों से सामने देखते रहना।''

''उस स्थिति और दु:ख की कल्पना कर सकता हूँ सुभाष। सब कुछ जैसे अपनी आँखों के आगे घटित होता देख रहा हूँ।''

''उसकी चूड़ी फोड़ी गयी, चुप रही, सिन्दूर पोंछा गया, चुप रही लेकिन जब उसके केश कटने की बारी आयी तो जोर से चीख पड़ी—नहीं ई ई . . . । झटक कर खड़ी हो गयी और रोने लगी।''

''अरे बहू क्या करती है? भगवान् ने यह कहर ढाया है तो सब कुछ सहना ही पड़ेगा। जब तुम्हारा सुहाग ही छिन गया तो इन बालों से क्या मोह?''

''नहीं माँ जी नहीं। इन बालों ने क्या किया है कि इन्हें कटवाऊँ। ज़िन्दगी है तो जीनी ही पड़ेगी और जीऊँगी तो अपने को कुरूप और घिनौनी बनाकर नहीं।''

''अरे इस बेशर्म को देखो।'' तमाम औरतें बोल पड़ीं। उन्हें लगा जैसे भगवान् ने विधवाओं से कर्तव्य निभवाने का दायित्व उन्हीं को सौंपा है। और उसे नहीं पूरा करेंगी तो पाप उन्हीं को लगेगा। अत: पड़ोस की एक जबर्दस्त औरत ने उसे पकड़ लिया और नाई से कहा—''काटो इसके बाल।''

वन्दना उसके शिकंजे में असहाय-सी तड़प रही थी।

भजुरामा देर से यह दृश्य देख रहा था। वह पास में पड़ा डंडा उठा लाया। नाई पर जोर से तड़पा—''छोड़ दो भौजी को, नहीं तो खैर नहीं है। नहीं कटवाना है बाल।'' नाई सहम कर अलग हो गया किन्तु औरतें भनभनाने लगीं—''अरे इस गबया को तो देखो, कैसा अधर्म कर रहा है। लेकिन जो भी हो यह गाँव के धर्म का संकल्प है। इस गाँव में रहना है तो राँड़ की तरह रहना होगा। यहाँ मनमानी नहीं चलेगी।''

''तुम लोगों ने तो पहले ही गाँव से निकाल रखा है। हम तुम्हारे गाँव में नहीं रहते, अपने घर में रहते हैं। और हम अपने घर में कैसे रहें, यह हमें सोचना है।''

''शाबाश भजुरामा तुम तो बहुत प्रबुद्ध निकले।'' मैंने कहा।

''हाँ चाचा जी, लोगों को भी ताज्जुब हुआ कि गँवार और अपढ़ आदमी यह सब कहाँ से बोल पड़ा।''

''सुभाष यह भाषा सत्य से आती है। यह गँवार अपढ़ है इसका मतलब यह तो नहीं कि उसमें समझ नहीं है। उसकी सत्य की सीधी समझ, गहरी संवेदना और वन्दना के साथ उसके गहरे मानवीय सरोकार ने उसे यह भाषा दी है। यह किताबी नहीं, अनुभव-जन्य है। इसलिए उसमें गहरी आँच थी जिससे महिलाएँ आतंकित हो गयी होंगी।''

''हाँ चाचा जी, सचमुच आतंकित हो गयीं और उठ कर घर जाने लगीं। घर जाते हुए वे जहर उगलती गयीं—'अरे गबया, भौजी को राँड़ के रूप में नहीं देख सकता,

तो तू ही रख ले।' "

सुनते ही भजुरामा ने चीख कर डंडा उठाया और लगा जैसे कहने वाली को धुन देगा। उसने कहा—"कुशल चाहो तो. . .।"

वन्दना ने भी आहत नजरों से भजुरामा को देखा। उन नजरों में इस बौड़म के प्रति गहरी कृतज्ञता थी और अपने प्रति आश्वस्ति का एक भाव।

मैं सुभाष की ओर देख कर मुस्कराया।

"चाचा जी आपकी मुस्कराहट कह रही है—तुम फिर इस तरह वर्णन कर रहे हो जैसे हर पल, हर कदम पर इन घटनाओं के साथ थे। अरे मैंने कहा न व्यक्ति-व्यक्ति की जबान से छन कर घटनाएँ आती रहीं, कथा बनती रही और उसमें हर पल, हर क्षण समाता रहा। और एक बात बताऊँ चाचा जी, भजुरामा मेरा मित्र भी है।"

"अरे सुभाष, मैंने कब तुमसे यह पूछा? मैं तो यों ही मुस्कराया था। लेकिन लगता है कि तुम कहानी-वहानी लिखते हो।"

"अरे चाचा जी, कहाँ कहानी-वहानी लिखता हूँ। प्राइमरी का मुदर्रिस कहाँ कहानी लिखेगा और लिखेगा भी तो क्या कहानी बनेगी। बस यों ही कभी-कभी कलम चला लेता हूँ।"

"अच्छा तो लिखते हो। आज दिखाना। हाँ फिर।"

मैंने बताया न कि भजुरामा मेरा मित्र है। उसने मुझे बताया कि उस दिन की घटना से वह उद्विग्न हो गया। भौजी और उसे लेकर जो ताना मारा गया था वह ताना उसे कोंचने लगा। एक सवाल भी पैदा करने लगा कि क्या ऐसा हो सकता है? भौजी तो ठहरीं बहादुर औरत। धीरे-धीरे यह दुःख वे पीती गयीं और सामान्य होती गयीं, घर और बाहर के काम-काज में अपने को व्यस्त करती गयीं लेकिन न उन्होंने बाल मुंडवाये, न राँड़ों के से कपड़े पहने। इस पर गाँव के लोग और खास कर औरतें भयानक ताना मारतीं थीं—"देखो इस राँड़ को, रंडी बनी घूमती है। फैसन करती है। इसे लाज शरम नहीं है।" कोई बोलती—"उहँ आ गयी राँड़। किसी शुभ कार्य से निकलो रास्ते में टकरा जाती है। इसका मनहूस चेहरा देख लिया है, अब भला कार्य होने वाला है?" और वह औरत लौट जाती थी। भौजी के ऊपर गिरता हुआ यह लांछन उसे बर्छी की तरह कोंचता था। वह क्रोध से तिलमिला उठता था और लगता था कि किसी का गला मरोड़ देगा।

एक दिन वह कहीं से लहूलुहान आया तो भौजी ने पूछा—"अरे तुम्हें यह क्या हो गया?"

"साले को ज़िन्दा नहीं छोड़ूँगा।"

"किसे ज़िन्दा नहीं छोड़ोगे? क्या बात हुई?"

"साला धन्ना सेठ का बेटा बना हुआ है। कालेज में जा कर दो अक्षर पढ़ क्या

लिया, अपने को दुनिया से ऊपर समझ लिया। अरे पढ़-लिख कर तो आदमी को और अक्ल आनी चाहिए, लेकिन ये साले दुनिया भर के कपड़ों में छेद ही देखते हैं।''

''मगर हुआ क्या?''

''अरे क्या नहीं हुआ? कहता था—''भौजी के साथ बड़े मजे हो रहे हैं न।'' साले जैसे अपने बदचलन हैं, वैसे ही दुनिया भर को समझते हैं। भौजी, कोई तुम्हारा अपमान करे तो मैं सह सकता हूँ क्या? साले को पकड़ कर मारा। वो तो उसके साथी-वाथी आ गये, नहीं तो बच्चू को परलोक भेज दिया होता।''

''तुम मेरा इतना खयाल करते हो भज्जू?''

''हाँ, बहुत-बहुत।''

''लेकिन तुम दुनिया भर की जुबान कैसे रोक पाओगे?''

''तो क्या करूँ भौजी? मैं तुम्हारा अपमान नहीं सह सकता।''

''एक उपाय है भोले नाथ। कर सकोगे?''

''भौजी, मैं तुम्हारे लिए कुछ भी कर सकता हूँ।''

''तो करो।'' कह कर उन्होंने उसके हाथ से उसका खून पोंछ कर अपनी माँग में लगा लिया।

''भौजी।'' वह चीख पड़ा।

''क्यों, क्या बेवा से शादी पसन्द नहीं?''

''नहीं भौजी, यह बात नहीं।''

''तो सोचते हो कि दुनिया क्या कहेगी?''

''नहीं भौजी, नहीं, दुनिया ने मुझे क्या दिया कि उसकी परवाह करूँगा। मैं तो सोचता हूँ कहाँ तुम और कहाँ एक लंठ बागड़ा गँवार मैं?''

''नहीं भोलेनाथ, तुम क्या हो तुम नहीं जानते। अब हम पति-पत्नी हैं और दुनिया की नजरों में पति-पत्नी होने के लिए हम कचहरी चलेंगे, वहाँ हमारा ब्याह होगा। अपने कुछ दोस्तों को गवाही के लिए तैयार रखना।''

''और जानते हैं चाचा जी गवाही देने कौन गया था। अंगद चाचा और मैं।''

''शाबाश सुभाष। मुझे तुम पर गर्व है। हाँ तो फिर?''

''फिर तो चाचा जी गाँव में तूफान आ गया लेकिन अब कोई यह तो नहीं कहने लायक रहा कि वन्दना राँड़ है और अपने देवर के साथ गुलछर्रे उड़ा रही है। और धीरे-धीरे हर तूफान थम जाता है यह भी थम गया। थम ही नहीं गया बल्कि औरतों की जबानें धीरे-धीरे वन्दना जी के गुणगान करने लगीं।''

''सो क्यों?''

''वन्दना जी बड़ी ही दयालु और समाजसेवी औरत हैं। साहसी तो हैं ही। औरतों की समस्याएँ उन्हें सालती हैं। जहाँ कहीं किसी औरत को दु:ख में देखती हैं उसके

साथ हो लेती हैं। वे सप्ताह में दो-तीन दिन गाँव की बच्चियों को अपने यहाँ बुला कर घंटा भर पढ़ाती हैं। वे भी मनुष्य हैं, उन्हें यह सीख देती हैं। स्त्री-पुरुष के भेदभाव पर वे तीव्र प्रहार करती हैं। रूढ़ियों में फँसी औरतों को समझाती हैं कि वे उजाले में आयें।''

''लेकिन दकियानूस पुरुष इसे सह पाते हैं क्या?''

''कहाँ सह पाते हैं? इसीलिए उसके बारे में क्या-क्या बोलते रहते हैं लेकिन अब नयी पीढ़ी के लड़के भी तो आ रहे हैं जो चाहे कितने दुर्गुणों से भरे हों लेकिन उनके मन में रूढ़ियों की वह जकड़न तो नहीं रह गयी है, जो पहले के लोगों में थी। और कई तो ऐसे हैं जो उसके समर्थक हैं, उसके मानवीय व्यवहार के घोर प्रशंसक हैं। और महिलाएँ भी तो धीरे-धीरे बदल रही हैं। वे पुरुषों के दकियानूस रवैये का, उनके अत्याचार का विरोध करने का साहस भले न कर पा रही हों, लेकिन उसे समझने लगी हैं, भीतर-भीतर वे सुगबुगा रही हैं, उनकी चेतना में एक आग जल रही है जो अनुकूल हवा पा कर कभी भी भभक सकती है। अतः वे वन्दना जी को आशाभरी आँखों से देखती हैं और प्रत्यक्ष या परोक्ष रूप से वे अपने दुःख उन्हें पहुँचाती रहती हैं और रास्ता दिखाने को कहती हैं।''

''यह तो बहुत अच्छी बात सुन रहा हूँ। मैं तो गाँव को बाहर से बन्द ही देख रहा था या उसमें से फूटते हुए नये-पुराने गन्दे परनाले ही दिखाई पड़ रहे थे। गाँव में एक अदृश्य ज्योति जल रही है, वह भी औरत के द्वारा औरतों में, यह तो बहुत ही शुभ परिदृश्य है।''

''अब देखिए वन्दना जी शहर से आ रही हैं। मुकदमे की पैरवी करने गयी थीं।''

''हाँ पैरवी करने गयी थीं। यह माजरा क्या है?''

मैंने बताया न कि वन्दना जी औरतों के सुख-दुःख में अपने आप खड़ी हो जाती हैं। और यह तो उनके घर का मामला था। भजुरामा के चचेरे भाई बलदेव का स्वभाव बहुत क्रूर है। आप जानते ही हैं कि बलदेव के पिता अपने बड़े भाई की कमाई के पैसे सूद पर उठाते थे और तमाम लोगों के खेत रेहन रख छोड़े थे—और धनी बने हुए थे। बड़े भाई तो निस्संतानी थे। पति-पत्नी मर गये। अब सारी सम्पत्ति बलदेव के बाप की ही थी। बलदेव की शादी बड़े धूमधाम से हुई। जब लोगों के घरों की नयी पीढ़ियाँ जवान हुईं और कमाई-धमाई करके अपने-अपने रेहन रखे खेत छुड़ा लिये, तब बलदेव के पास केवल उनके अपने खेत बचे। बलदेउबा कुछ करता-धरता तो था नहीं, अपने बाप और चाचा की कमाई हुई दौलत उड़ाता रहा लेकिन कब तक? वह पूँजी भी चुक गयी। माँ-बाप भी बूढ़े हो चुके थे। बहू कुछ कहती तो बलदेव उसे पीट देता। बलदेव माँ बाप का इकलौता लाड़ला बेटा था, वे उससे दुखी होकर भी कुछ कह नहीं पाते थे और जब बलदेव तथा उसकी पत्नी में कुछ कहा-सुनी होती और पत्नी पिट कर रोती तो माँ-बाप उसी को बोलते गाली बकते। माँ कहती—

न जाने कैसी कुलच्छिनी आयी है कि इसके आते ही भरापूरा घर खाली होता गया। और कोख भी पत्थर की ले कर आयी है जिस पर कोई दूब ही नहीं उगती।

बेचारी वह क्या करती? ज्यों-ज्यों इस घर में अभाव की सीलन बढ़ती गयी, बहू पर अत्याचार बढ़ता गया। वह रोती थी तो पास-पड़ोस दहल जाता था।

वन्दना जी यह सब देखती-सुनती थीं और कई बार इस बात को लेकर उनकी टकराहट भी हुई। उसने डाँटा भी—"बच्चा नहीं होता है तो अपने बेटे को डाक्टर को दिखाओ, उसी में कुछ खोट होगा।" और इस पर उनसे अपमानित भी हुईं। एक बार कई दिन की भूखी-प्यासी बहू चुपके से रात को वन्दना के यहाँ आ कर बैठ गयी। "मुझे बचा लो दीदी। ये राक्षस मुझे मार डालेंगे।" वन्दना जी बहुत दुखी हुईं, स्वयं रोने लगीं। उसे खाना दिया और आश्वस्त करने का प्रयत्न किया।

सवेरे आफत आ गयी। बलदेव और उसके माँ-बाप वन्दना के यहाँ आकर धमकाने लगे—"तू कौन होती हैं, हमारे और हमारी बहू के बारे में बोलने वाली? तू हमारी बहू को बिगाड़ रही है। तू उसे भगाने के फेर में है। खुद भी तो कहीं से भाग कर आयी है न? खबरदार जो अब कभी हमारे घर के मामले में पड़ी।"

वन्दना तन कर खड़ी हो गयी। "यह आपके घर का मामला नहीं है आदरणीय ससुर जी! यह पूरे समाज का मामला है। आपको एक औरत को पशु की तरह मारने-पीटने का अधिकार किसने दिया है? यह आपकी बहू जरूर है लेकिन उससे पहले एक आदमी है। इसे भी आदमी की तरह जीने का अधिकार है। दीवार के उस पार से इसका विलाप आ आकर मेरी छाती फाड़ता रहता है। इसके साथ मैं रोज एक मौत मरती रहती हूँ और आप पूछते हैं कि मैं कौन होती हूँ आप लोगों के बारे में बोलने वाली? . . . और वैसे भी मैं आपके छोटे भाई की पुत्र वधू हूँ। अपनी बहुओं के बारे में आप भागने-भगाने का लांछन लगा रहे हैं। बेशर्मी की भी इंतहा होती है। मैं आपके चचेरे पुत्र की ब्याहता बहू हूँ और किसी का दिया नहीं खाती? और आपकी इस सगी पुत्र वधू को मैं भागने की नहीं, तन कर जीने की सलाह दे रही हूँ। यह वधू गाय की तरह कायर न होती तो दिखा देती कि जुल्म क्या होता है।"

और उसने सबके सामने बलदेव की बीवी को खड़ा करते हुए कहा—"उठ बेवकूफ, तू ने बहुत जुल्म सह लिये, अब तन कर खड़ी हो जा। जब तक तू डरती रहेगी तुझ पर जुल्म होता रहेगा। जरा तन कर तो देख, जरा जुल्म को जलती निगाहों से घूर कर तो देख, फिर क्या होता है? मैं तुम्हारा साथ दूँगी।"

बलदेव गुस्से में आकर वन्दना के लिए अपमानजनक शब्द उगलने लगा कि भजुरामा ने आकर उसकी कलाई पकड़ ली और बोला "अब अगर एक शब्द भी निकाला न, तो उसका अंजाम सोच लो।"

बलदेव ने लपक कर अपनी पत्नी का हाथ पकड़ा और घसीटते हुए घर की ओर ले चला। आस-पास गाँव वालों की भीड़ लगी थी। लोगों के भीतर भिन्न-भिन्न प्रतिक्रियाएँ

हो रही थीं लेकिन शायद सभी लोग सोच रहे थे कि यह एक परिवार के भीतर का मामला है, इसमें क्या बोला जाय। एक बुजुर्ग ने बलदेव को सुझाव देते हुए कहा —''अरे बेटे, आराम से ले जाओ, घर की इज्जत का मामला है।'' और बहू से भी कहा—''बेटी, अच्छे घर की बहुएँ इस तरह भाग-भाग कर दूसरे घरों में नहीं जातीं। अपना घर ही अपना घर होता है।''

उसी समय वन्दना ने आक्रोश में कहा—''बहू तू जा और जैसा मैंने कहा है वैसा कर, मैं तुम्हारे साथ हूँ। थाना, पुलिस, कोर्ट, कचहरी सभी देखूँगी।''

सुभाष चुप हो गया। हम कुछ देर तक यों ही चुपचुप चलते रहे।

''हाँ फिर?'' मैं बोला।

''फिर वैसा ही हुआ जैसा वन्दना जी ने कहा था। बलदेव की बीवी धीरे-धीरे तनती गयी। मार तो खाती रही, किन्तु प्रतिरोध भी करने लगी।''

''बलदेव की ससुराल वालों को पता नहीं था?''

''यह तो पता नहीं। अपने घरों की औरतें अपना दुःख-दर्द कहाँ किसी से कहती हैं? और कहना चाहा हो तो वो कैसे कहती? उधर से कोई आया गया नहीं होगा। उसका मायका रीवा में है न। चिट्ठी लिख नहीं सकती होगी। हाँ सुना था कि वन्दना जी ने उसके मायके का पता लेकर चिट्ठी लिखी थी लेकिन जब तक वे लोग आते, सब कुछ खतम हो गया था।''

''यानी?''

''यानी वह जला दी गयी थी। एक रात दस बजे के आस-पास वन्दना जी ने चीख सुनी और देखा आँगन से आग की लपटें उठ रही हैं। वे भागी-भागी गयीं। दरवाज़ा खटखटाया। जोर-जोर से चीखने लगीं—दरवाज़ा खोलो, दरवाज़ा खोलो। लेकिन कोई खोल नहीं रहा था और भीतर-भीतर तीनों रोये जा रहे थे—हाय मेरी बहू, 'हाय मेरी बहू, तू ने कैसे आग लगा ली।' ''

बहू समझ गयी कि बाहर वन्दना जी हैं। उसने चिल्ला कर कहा—''दीदी इन राक्षसों ने मुझे जला दिया है और जला कर नाटक कर रहे हैं।'' तब तक आस-पास के लोग भी जुट आये। सबने धमकाया तो दरवाज़ा खुला और देखा बहू जल कर ठंडी पड़ गयी है। आँगन में बलदेव के माँ-बाप रोये जा रहे थे। माँ ने कहा—''अरे हम लोग तो सो रहे थे। एकाएक बहू के चीखने की आवाज़ से जाग पड़े और देखा कि जल रही है।''

''लेकिन आग लगी कैसे?''

''अब का बताएँ। लापरवाह और फूहड़ तो वह एक नम्बर की थी। खाट के पास दीया जलता छोड़ कर सो जाती थी। दस बार समझाया—सोने से पहले दीया बुझा दिया करो लेकिन सुनती कहाँ थी? उसने इधर-उधर अँचरा फेंका होगा, दीये की आग लग गयी होगी। फिर भी सोती रही होगी। जब खूब आग पकड़ गयी होगी तो उसे

मालूम पड़ा होगा।"

"बलदेव नहीं था क्या?"

"अरे नहीं, वे तो खेत में सोते हैं।"

वन्दना जी ने देखा कि पीछे का दरवाज़ा खुला हुआ है। उसे शक हुआ कि बलदेव अभी-अभी पीछे के दरवाजे से भागा है। उसने यों ही एक तीर छोड़ा—"लेकिन अभी थोड़ी देर पहले तक तो उनकी आवाज़ आ रही थी।"

"अरे तुम्हें भरम हुआ होगा। वह तो रोज ही खेत में सोता है।"

वन्दना जी ने कहा—"और माँ जी, आप लोग रात को भी पीछे का दरवाजा खोल कर सोते हैं?"

अब लोगों ने भी देखा कि पिछला दरवाजा खुला हुआ है। कोई राज है।

"और माँ जी अगर दीये से आग लगी होती तो मिट्टी के तेल की गन्ध कहाँ से आती? आपके हाथ से भी वह गन्ध आ रही है।" सबने अनुभव किया कि फर्श पर मिट्टी का तेल बिखरा हुआ है और उसकी तेज गन्ध आ रही है।

"तुम कोई थानेदार बन कर आयी हो? हम तो यों ही मरे जा रहे हैं और तू जिरह पर जिरह किये जा रही है। कौन होती है यह सब पूछने वाली?"

"ठीक है, मैं कोई नहीं होती हूँ, गाँव के इतने लोग यहाँ इकट्ठा हुए हैं ये भी कोई नहीं होते हैं? फिर कोई क्यों यहाँ आया है? यह तो आपके घर का मामला है सबसे कहिए कि लोग अपने-अपने घर जायें।" कह कर वह झट से चली गयी। वहाँ जमा लोग तरह-तरह के भाव से ग्रस्त थे और धीरे-धीरे चले गये।

दाह के लिए लाश ले जाने की तैयारी की जा रही थी कि थानेदार आ गया। बाद में मालूम हुआ कि वन्दना जी ने सवेरे-सवेरे भजुरामा को थाने पर भेंज कर यह सूचना दे दी थी।

थानेदार ने कइयों से बयान लेना चाहा, सबने अनभिज्ञता जाहिर की और कुछ भी कहने से मुकर गये। आँगन में फैले मिट्टी के तेल को धो-धा कर साफ कर दिया गया था और बलदेव के माँ-बाप ने वही बयान दिया जो कल रात सबके सामने दिया था।

थानेदार थोड़ा झल्लाया और कहा—"ठीक है लाश पोस्टमार्टम के लिए जायेगी। तभी असलियत का पता चलेगा।"

अब जाकर प्रधान की जबान खुली—"अरे सरकार, कहाँ दुर्दशा कराइएगा इस लाश की। हम लोगों के लिए तो आप ही सब कुछ हैं। आप जो लिख देंगे वही सही होगा। ये लोग जो कह रहे हैं वही सही होगा। और किसी ने कुछ देखा ही नहीं तो कोई क्या कहे।"

प्रधान और थानेदार ने आँखों-आँखों में कुछ इशारा किया। प्रधान बलदेव और उसके बाप को अलग ले गये और कुछ खुसुर-फुसुर करने लगे। वे वहाँ से लौटे

तो थानेदार को संकेत किया कि सब ठीक है।

''अच्छा, तो ठीक है जब किसी ने कुछ देखा ही नहीं तो ठीक है . . .''

''नहीं ई ई मैंने देखा है।''

सबने चौंककर देखा कि वन्दना जी हैं। थानेदार भी चौंका।

''कौन हैं ये?'' थानेदार ने पूछा।

''मेरा नाम वन्दना है।''

''अच्छा, अच्छा, आप हैं वन्दना जी। आपके बारे में तो बहुत सुना है।''

''सुना होगा, लेकिन मैं जो आज कह रही हूँ उसे भी सुन लीजिए। बलदेव की बीवी जली नहीं, जलायी गयी है।''

''इसका सबूत।''

''इसका सबूत मैं हूँ। मैं दरवाजा खोलवाती रही, इन लोगों ने नहीं खोला, और बहू ने अन्दर से ही चीख कर कहा कि दीदी इन तीनों पापियों ने मुझे जला दिया है. मैं मर रही हूँ।''

''लेकिन आपका कहा सही कैसे मान लिया जाय? और बलदेव तो खेत पर था।''

''अरे पूरे गाँव ने देखा था कि जब हम लोग अन्दर गये तो मिट्टी का तेल फर्श पर बिखरा हुआ था और चारों ओर से उसकी दुर्गन्ध आ रही थी। और पीछे का दरवाज़ा खुला हुआ था। यानी इसे जलाकर बलदेव पिछले दरवाज़े से भाग गया था।''

''लेकिन गाँव का कोई भी आदमी यह कह नहीं रहा है।''

''नहीं कह रहा है तो न कहे, मैं तो सही बात कहूँगी। मेरा बयान लिखिए।''

दारोगा ने एक बार तमाम चेहरों की ओर देखा—वे लटके हुए थे। औरतें कुछ बोल तो नहीं पा रही थीं लेकिन उन्हें देखने से लगता था कि वे वन्दना जी के साथ हैं। कुछ नये लड़के भी वन्दना जी को प्रशंसा की दृष्टि से देख रहे थे।

थानेदार ने औरतों की ओर देख कर पूछा—''आप लोग कुछ कह सकती हैं?'' कई नारी स्वर एक साथ उठे—''हमने कुछ देखा नहीं, लेकिन वन्दना बहू झूठ नहीं बोलतीं।''

कुछ नये लड़कों ने भी एक स्वर में इसका समर्थन किया।

''आप पोस्टमार्टम के लिए लाश भेजवाइए दारोगा जी।'' वन्दना जी बोलीं।

दारोगा असमंजस में रहा लेकिन उसे लाश भेजवानी ही पड़ी।

बहू के मायके वालों को ज्ञात हुआ तो वे आये और वन्दना जी ने उन्हें आश्वस्त किया कि केस चलेगा और आप अपनी ओर से अच्छा वकील कीजिए। मैं गवाही भी दूँगी और पैरवी भी करूँगी।

''वही केस चल रहा है। वन्दना जी वहीं से आ रही हैं।''

''अकेली ही।''

''अरे नहीं भजुरामा सदा साथ होता है। वह कहीं खेत में विलम गया होगा। वो

देखिए आ रहा है।''

मुझे लगा कि इस गाँव के भीतर एक और गाँव जन्म ले रहा है।

दस

मैं दस बजे के आसपास गोंइड़ के खेत में खड़ा था कि देखा वन्दना गाँव की ओर से जल्दी-जल्दी आ रही हैं।

''अरे कहाँ जा रही हैं इतनी जल्दी-जल्दी?''

''ब्लाक तक जा रही हूँ सर।''

''आप परेशान सी क्यों हैं?''

''क्या बताऊँ सर, सुमेर बाबा की पतोहू को प्रसव-पीड़ा हो रही है। सवेरे-सवेरे पतिदेव को नर्स के पास भेजा था, वह अब तक नहीं आयी। कमाई कर रही होगी। जच्चा की हालत खराब हो रही है।''

''आना तो उसका फर्ज बनता है।''

''फर्ज कौन देखता है सर वह भी देहात में। वह गरीब आदमी की पतोहू है, उसकी चिन्ता किसे है। और औरत मर भी जायेगी तो समाज का क्या घट जायेगा।''

''और कोई नहीं था जाने वाला?''

''लोग हैं क्यों नहीं, लेकिन गरीब घर को कौन पूछता है? सुमेर बाबा का लड़का कहीं नौकरी खोजने गया है। प्रधान जी से कहा तो बोले—''अरे भाई नर्स को संदेशा गया है तो आ जायेगी।'' उसे कई-कई गाँव, कई-कई घर देखने होते हैं।''

''चलो मैं भी तुम्हारे साथ चलता हूँ।''

''अरे नहीं नहीं, आप कहाँ चलिएगा?''

''क्यों नहीं चलूँगा? खाली ही तो हूँ।'' कह कर उसके साथ हो लिया।

ब्लाक पर पहुँचे तो देखा—नर्स ब्लाक के कुछ लोगों के बीच घिरी हँसी-ठट्ठा कर रही थी और रेडियो पर फिल्मी गीत बज रहे थे। कुछ ग़रीब से लगने वाले देहाती अनुनय की मुद्रा में ज़मीन पर बैठे थे।

जब हम पहुँचे तो वह उन लोगों से कह रही थीं—''जाओ बाबा, कह दिया है न, दवाई अभी नहीं है। नुस्खा लिख दिया है, बाजार से मँगवा लो।''

''सरकार हम लोगों के पास इतने पैसे कहाँ हैं? और हों भी तो दवा के लिए कस्बे जाना पड़ेगा।''

''अरे तुम लोग पैसा रख जाओ। हमारे आदमी आते-जाते रहते हैं, शाम तक मँगा लेंगे। शाम को आकर ले जाना।''

हम लोग वहाँ जाकर खड़े हुए तो कुछ देर बाद उसने आँख उठा कर देखा। जैसे पूछ रही हो—''क्या बात है?''

''देखिए सिस्टर, हमारे गाँव की एक औरत प्रसव-पीड़ा से मर रही है। मेरा आदमी आपको बुलाने आया था। आपने कहा था—''थोड़ी देर में आती हूँ। वहाँ उस औरत की हालत-खराब हो रही है।''

''अरे कोई एक गाँव और एक घर ही तो मेरे जिम्मे नहीं है। देख रही हैं न इतने लोग बैठे हैं। अभी-अभी एक केस से लौटी हूँ।''

''हाँ देख तो रही हूँ कि इतने लोग अनुनय की मुद्रा में बैठे हैं और आप उन्हें बाज़ार से दवा खरीदने के लिए नुस्खा देकर बैठी हँसी-ठट्ठा कर रही हैं और रेडियो सुन रही हैं।''

''क्या मतलब है आपका? मैं रेडियो न सुनूँ, लोगों से बात न करूँ?'' नर्स तैश में बोली।

''आप सब कुछ कीजिए लेकिन ड्यूटी पहले है और यह भी देखना आपका फर्ज है कि कौन काम पहले किया जाय। एक औरत प्रसव-वेदना से मर रही है उसे पहले देखना है और खास तौर पर आप लोग इसी काम के लिए भेजी गयी हैं।''

उसने घूर कर वन्दना की ओर देखा। ''तो तुम मुझे मेरा फर्ज बताने आयी हो।''

''तुम नहीं इन्हें आप कहिए। ये आपसे ज्यादा पढ़ी-लिखी और सम्मानित हैं और क्या मैं जान सकता हूँ कि जो दवाएँ सरकार इन गरीब देहातियों के लिए भेजती है वे कहाँ चली जाती हैं? सरकार तो अखबारों, रेडियो, टी.वी. पर बहुत रंगीन दुनिया खड़ी करती है। ऐसा लगता है कि देहात की सारी समस्या हल हो गयी। हाथ जोड़े ये गरीब लोग बैठे हैं और इन्हें आप कस्बे की दुकान पर भेज रही हैं?'' मैंने कहा।

''आप कौन हैं जी? आपको कभी देखा नहीं।'' रूखे स्वर में नर्स बोली।

''मैं कोई भी होऊँ सिस्टर, पहले हमारे गाँव चलिए एक औरत मर रही है उसका बचाव कीजिए। और मुझे कैसे देखेंगी मैं जब यहाँ रहता ही नहीं।''

''जब यहाँ के हैं नहीं तो आपको क्या परेशानी हो रही है? सरकार का तो ऐसा हिसाब-किताब माँग रहे हैं जैसे उसने आपको भेजा हो इसी काम के लिए।''

''सिस्टर आप इस सब बहस में मत पड़िए, आप हमारे साथ हमारे गाँव चलिए।''

''हमारे गाँव का क्या मतलब? आप तो बाहर के हैं फिर यह आपका गाँव कैसे हो गया?''

''सिस्टर ये इसी गाँव के हैं दिल्ली में रहते हैं और नव ज्योति के प्रधान संपादक हैं।''

सिस्टर उठ खड़ी हुई। और हकलाती हुई सी बोली—''तो तो तो आप . . .

दामोदर जी तो नहीं हैं।''

''जी, बन्दे का यही नाम है।''

''माफ कीजिएगा आपको पहचाना नहीं। अभी चलती हूँ।'' उसके साथ वाले भी खड़े हो गये थे। वह अपने औजार लेने अन्दर चली गयी तो वन्दना जी ने हँसते हुए कहा—

''अब तो लगता है कि हर मरीज तक इन्हें ले जाने के लिए साथ किसी संपादक को लाना पड़ेगा।''

मैं भी हँसा। वे आ गयीं तो मैंने वन्दना से कहा—''इन्हें लेकर चलो मैं जरा घूमता-फिरता आता हूँ।''

वे लोग चले गये। मैं चला तो उन गरीब देहातियों में से एक मेरे साथ लग गया। संपादक क्या होता है, उसका क्या प्रभाव होता है यह तो शायद उसे ज्ञात नहीं रहा किन्तु उसे लग गया कि मैं कोई असरदार आदमी हूँ। इसलिए चलते-चलते बोला—

''साहब, देख रहे हैं न यहाँ का हालचाल।''

''हाँ देख रहा हूँ। यह बताइए कि जो दवाएँ ये बाज़ार से मँगाने के लिए कह रही थीं, क्या इनके पास नहीं होतीं?''

''अरे ए साहब, दवाएँ होती हैं सरकार सारी दवाएँ भेजती है लेकिन ये सब दुकान में बेच देते हैं और हमें ये ही दवाएँ खरीदने के लिए कहते हैं। दुकानदारों और इनकी मिलीभगत चलती रहती है। साहब जो असरदार लोग हैं उन्हीं को मुफ्त दवाएँ भी मिलती हैं, उन्हीं के यहाँ नर्स जाती है। हम गरीब लोगों को कोई नहीं पूछता। कुछ कीजिए न साहब।''

''देखो भइया, मैं साहब नहीं हूँ। मैं आप लोगों का भाई हूँ। और मैं ज़रूर कुछ करूँगा। दिल्ली लौट कर आप लोगों की बात सरकार तक ज़रूर पहुँचाऊँगा।''

''बहुत मेहरबानी होगी सरकार।''

''फिर वही सरकार।''

''अरे तो अब बूढ़ा तोता क्या राम-राम पढ़ेगा? जो बोलने की आदत पड़ी है बोलने दीजिए साहब।''

चलते-चलते देखा रास्ते में कीचड़ और पानी फैला हुआ है। उसके आस-पास के घरों के आगे भैंसें बँधी हुई हैं। उनका गोबर भी उस पानी में मिल रहा है। बचा कर आता हुआ एक आदमी उस कीचड़ में गिरा और गाली बकने लगा।

''साहब यह रास्ता बड़ा खराब है। चलिए दूसरे रास्ते से आपको बाहर निकालते हैं।''

''हाँ यह तो बड़ा गन्दा रास्ता है। प्रधान जी इसे ठीक क्यों नहीं कराते?''

''अरे अब क्या बतायें साहब? क्या क्या बतायें? परधान लोगों को गाँव की सड़कों और रास्तों को पक्का बनवाने के लिए खूब पैसा मिलता है। परधान जी लोग थोड़ा

बहुत इधर-उधर बनवा देते हैं बाकी पैसा खा जाते हैं। परधान और ग्राम-सेवक दोनों की मिलीभगत होती है।''

''लेकिन जाँच-पड़ताल तो होती होगी?''

''हाँ होती है लेकिन कोई क्या कर लेगा? कह दिया जाता है कि बरसात में मिट्टी बह गयी। फिर जाँच-पड़ताल करने वाले भी तो इन्हीं की तरह होते हैं। जेब गरम हुई और कागज पत्तर ठीक-ठाक हो गया। इस गाँव का परधान तो बहुत खाऊ है साहब।''

'' . . . फिर भी मैंने अपने गाँव में तो काफी काम देखा।''

''हाँ साहब, सभी परधान एक से थोड़े होते हैं। वैसे खाते सभी हैं लेकिन कुछ ऐसे हैं जो कुछ काम भी कराते हैं। और साहब, जो काम होता है न, वह भी वहीं होता है जहाँ असरदार लोग रहते हैं। अब इस गाँव में भी आप देखिए—परधान के आसपास या जहाँ उनके लोग हैं या जहाँ जोरदार लोग हैं वहाँ रास्ते ठीक-ठाक मिलेंगे लेकिन जहाँ सबसे जरूरी है वहाँ आपने ठेहुन भरभास देखा न। वह इसलिए कि ये गरीब लोग हैं कुछ बिगाड़ नहीं सकते। बस मर रहे हैं गन्दगी और मक्खी मच्छरों के बीच।''

''आप लोग इसी गाँव के हैं?''

''हाँ साहब, इसी गाँव के हैं लेकिन गाँव के बाहर जो टोला है न वहाँ रहते हैं।''

चलते चलते बोला—''यह खेत देख रहे हैं न। यह मेरा ही है।''

''हाँ, लेकिन यह तो काफी नीचा है तालनुमा।''

''इसीलिए तो दिखा रहा हूँ। हम हरिजन हैं नसबंदी कराने पर हमें ग्राम-समाज की जमीन में से एक टुकड़ा मिलता है। मुझे यही मिला है। यानी खेत के नाम पर गड्ढा दे दिया गया है।''

''क्या सबको ऐसी ही जमीन दी जाती है।''

''नहीं, जो लोग पैसा दे देते हैं उन्हें ठीक जमीन दी जाती है जो नहीं दे पाते, उन्हें ऐसी जमीन दी जाती है जहाँ पानी भरा होता है।''

''यह तो बड़ा विचित्र है भाई?''

''अरे क्या-क्या सुनाऊँ। सुना है हम लोगों के लिए नल, पाखाना, गोबर गैस के लिए पैसे मिलते हैं। चलिए देख लीजिए हमारे टोले में क्या हालत है?''

भट, भट, भट, भट की आवाज़ से मैं चौंका। एक मोटर साइकिल पास से गुज़री। हीरोहांडा पर सवार एक जवान आदमी। बड़ा-सा शॉल, लम्बा कुर्ता, कुर्ते पर जवाहर बंडी और दो काछ वाली धोती।

''पालागी सरकार।'' उसने गाड़ी रोक दी।

''कैसे हो लच्छूलाल!''

''ठीक हूँ सरकार!''

उसने फिर मेरी ओर कुछ सवालिया निगाहों से देखा। मैं मुस्कराया। उसे मेरी मुस्कान शायद अच्छी नहीं लगी। लच्छू हरिजन के साथ चलने वाला एक सामान्य आदमी उसे देख कर केवल मुस्कराए, यह उसे कैसे अच्छा लग सकता था।

"कहाँ मटरगश्ती कर रहे हो लच्छूलाल।"

"अरे साहब, मटरगश्ती अपनी तकदीर में कहाँ? गया था दवा लेने सो नर्स ने पर्ची लिख कर थमा दिया। कहा—"बाज़ार से खरीद लाओ। यह कोई बात हुई।"

"अरे तो दवा होगी नहीं तो क्या करती? वह दवा पैदा तो नहीं न करेगी।"

"पैदा तो नहीं करेगी, बेच तो सकती है न?"

"कैसी बात कर रहे हैं आप! आप उस पर और वहाँ से जुड़े सारे लोगों पर बेईमानी का लांछन लगा रहे हैं? आप हैं कौन?"

"मैं कौन हूँ यह तो मेरे दिल्ली लौटने पर आप लोगों को मालूम होगा।" वह थोड़ा चौंका।

"दरअसल श्रीमान्, मैं पास के ही गाँव का एक अदना से आदमी हूँ। दिल्ली के एक पत्र से जुड़ा हूँ। मैं अखबार की ओर से सर्वे करने आया हूँ कि गाँव में जवाहर-योजना के तहत सरकारी अनुदानों का कैसा उपयोग हो रहा है। इसी क्रम में यहाँ-वहाँ घूम रहा हूँ।"

अब वह बुरी तरह चौंका और मोटर साइकिल से उतर आया और कुछ अनुमान करते हुए बोला—"आप कहीं दामोदर जी तो नहीं हैं।"

"हाँ संयोग से मैं दामोदर ही हूँ।"

उसने लपक कर मेरे पाँव छू लिये और बोला—"धन्यभाग कि आपके दर्शन हुए। अरे यहाँ का सर्वे करना था तो इस सेवक को बुला लिया होता, वैसे भी मैं ग्रामसेवक हूँ।" वह जोर से खोखली हँसी हँसा।

"नहीं, मैं सरकारी सर्वे पर नहीं आया हूँ कि सरकारी कर्मचारियों के साथ सर्वे करूँ। जिनके बारे में पूछताछ करनी है उन्हीं से कैसे पूछा जा सकता है? इसलिए मैं वैसे ही भटक रहा हूँ—हवाओं से पूछ रहा हूँ, रास्तों और सड़कों से पूछ रहा हूँ लोगों की लाचार-बीमार आँखों से पूछ रहा हूँ, भूख-प्यास से पूछ रहा हूँ, खेतों और गड्ढों से पूछ रहा हूँ कि जवाहर रोज़गार योजना के तहत सरकार जो रामराज्य ला रही है वह कहाँ है? और नहीं दिखाई पड़ रहा है तो कौन-कौन लोग उसका रास्ता रोके हुए हैं।"

मैं जोर से हँसा तो ग्राम सेवक भी हँस पड़ा। उसकी हँसी में शर्मिन्दगी भी हो सकती है और यह व्यंग्यभाव भी कि जाओ साहब लगाओ पता। बहुत बड़े-बड़े लोग पता लगाते मर गये या राह रोकने वालों द्वारा खरीद लिये गये। अब तुम भी अपना जोर अजमा लो।

"क्या सोच रहे हैं ग्राम सेवक जी।"

''अरे कुछ भी नहीं। मेरी तो बड़ी श्रद्धा थी कि आप ब्लाक पर मेरे साथ चलते, कुछ सेवा का अवसर देते। बड़े भाग्य से तो आपके दर्शन हुए हैं।''

''अरे भाई, आप हमारे गाँवों की सेवा कर रहे हैं यही मेरी सेवा है। अच्छा अब चलें।''

''ठीक है श्रीमान्,'' कह कर उसने लच्छू को एक विचित्र नज़र से देखा, मानो धमका रहा हो—''खबरदार कुछ ऐसी वैसी बात बतायी तो।''

वह चला गया तो लच्छू बोला—''देखा साहब, इसके पास एक टुटही साइकिल हुआ करती थी और एक टूटा घर। जब से ग्राम सेवक हुआ फूलता ही जा रहा है। जाकर इसका घर देखिए, खेत देखिए और इसकी चमचमाती हुई गाड़ी तो देख ही रहे हैं।''

''हाँ सब देख रहा हूँ लच्छूलाल जी! देखता ही तो आया हूँ अंग्रेजों के जमाने से। लेकिन यह उम्मीद नहीं थी कि अपने लोगों के राज्य में भी वही सब कुछ देखना पड़ेगा।''

''चलिए न साहब, जरा हमारे टोले में थोड़ी देर बैठिये न।''

मैं थोड़ा अचकचाया। सोचा देर हो रही है। फिर भी कहा—''अच्छा चलिए।''

''आपके गाँव के प्रधान कौन हैं?''

''यदुनाथ चौधरी।''

''यदुनाथ चौधरी। नाम तो कुछ सुना है। क्या करते हैं?''

''पहले थानेदार थे। बहुत गलत काम किये तो नौकरी से निकाल दिये गये। थानेदारी में पैसा खूब कमाया था। खेत-बारी, घर-दुआर सब कुछ खूब दुरुस्त कर लिया। नौकरी से निकाले जाने के बाद नेता हो गये। यहाँ से लखनऊ तक दौड़ लगाने लगे और धीरे-धीरे एक अच्छे-खासे चमचा नेता बन गये। अब परधान हैं। कई बार से परधान वही हो रहे हैं दूसरे आदमी की क्या मजाल कि उनके सामने उठ जाये और उठ भी जाये तो ठहर जाये।''

''क्यों आप लोगों में से कोई क्यों नहीं उठता? अब तो हरिजनों में भी एक अच्छी-खासी लहर आ गयी है।''

''आ तो गयी है साहब लेकिन इस गाँव में हम हैं ही कितने? हमारे वोट बहुत थोड़े हैं न। हम उठेंगे तो सारी बड़ी जातियों के वोट हमारे खिलाफ हो जायेंगे।''

''अरे नहीं, ऐसी बात नहीं है। बड़ी जातियों में भी बहुत से लोग चौधरी से भीतर-भीतर बहुत क्षुब्ध होंगे। वे अपना वोट दे सकते हैं।''

''फिर भी साहब वोट के समय जो गुंडागर्दी होती है उसे हम लोग सँभाल नहीं पायेंगे। हमारे घरों के नौजवान लड़के भी तो अब घर पर नहीं हैं सभी कमाने-धमाने बाहर चले गये हैं।''

''फिर भी लच्छूलाल जी कुछ तो करना पड़ेगा अत्याचार के खिलाफ।''

''हाँ साहब करना पड़ेगा। समय आने दीजिए। अभी तो हम ब्लाक से दवा भी नहीं ले पा रहे हैं।''

''इसलिए नहीं ले पा रहे हैं कि ब्लाक आप लोगों का दवाब महसूस नहीं करता। सरकार आप लोगों के लिए कर रही है। आपका काम है कि मिलजुल कर उस किये को अपनी ओर ले आयें।''

हम उस टोले में पहुँच गये थे। देखा कुछ अच्छे घर थे जिनके आगे हैंडपम्प लगे थे। रास्ते भी ठीक-ठाक थे।

''आपके टोले में विकास तो हुआ है लच्छूलाल जी!''

''अरे ए साहब, यह जो देख रहे हैं न यह सब प्राइवेट काम है। जिनके बच्चे परदेस में कमा रहे हैं न, उनके अच्छे मकान भी हैं, पम्प भी लगे हुए हैं, उनके सामने रास्ता भी ठीक-ठाक है, कुछ अच्छे खेत भी हैं और ब्लाक भी उनका कुछ खयाल करता है लेकिन जो लोग यहीं मर-खप रहे हैं उनके मकान देखिए। उनके घरों के आसपास देखिए तब मालूम पड़ेगा कि जवाहर योजना का पैसा यहाँ कितना आता है।''

लच्छू के साथ उनके घर पहुँचा तो देखा वहाँ और उसके आसपास की दुनिया कुछ और ही थी। कच्ची दीवारों पर कुछ टूटी हुई झोंपड़ियाँ थीं पास के एक गढ्डे में पानी बजबजा रहा था जिसके आसपास सूअरें चों चों करती हुई दौड़ रही थीं और दुर्गन्ध आ रही थी।

''अब देखिए यह गड्ढां है न। पानी बरसता है तो वह भर कर चारों ओर फैल जाता है और पानी हमारे घरों की दीवारों से लग जाता है। रास्ते तो बजबजा उठते ही हैं हमारे घरों को भी खतरा हो जाता है। कितनी बार हम लोगों ने परधान जी से कहा कि इसे पटवा दीजिए और नहीं तो इसके और हमारे घरों के बीच मिट्टी का बाँध बँधवा दीजिए। लेकिन वे सुनते ही नहीं।''

''लेकिन ग्राम सभा को पैसा तो इस काम के लिए भी मिलता है।''

''मिलता है तो मिलता रहे। कोई क्या कर लेगा इन लोगों का? मिट्टी पटवाते तो हैं लेकिन वहाँ जहाँ इनका मन होता है और दिखा देते हैं कि जहाँ सब से ज्यादा जरूरत थी मिट्टी पटवा दी है।''

''तो आप लोग मिल कर खुद क्यों नहीं पाट देते? आखिर आप लोग दूसरों की मजदूरी करते ही हैं अपनी क्यों नहीं कर लेते?''

''यह गड्ढा गाँव सभा का है। इसमें मछली पलती है। पलती है तो गाँव सभा को आमदनी होती है, हम कैसे पाट सकते हैं?''

''हाँ यह तो है।''

''बैठिए न साहब।'' कह कर लच्छू एक खाट उठा लाया और आसपास के और कई हरिजन जुट आये।

तब तक कुछ बच्चे बकरियाँ लिये आ गये और मुझे देख कर खड़े हो गये। मैंने इशारे से उन्हें अपने पास बुलाया। वे शरमा कर इधर-उधर देखने लगे।

''जाओ न, लजा क्यों रहे हो।'' एक आदमी ने उन्हें मेरी ओर धकेलते हुए कहा।

वे कुछ आगे आये तो पूछा—''किस क्लास में पढ़ते हो?''

वे खी खी खी खी हँसने लगे।

''क्यों भाई हँस क्यों रहे हो?''

''अरे साहब, ये पढ़ते नहीं हैं इसलिए बेचारे क्या बोलें।''

''लेकिन क्यों? आप लोग इन्हें स्कूल क्यों नहीं भेजते?''

''अरे साहब, ये स्कूल चले जायेंगे तो काम कौन करेगा? कौन पढ़-लिख कर कलट्टर बन जायेंगे?''

''क्यों नहीं बन जायेंगे? सरकार इनकी पढ़ाई-लिखाई पर इतना खर्च कर रही है और नौकरी में भी इनकी सीट रिज़र्व किये हुए है। पढ़-लिख लेंगे तो पहले इन्हीं को नौकरी मिलेगी।''

''अरे साहब, सरकार जो कहती है वह कितना करती है यह सब तो आप यहाँ देख ही रहे हैं। और रिज़रब सीट पहले चौधरी और उन जैसे लोगों के बच्चों को मिलेगी कि हमारे बच्चों को।''

''चौधरी के बच्चों को क्यों मिलेगी?''

''अरे वो भी तो रिज़रब में आते हैं। धन उनके पास है, बाहुबल उनके पास है, नेता उनके साथ हैं, पुलिस उनके साथ है तो भला उनके बच्चों के आगे हमारे बच्चों को कौन पूछेगा?''

''तो भी आप लोगों को यों निराश होकर नहीं बैठना चाहिए। सारे देश में कोई चौधरी का राज्य है क्या? बच्चों को तो पढ़ाना ही चाहिए। पढ़ना वैसे भी अच्छी चीज़ है। सरकार आपके बच्चों की पढ़ाई-लिखाई के लिए कितना कुछ खर्च कर रही है।''

देखा एक औरत पानी लिए कुछ दूर खड़ी थी पूछा—''वह कौन है?''

''वह मेरी जनाना है साहब।''

''तो पानी लिए उतनी दूर क्यों खड़ी है?''

''साहब पानी लिए इसलिए खड़ी है कि आपको पियास लगी होगी और पास इसलिए नहीं आ रही है कि पता नहीं आप हमारे घर का पानी पियें कि नहीं।''

मैं हँसा और दर्द से मर्माहत भी रह गया। बोला—''हाँ प्यास तो लगी है और यह पानी भी वही है जो हमारे घरों में होता है। लाओ बहन।''

वह फिर भी बहुत संकोच से आयी। मैं उसके हाथ से लौटा लेकर गटर-गटर पानी पी गया और देखा हरिजनों के चेहरे पर संकोच का भाव जरूर था लेकिन वह आश्चर्य नहीं था जो पहले के समय में हुआ करता था। मुझे प्यास तो लगी थी किन्तु बदबू के इस माहौल में पानी पीने की इच्छा नहीं हो रही थी लेकिन प्यास ने पानी

का साथ इसलिए लिया कि ये लोग कहीं अन्यथा न ले लें। लेकिन जब उन्होंने चाय के लिए पूछा तो मैंने साफ मना कर दिया और उठता हुआ बोला—''अब मैं चलता हूँ, बहुत देर हो रही है।''

उन्होंने भी हाथ जोड़ दिये और लच्छूराम ने विनती भरे स्वर में कहा—''साहब दिल्ली पहुँच कर भूल मत जाइएगा।''

''नहीं लच्छूराम जी मैं भूलूँगा नहीं, मैं नेता नहीं हूँ। आप लोगों की आवाज़ ज़रूर ऊपर तक पहुँचाऊँगा।''

गाँव के पास पहुँचा तो दो बज गये थे।

मैं सीधा वहाँ पहुँचा जहाँ नर्स गयी हुई थी। देखा दरवाज़े पर भीड़ थी और रोहा-रोहट मची हुई थी। वन्दना नर्स को भला-बुरा कह रही थी।

मेरे पहुँचते वन्दना चीख कर बोली—''सर, इसने जच्चे-बच्चे की जान ले ली। यह नर्स नहीं हत्यारिन है।''

''शान्त रहिए वन्दना जी, होनी को कौन टाल सकता है।'' एक आदमी ने समझाने के तौर पर कहा।

''अरे होनी पर ही भरोसा करना है तो नर्सों, डाक्टरों की क्या जरूरत पड़ी है? क्यों इन पर इतना खर्च किया जा रहा है? अरे सवेरे से ही यह औरत चीख रही थी। सवेरे ही मैंने अपने पतिदेव को इन्हें बुलाने भेजा। ये वहीं बैठी गपशप करती रही, रेडियो के गाने सुनती रही, नहीं आयी। बाद में मैं गयी तब भी आने का मन नहीं था। ये तो दामोदर जी मेरे साथ पहुँच गये थे इनका नाम सुनकर ये आयीं और तब तक बहुत देर हो चुकी थी।''

''देखिए, आप नाहक मुझ पर लांछन लगा रही हैं। तीन घंटे से मैं जूझ रही हूँ इसका क्रेडिट देना तो दूर रहा उलटे मुझे खरी-खोटी सुना रही हैं। अरे मैं इतने गाँवों में किसी एक घर की प्राइवेट नौकर तो नहीं हूँ।'' कह कर नर्स जाने लगी।

''सुनिये मैडम, आप किसी की प्राइवेट नौकर नहीं हैं इसीलिए आप सबकी नौकर हैं और जहाँ भी जरूरत हो आपको जाना ही चाहिए। आपका पेशा पेशा नहीं एक मिशन है। मिशन में आदमी अपनी शान-शौकत, ऐशो-आराम और सुख-दुःख की परवाह नहीं करता है, यानी कम करता है। देहात की दुनियां किसी का आरामगाह नहीं है, यहाँ की अभिशप्त जिन्दगी में सुख की किरण बन कर लोगों को आना चाहिए। जाइए मैं लिखूँगा आप लोगों की गतिविधियों पर।''

देखा सुमेर भाई मुँह लटकाये बदहवास से बैठे थे। मैंने आगे बढ़कर उनके कन्धे पर हाथ रखा तो सिर उठा कर स्तब्ध आँखों से मुझे देखा और पिहक कर रोते हुए मुझसे लिपट गये।

ग्यारह

कल दिल्ली से तार आया है। मैनेजर ने लिखा है—"राजनीतिक परिवेश में हलचल मची है। शीघ्र आ जाइए।"

"जाना ही पड़ेगा। आज शनिवार है न। मंजुल आयेगा कल सुबह। उसके साथ परसों सुबह निकल जाऊँगा।" मैंने सुभाष से कहा।

"अरे इतने दिनों पर तो आये हैं कुछ दिन और रुकिये न।"

"चाहता तो मैं भी रहा सुभाष लेकिन देख रहे हो न, आगे-आगे मैं आया, पीछे-पीछे तार आया। चैन से छुट्टियाँ भी नहीं मना पाता। कभी आफिस को मेरी ज़रूरत पड़ जाती है, कभी घर को।"

"फिर भी चाचा जी थोड़ा और ठहरिए न।"

"हाँ दो एक दिन निकाल तो सकता हूँ, लेकिन अब यहाँ रहूँ भी तो क्या करूँ? देखने को है क्या?"

"देखने को तो बहुत कुछ है चाचा जी।"

"हाँ है, लेकिन उसके लिए तमाम मौसमों, पर्वों, सामाजिक-राजनीतिक घटनाओं की प्रतीक्षा करनी पड़ेगी। यानी मुझे कम से कम पूरा साल यहाँ रहना चाहिए तब जाकर एक समय-चक्र की कुछ नयी गतिविधियों को देख पाऊँगा। लेकिन क्या सब कुछ अपनी ही आँखों से देखा जाता है? दूसरे की आँखों ने जो देखा है उसे भी तो अपने देखने का हिस्सा बनाया जा सकता है। अब देखो न बीस वर्ष बाद मैं गाँव में आया और जो कुछ देखा उसने अनदेखे बीस बरस के अन्तराल को भी तो दिखा दिया और तुम लोगों द्वारा देखी गयी तमाम चीज़ों को सुन-सुन कर भी तो मैंने बहुत कुछ देखा। और निश्चय ही मुझे लग रहा है कि बीस वर्षों में जो मैंने यहाँ नहीं देखा था उसे आज बहुत कुछ अंशों में देख रहा हूँ।"

सुभाष चुप था शायद कुछ कहना चाहता था, कह नहीं पा रहा था।

"और जब तक यहाँ हूँ जो कुछ देख सकूँगा, देखता ही रहूँगा।"

"हाँ यह तो है। दरअसल जो आप अनुभव कर रहे हैं, वह हम लोग नहीं करते। हम लोग तो यहाँ की जिन्दगी के हिस्से हैं न। उससे अलग हट कर कुछ देख ही नहीं पाते।"

"सही कह रहे हो। तुम लोग तो इस सतत जीवन-विकास के साथ चलते रहे हो और पता ही नहीं चला होगा कि कल क्या था आज क्या हो गया है। मैं यहाँ के जीवन-विकास का हिस्सा हूँ भी, नहीं भी हूँ। यहाँ का जीवन मेरी स्मृतियों में

बसा है, इसके साथ बहुत अंतरंगता अनुभव करता हूँ और इसने मुझे जीवन जीने का एक दृष्टिकोण दिया है इसलिए दूर बैठा-बैठा भी इसके सुख-दुःख से आन्दोलित होता रहता हूँ, उसके बनने-बिगड़ने की आहट मुझे प्रभावित करती रहती है किन्तु यह भी सच है कि अब मैं बाहर-बाहर से इसका दर्शक मात्र रह गया हूँ। बीस वर्ष बाद अपने ही गाँव में आया हूँ तो एक पत्रकार की हैसियत से इसके बदलाव को देख रहा हूँ। मेरे भीतर का साहित्यकार भीतर-भीतर इसके साथ एक गहरा रागात्मक लगाव अनुभव कर रहा है तो पत्रकार एक तटस्थ अवलोकन में प्रवृत्त है। यानी भावात्मक स्तर पर इस गाँव को जी रहा हूँ किन्तु क्रियात्मक स्तर पर तटस्थ द्रष्टा बना हुआ हूँ।''

''अच्छा तो स्कूल जा रहा हूँ आज जरा जल्दी आना है।''

''क्यों क्या बात हो गयी।''

''अरे आज काशीनाथ चाचा की बेटी की शादी है न।''

''काशीनाथ। काशीनाथ . . . कौन काशीनाथ? काशीनाथ तो कई थे।''

''अरे वही जो फौज में थे। मथुरा बाबा के लड़के।''

''हाँ हाँ, वे तो मेरे सहपाठी रहे हैं। होली के दिन मिले तो थे। . . . अच्छा तो आज ही शादी है।''

''हाँ आज ही।''

''लेकिन गाँव में इस शादी की कोई आहट सुनाई नहीं पड़ी। यह समाचार तो मेरे पास ऐसे आ रहा है जैसे कोई बताये कि आज बाज़ार चलना है।''

सुभाष मुस्कराया।

''सचमुच कितना कुछ बदल गया है सुभाष! पहले तो किसी के यहाँ लड़के या लड़की की शादी गाँव भर के लिए उत्सव हुआ करती थी। जिस दिन शादी तय होती थी उसी दिन से एक चहल-पहल वातावरण में भर जाती थी और शादी वाले व्यक्ति के दरवाज़े पर लोगों का आना-जाना लगा रहता था।''

सुभाष फिर मुस्कराया और बोला—''कब की बात कर रहे हैं चाचा जी। अब तो लोगबाग शादी के अवसर पर अपने कामधाम से छूट कर अतिथि की तरह थोड़ी देर के लिए जाते हैं और फिर लौट जाते हैं। घर वाले ही हर अवसर पर जूझते रहते हैं ।''

''कितना अकेलापन आ गया है गाँव में। लोग कितने संवेदनशून्य हो गये हैं।''

''हाँ, लेकिन इसमें एक पेच यह भी है चाचा जी कि लोग चाहें तो भी दूसरे के मामले में कुछ दखल देने से डरते हैं। पता नहीं कौन कब कह दे—''यह मेरा मामला है आप क्यों बीच में टाँग अड़ा रहे हैं।'' राजनीति इतनी हावी हो गयी है कि पता नहीं कौन कब किस बात का क्या अर्थ निकाल ले। इसीलिए जो लोग चाहते हैं साथ हो लेना वे भी संकोच करते हैं। अब देखिए न, काशीनाथ चाचा आपके सहपाठी

रहे हैं। वे भी फौज में बाहर-बाहर रहे और आप तो बाहर रहे ही। तीन साल पहले वे रिटायर होकर आ गये और मिलने पर प्रायः कहते थे—"सबसे भेंट होती है दामोदर भाई से भेंट हुए तीस-चालीस वर्ष हो गये।" और आपको आये इतने दिन हो गये, कभी वे मिलने नहीं आये। होली के दिन भी आप उन्हीं के दरवाज़े पर उनसे मिले। यह है मिलने-जुलने की सामाजिक ऊष्मा। फिर कौन किसके यहाँ जाये।"

"हाँ, लेकिन मैं तो शाम को द्वारपूजा में चलूँगा।"

"हाँ चलिएगा न! मैंने तो इसीलिए आपको यह सूचना दी है। अच्छा स्कूल के लिए देर हो रही है।"

सुभाष चला गया तो मैं अकेला हो गया। चलूँ कहीं घूम आऊँ। दरवाज़े पर बैठा-बैठा क्या करूँगा। गाँव से बाहर निकल कर बागीचे की ओर चला तो देखा तमाम बच्चे स्कूल की ओर जा रहे थे। उनमें अच्छी-खासी संख्या लड़कियों की थी और बड़ी-बड़ी लड़कियाँ भी थीं। यानी दर्जा सात-आठ में पढ़ने वाली लड़कियाँ थीं। दर्जा चार तक तो कन्या पाठशाला भी खुल गयी है जिसमें सुखदेव की भानजी भी पढ़ाती है। सुना है जवार के लोग कोशिश कर रहे हैं कि वह स्कूल भी हाईस्कूल तक हो जाय लेकिन यह इतना आसान तो है नहीं। जब होगा, तब होगा, तब तक लड़कियाँ सहशिक्षा ही ले रही हैं। यह देख कर अच्छा लगा कि लड़कियों की शिक्षा के मामले में काफी बदलाव आया है। हर आदमी अपनी बच्चियों को स्कूल भेज रहा है। वे कहाँ तक पढ़ पा रही हैं यह अलग बात है।

टहलता-टहलता बाग में चला गया।

'हमरो सनेस लिहले जइहे रे बटोहिया' गीत का स्वर भट्ठे की ओर से आ रहा था। वाह बहुत दिनों बाद इस लोकगीत का दर्दीला स्वर मेरे कानों से टकराया है। देखा—एक मजदूर पेड़ पर पीठ टिका कर गा रहा था। मैं धीरे-धीरे उसकी ओर सरकने लगा। सामने गया तो वह मुझे देख कर चुप हो गया।

आसपास काम करते स्त्री-पुरुषों की आँखें मेरी ओर उठ गयीं।

"आपका गीत सुनकर मैं अपने को रोक नहीं पाया। चला आया। बहुत अच्छा गाते हैं आप।"

वह खोह सी शून्य आँखों से मुझे देखता रहा।

मैंने कहा—"गाइए न, बहुत दिनों बाद अपनी भाषा में ऐसा मीठा गीत सुना है। यहाँ तो कोई गाता ही नहीं।"

वह चुप रहा और उसी तरह शून्य आँखों से देखता रहा। कुछ पढ़ा-लिखा लगता था।

एक दूसरे मजदूर ने कहा—"अरे बाबू, यह तो रोज ही गाता है। आज तक यहाँ से गुजरते हुए किसी ने इसके गीत की तारीफ नहीं की, आपको कैसे अच्छा लग गया।"

"भाई मैं तो यहाँ के लिए परदेसी हो गया हूँ। यहाँ आकर पहले की तमाम चीज़ें खोजता हूँ, नहीं मिलतीं। कहीं कुछ मिल जाती हैं तो जैसे जी उठता हूँ। पिछले दिन ताज़ा हो उठते हैं।"

"हाँ बाबू , जब किसी चीज की कमी होती है, तभी वह चीज अच्छी लगने लगती है। अब देखिए न हम लोग अपने गाँव घर से दूर पड़े हैं यहाँ। अपना क्या है यहाँ? न घर-दुआर, न गाँव-गिराँव, न खेती-बारी। क्या है यहाँ अपना? बस एक गाँव या जवार के बीस-पचीस लोग यहाँ साथ हैं। कुछ के औरत बच्चे भी साथ हैं, कुछ अकेले हैं। दिन भर ईंट पाथते हैं, बनिया के यहाँ से सामान लाते हैं, रोटी बनाते-खाते हैं, आपस में चुहल कर लेते हैं और रात को अपने गीत गा लेते हैं। ऐसे ही न जाने कब से कभी यहाँ, कभी वहाँ हम लोग घूम रहे हैं बनजारों की तरह।"

"इससे कहो न कि जो गीत गा रहा था उसे ज़रा गाये। यह तो मुझे देखते ही चुप हो गया।"

"नहीं बाबू , यह ऐसे नहीं गायेगा, कोई गवैया थोड़े ही है। हम लोगों के कहने पर भी नहीं गाता है। यह तो जब उसका दुःख हूल मारता है तब अपने आप गा पड़ता है।"

"दुःख। कोई खास दुःख है क्या?"

"हाँ खास ही समझिए। अब देखिए हममें से कई लोग अपनी औरतों के साथ यहाँ आये हैं लेकिन इसकी शादी हुए तो अभी दो साल हुए हैं। चाहते हुए भी अपनी औरत अपने साथ नहीं ले आ सका। घर में बूढ़ी माँ जो है। उसे अकेली कैसे छोड़ सकता है? होली को भी घर नहीं जा सका। उस दिन भी यह उदास-उदास सा अपने में डूबा रहा और जब सब लोग होली गाते रहे, यह बटोहिया का गीत गाता रहा।"

मैंने देखा वह मजदूर उठ कर वहाँ से चला गया था और काम में लग गया था। देखा कुछ औरतें उससे चुहल कर रही थीं लेकिन वह खामोश का खामोश रहा।

मेरा मन भारी हो उठा। वहाँ से धीरे-धीरे सरक आया और नाले की गुमटियों की ओर बढ़ने लगा।

क्या ज़िन्दगी है इनकी भी। इनका अपना गाँव अपना गाँव तो है लेकिन वह न उन्हें रोटी दे सकता है न सामाजिक सम्मान। और दूसरे गाँव या स्थान रोटी तो देते हैं किन्तु वह अपना अपनापन नहीं दे पाते जो जीने के लिए बहुत ज़रूरी है। रोटी और अपनेपन के बीच झूलती इनकी ज़िन्दगी यों ही बीत जाती है। हम पढ़े-लिखे लोग गाँव से छूट कर शहर में अपनी एक नयी दुनिया बना लेते हैं जिसमें अपना मकान होता है, परिवार होता है, नये मित्र होते हैं, पड़ोसी होते हैं, मोहल्ले होते हैं, हमपेशा लोग होते हैं और न जाने कितने-कितने लोग होते हैं किन्तु ये . . .

कुछ भी हो रोटी जीने का आधार है। और कैसा विचित्र लगता है कि आज इस बुनियाद की खोज में हमें घर-परिवार, जर-जवार के न जाने कितने रागात्मक लगावों

की बुनियादों को छोड़ना पड़ता है। मैं भी तो रोटी की तलाश में ही गाँव से बाहर गया था। तब मुझे अपने ये खेत-खलिहान, घर-दुआर, बाग-बगीचे, मौसम-पर्व कितना पुकारते थे, कितना रुलाते थे, कितना बेचैन करते थे और आज तक मेरे भीतर से गये नहीं, रह-रह कर मुझे खींचते रहते हैं।

लेकिन जो भी हो, घर-दुआर से बाहर निकलने और यहाँ-वहाँ भटकने से ही एक विराट और संश्लिष्ट मानवीय संस्कृति बनी है। इसी से मनुष्य के रागात्मक लगावों का विस्तार होता रहता है, उसमें नये आयाम जुड़ते रहते हैं और उसमें सार्वभौमिकता की चेतना जाग्रत होती है। एक विवेकपूर्ण सार्वभौम चेतना के विस्तार के नीचे तपता हुआ अपनी प्राथमिक जमीन से लगाव और उससे छूटने का दर्द . . . यही तो मानव-यात्रा है न।

''द्वारपूजा का बिजै है'' नाई मेरे दरवाजे पर से गुज़रा।

''चलिए चाचा जी तैयार हो लीजिए, द्वारपूजा पर चलने के लिए।'' सुभाष बोला।

''तैयार तो हूँ ही और क्या तैयार होना है?'' कहाँ चलना होगा।

''काशी चाचा के दरवाजे पर और कहाँ?''

''अरे हाँ, मैं तो भूल ही गया था कि . . .''

''क्या भूल गये थे?''

''अरे यही कि समय बदल गया है।''

एक पल को द्वारपूजा के नाम पर पहले का दृश्य उपस्थित हो गया था जब गाँव के लोग गाँव से निकल कर खेत में खड़े हो जाते थे और खाली खेतों में देर तक घोड़े दौड़ते, थे हाथी झूमते थे, बाजे बजते थे और एकाएक लोग बेटी वाले के दरवाज़े की ओर भागना शुरू करते थे। हाथी एक-दूसरे को पछाड़ते हुए दरवाज़े की ओर भागते थे। जो सबसे पहले पहुँचता था उसकी गणेश पूजा होती थी।

हम लोग जब काशी के दरवाजे पर पहुँचे तो देखा—दरवाज़े पर एक टेंट पड़ा हुआ है जिसमें कुर्सियाँ और मेजें सजाई गयी हैं। लोग वहीं खड़े हैं। औरतें भी संख्या में कम थीं और चुपचाप खड़ी थीं, न कोई गीत न वीत। और गाती भी होतीं तो क्या जोर-जोर से चिल्लाते हुए लाउड स्पीकर के फिल्मी गाने में कुछ सुनाई पड़ता। हाँ फिल्मी गीत बज रहे थे और कुछ छोटे-छोटे लड़के कमर हिला-हिला कर नाच रहे थे। हाँ यह देख कर अच्छा लगा कि काशी पियरी पहने हुए पंडित जी के साथ चौक पर बैठे हुए थे। कुछ तो शेष बचा है।

बारात आ रही है। हल्ला हुआ। हाँ अंग्रेज़ी बाजा बज रहा है। लोगबाग दरवाज़े से दस कदम आगे बढ़ कर बारात की ओर मुँह करके खड़े हो गये। बारात बागीचे की ओर से आ रही थी। शायद वहीं ठहराई गयी थी। आगे-आगे बैंड बज

रहा था, पीछे-पीछे लड़के नाच रहे थे। खेत कटे तो नहीं थे किन्तु गनीमत थी कि चकरोड था जिस पर बारातियों को नाचने की कुछ सुविधा थी। जैसे ही बारात गाँव में घुसी उन्हें नाचने के लिए चौड़ी ज़मीन मिल गयी। बस क्या था, नाच रंग में आ गया। नाचने वालों के पीछे-पीछे दूल्हा कार में था। मैं सोचने लगा—शहर तो यहाँ भी अपने पूरे रंग में आ गया है। द्वारपूजा होती रही, उधर बाराती टेंट में लगी कुर्सियों पर बैठ गये और सकोरों में मिठाइयाँ और नमकीन परसे जाने लगे।

कुछ औरतें शायद रस्म अदायगी के तौर पर कुछ गा रही थीं लेकिन क्या गा रही थीं, लाउड स्पीकर के शोर में कुछ सुनाई नहीं दे रहा था। अक्षत भी नहीं फेंके जा रहे थे। अक्षत फेंकना मांगलिक कार्य भी था और एक चुहल भी था लेकिन अब उससे सभ्य-बारातियों को चोट लगती है इसलिए सभ्य लोगों ने औरतों को इन क्रियाओं से वर्जित कर दिया है।

लड़का सूटबूट में था। बारातियों में बहुत से नेतानुमा लोग थे। कुछ के हाथों में बंदूकें थीं जो रह-रह कर दागी जा रही थीं। कुछ सूटेड-बूटेड नये लड़के थे जो शायद पढ़ते थे या नौकरी करते थे।

''क्या करता है लड़का?'' मैंने सुभाष से पूछा।

''बी.ए. फाइनल में पढ़ रहा है।''

''सब कुछ तो बदला लेकिन पूरब में यह नहीं बदला।'' मैं बुदबुदाया।

''क्या नहीं बदला?''

''यही कि बिना किसी नौकरी में लगे लड़कों को शादी के दायित्व से जोड़ दिया जाता है। न जाने यहाँ के पढ़े-लिखे लोगों को भी शादी की इतनी जल्दी क्यों होती है? लगता है शादी ही यहाँ के जीवन की सबसे अहम समस्या है।''

''अरे तो क्या हुआ?''

''हुआ क्यों नहीं। अभी तो ये हजरत पढ़ रहे हैं, पता नहीं किस डिवीजन में पास होंगे। अब होंगे भी कि नहीं और पास भी हुए तो नौकरी-चाकरी मिलेगी कि नहीं और मिलेगी भी तो कौन सी नौकरी। खैर छोड़ो इस समय यह बहस शोभन नहीं है।''

''अरे भाई चाय नहीं है क्या?'' उधर बारातियों में हल्ला हुआ।

घरातियों ने बताया कि इस समय चाय सम्भव नहीं हो सकी। औरतें और कामों में व्यस्त हैं।

''अरे बिना चाय के जलपान कैसा?''

बनतू किस्म के नौजवान उछल रहे थे। वे शायद दूल्हे के सहपाठी थे।

द्वारपूजा सम्पन्न करके दूल्हा और उसके पिता जी जब जलपान करने आये तो उनके सामने चाय वाली समस्या आयी। समधी ने काशी भाई को बुलाया और कुछ डाँटने, कुछ उलाहने की आवाज़ में कहा—''इतने ऊँचे-ऊँचे लोग बारात में आये हैं। आपको

सोचना चाहिए था कि बिना चाय के जलपान का कोई मतलब नहीं होता।''

''बात यह है समधी जी कि यहाँ कोई होटल तो है नहीं कि आर्डर दे दिया जाय। घर की औरतें फिलहाल और कामों में फँसी हैं। इसीलिए मैंने बारात के आते ही चाय टेंट में भेजवा दी थी। अब दोबारा उसका इंतजाम नहीं हो सका तो क्षमा करें।''

हमारे गाँव के लोग भी वहाँ जमा हो गये और काशी भाई के समर्थन में समधी को मना रहे थे। मैं भी वहाँ सरक आया था। मेरे साथ सुभाष तो था ही, अंगद भाई भी थे। मुझे क्रोध बहुत आ रहा था और वहाँ उपस्थित सभी लोगों को आ रहा होगा लेकिन कोई दख़ल नहीं दे रहा था। शायद सभी लोग सोच रहे होंगे कि यह काशी भाई का निजी मामला है। वे बोलें और बात कुछ बिगड़े तो काशी भाई नाराज़ होंगे। अतः चुप ही रहो।

मैंने काशी भाई के पास जाकर उनके कन्धे पर हाथ रख दिया। उन्होंने रुआँसी नज़र से मुझे देखा। मैंने उन्हें आश्वस्त किया और फिर मैं अपने को तटस्थ नहीं रख सका।

समधी से बोला—''देखिए पांडेय जी, जब से रिश्ता तय हो जाता है तब से ही दोनों समधियों के सुख-दुःख, मान-मर्यादा एक-दूसरे के हो जाते हैं। आपका पद बड़ा है। यदि कोई कमी रह जाय तो उसे निभाने का दायित्व आपका हो जाता है। चाय जैसी छोटी चीज़ के लिए इतने मूल्यवान सम्बन्ध में दरार लायी जाय, इसे तो आपकी भी सहृदयता स्वीकार नहीं करेगी।''

उन्होंने मेरी ओर इस दृष्टि से देखा जैसे पूछ रहे हों—आप कौन हैं? फिर बोले—''देखिए महोदय, मैंने इनसे दान दहेज तय नहीं किया लेकिन एक चीज जरूर तय की थी कि बारातियों के सेवा-सत्कार में कमी न रह जाय। मेरा बेटा शहर में पढ़ता है, उसके साथी एक से एक बड़े घर के हैं और मेरे अन्य बारातियों में भी अनेक लोग शहरी रहन-सहन के आदी हैं। अब उन्हें चाय तक न मिले तो और मैं क्या उम्मीद कर सकता हूँ।''

मैंने देखा कि सकोरे में एक-से-एक बढ़िया मिठाई रखी हुई है और बारातियों में एक से एक उल्लू चेहरे दिखाई पड़ रहे हैं। इनके सम्मान में कौन-सी कमी रह गयी, यह मैं समझ नहीं पाया।

मैं फिर बोला—''पढ़े-लिखे और बड़े लोगों का ही काम होता है स्थिति को समझना, बिगड़ी बात बना देना और दूसरों को सहारा देना। आप बड़े लोग हैं, पढ़े-लिखे लोग हैं, चाय के लिए इतना नाराज़ होना अच्छा नहीं लगता। देहात में इतनी चाय नहीं चलती है। आप लोगों को ये कुछ देर पहले चाय पिला चुके थे, इसलिए उसकी ओर से निश्चिन्त थे।''

''अरे साहब, आप क्या समझेंगे? चाय के बगैर कोई नाश्ता पूरा होता है। शहर में रहे होते तो शहर के लोगों की जरूरत समझते।'' एक ज़्यादा स्मार्ट दिखने वाले

छात्र ने कहा।

मैंने देखा पास खड़े अंगद भाई की आँखें ग़ुस्से से लाल हो रही थीं लेकिन वह भी शायद पट्टीदारी का मामला समझ कर चुप थे। सुभाष भी बौखला रहा था किन्तु मेरे डर से चुप था। मेरे बारे में यह रिमार्क सुन कर काशी भाई भी बहुत अप्रकृतिस्थ हो गये दिखाई पड़े लेकिन गाँव के तमाम लड़के चिल्ला पड़े—''बबुआजी, सही है सही है'' और हलकेपन से 'हो हो हो हो' हँसने लगे।

''क्या हो हो हो कर रहे हैं आप लोग? कोई झूठ बात कही गयी है?''

''. . . नहीं, नहीं झूठ बात आप लोग कैसे कहेंगे? आप लोग तो बेटे वाले हैं न। झूठे, छोटे, अयोग्य सब कुछ तो बेटी वाले होते हैं। अच्छा बताइए बबुआ जी, आप कहाँ पढ़ते हैं?'' मैंने देखा सभापति ब्रजेश थे।

''देवरिया में।''

''किस क्लास में हैं?''

''बी.ए. फाइनल में।''

''बी.ए. फाइनल में एक उपन्यास चलता है—धरती की महक, उसे तो पढ़ते होंगे।''

''हाँ क्यों नहीं।''

''उसके लेखक कौन हैं?''

''दामोदर शर्मा।''

''आप अखबार कौन-सा पढ़ते हैं?''

''नवज्योति।''

''उसके संपादक का नाम जानते हैं?''

''नहीं, नाम जानने की जरूरत नहीं समझी।''

''तो जान लीजिए उसके भी संपादक हैं दामोदर शर्मा।''

''ठीक है, ठीक है।''

''आप जानते हैं वह कहाँ रहते हैं।''

''दिल्ली में रहते होंगे क्योंकि यह अखबार वहीं से निकलता है।''

''दिल्ली देखी तो होगी।''

''हाँ, क्यों नहीं दो बार गया हूँ।''

''तो यह बताइए दिल्ली बड़ा शहर है कि देवरिया।''

''अरे यह भी कोई पूछने की बात है! कहाँ दिल्ली कहाँ देवरिया? मगर ये सब वाहियात बातें क्यों पूछ रहे हैं?''

''बताऊँगा, पहले आप मेरी बातों का जवाब देते जाइए। हाँ तो आपको शायद यह पता नहीं होगा कि दामोदर जी साल में तीन-चार महीना विदेश में रहते हैं और देश-विदेश के बड़े-बड़े नेताओं के साथ प्रायः बड़े-बड़े पंच सितारा होटलों में और कभी प्रधान मंत्री के यहाँ कभी राष्ट्रपति भवन में वे दावत पर आमंत्रित किये जाते

हैं।''

''तो?''

''तो यह कि आप जिस आदमी को शहरी होने की तमीज सिखा रहे हैं वह स्वयं दामोदर शर्मा हैं।''

एकाएक बारात में सन्नाटा छा गया और दो-तीन युवक वहाँ से उठे, आकर पाँव छू कर प्रणाम किया—

''माफ कीजिए शर्मा जी, हम इतने बड़े आदमी को पहचान नहीं सके। हम लोग भी देवरिया में छोटे-मोटे पत्रकार हैं, आपके भक्त हैं हम।''

''अरे आप लोग क्या कर रहे हैं?'' झिझक कर मैं पीछे हट आया।

''पहचानेंगे कैसे? ये जब देहात में आते हैं तो शुद्ध देहाती बन जाते हैं। वैसे भी सादगी इनकी शोभा है।'' केदार भाई बोले।

मैं संकोच में पड़ गया था। मैंने कहा—''भाई मैं तो जा रहा हूँ और हाँ जिन लोगों को चाय पीनी है वे मेरे साथ मेरे घर आयें, मुझे उनके साथ अपने घर चाय पीकर गौरव अनुभव होगा।''

''हम लोग आपके साथ चाय जरूर पियेंगे, लेकिन कल सुबह। हमारे लिए इस यात्रा की यह एक गौरवपूर्ण घटना होगी।''

''मेरे लिए गौरवपूर्ण घटना यह होगी कि काशी भाई की बेटी की शादी सकुशल सम्पन्न हो जाय। इसमें आप लोग मदद कीजिए। मुझे बड़ा अच्छा लगा था कि शहर गाँव में आ रहा है लेकिन क्या शहर को इसी तरह गाँव में आना था।''

मैं चला आया। मेरे साथ कुछ और लोग चले आये। मेरा मन बहुत खिन्न था। इस पढ़ी-लिखी नयी पीढ़ी से हर क्षेत्र में बहुत उम्मीदें थीं। उम्मीदें थीं कि वह ग़लाज़त के ख़िलाफ लड़ेगी, रूढ़ियों के ख़िलाफ लड़ेगी लेकिन वह तो चाय के लिए लड़ रही हैं और पता नहीं शादी सम्पन्न होने तक किन-किन खोखली बातों के लिए लड़ेगी।

''साला कह रहा है कि मैंने कुछ माँगा ही नहीं। अरे काशी चाचा ने अपने जीवन भर का बचाया हुआ पैसा इस शादी में झोंक दिया, फिर भी तिलक पर मोटर साइकिल नहीं चढ़ी तो नाराज हो गया था। धमकी दी थी कि मोटर साइकिल नहीं पहुँची तो बारात नहीं आयेगी।'' सुभाष बड़बड़ाया।

''कितने लालची और बेशर्म हो गये हैं लोग। लड़की वाले की बोटी-बोटी नोच लेंगे और कहेंगे कि हमने तो कुछ माँगा ही नहीं। लड़का? लड़का अभी बी.ए. में पढ़ रहा है।''

''चाचा जी आप इस पर अपने अखबार में कुछ लिखिएगा।''

''बेटे, लिखा तो बहुत है किन्तु इस विशेष घटना पर लिखना काशी भाई के लिए अहितकर हो जायेगा। जब तक वे नहीं चाहेंगे कैसे लिख सकता हूँ। हाँ वे कहें तो यह लड़ाई मैं छेड़ दूँ।''

"हाँ यही तो बात है चाचा जी! पिट कर भी लड़की वाले अगली चोट से बचते रहते हैं।"

"तब के दिन कितने अच्छे थे सुभाष जब बारातियों के जलपान के लिए एक मुट्ठी चीनी होती थी और जब खिला-पिला दिया, खा लिया। कोई शिकवा-शिकायत नहीं। बस उनकी मस्ती बरकरार रहती थी। इन पढ़े-लिखे अर्थ-पिशाच आधुनिक लोगों से वे लोग कितने बड़े थे।"

बारह

सुबह-सुबह चाय पीने जा रहा था कि अंगद भाई आ गये।

"सोच कर जी बड़ा उदास रहा है दामोदर भाई कि आप कल चले जाओगे।" अंगद भाई की वाणी में आर्द्रता थी।

"हाँ भइया, जाना तो है ही। आज जाऊँ या कल।

पत्ता टूटा डाल से ले गयी पवन उड़ाय

अब के बिछड़े कब मिलें, दूर पड़े हैं जाय।"

"नहीं आते हो तो मन तुम्हें भूला रहता है, आते हो तो तुम्हारे साथ मन इतना रम जाता है कि जाते समय बेचैन हो जाता है। और बड़ा खाली-खाली लगने लगता है।"

"मुझे भी आप लोग बहुत याद आते हैं और कभी-कभी सोचता हूँ कि रिटायर होने के बाद यहीं आकर बसूँगा। फसल के दिनों में और त्योहारों के अवसर पर बहुत याद आता है अपना गाँव।"

"नहीं भइया, मैं इतना स्वार्थी नहीं हूँ कि रिटायरमेंट के बाद आपको यहाँ आकर बसने की सलाह दूँ।"

"क्यों?"

तब तक देखा सामने से एक सज्जन इधर ही चले आ रहे हैं। खादी की धोती, खादी का लम्बा कुर्ता, नेतानुमा चाल . . .

"कौन हैं ये?"

तब तक वे सामने आ चुके थे—

"नमस्ते श्रीमान्।"

"नमस्ते नमस्ते। बैठिए।"

वे सामने वाली खाट पर बैठते हुए बोले—''आपने मुझे पहचाना नहीं होगा। मैं शिवपुरा हाईस्कूल में शिक्षक हूँ। इतिहास पढ़ाता हूँ। खादिम को अतुल पाठक कहते हैं।''

''आपसे मिल कर बहुत खुशी हुई।''

''अरे श्रीमान् जी, मुझ जैसे सामान्य व्यक्ति से मिलकर आपको क्या प्राप्त होगा, अरे प्रसन्नता तो मुझे हो रही है कि आज इतने बड़े व्यक्ति के समक्ष प्रस्तुत हूँ। कुछ पा के जाऊँगा।''

''पाठक जी, किसी व्यक्ति से मिलकर सहज प्रसन्नता

होती है प्राप्ति-अप्राप्ति का व्यापारी हिसाब-किताब यहाँ नहीं होता है।''

''सत्य है श्रीमान्! बड़े लोगों के विचार कितने बड़े होते हैं तभी तो सत्संग की महिमा गायी जाती है।''

मुझे यह व्यक्ति बहुत असहज लग रहा था। अंगद भाई की ओर देखा वे व्यंग्य से मुस्कराते लग रहे थे। डर लग रहा था कि वे कुछ बोल न पड़ें।

मैंने चाय के लिए आवाज़ दी।

''अरे नहीं श्रीमान् चाय पीकर आया हूँ। बस आपका दर्शन ही मेरे लिए सब कुछ है।''

''अरे दर्शन अपनी जगह है चाय अपनी जगह। कोई किसी के यहाँ चाय पीने जाता है क्या? मैं दामोदर भाई के यहाँ चाय पीने आता हूँ? अरे इनका प्यार खींच लाता है और जब आता हूँ तो इनके साथ चाय भी पीता हूँ। यह तहजीब है मास्टर जी।'' आखिर अंगद भाई बोल ही पड़े।

''आप कौन हैं श्रीमान् जी? आपसे मेरा परिचय नहीं है।''

''अरे मेरा परिचय पाकर आप क्या पा लेंगे? मैं लंठ-बागड़ा आदमी हूँ। हाँ आपको मैं जानता हूँ।''

''सो कैसे?''

''अरे सो कैसे क्या। आप हमारे गाँव के बच्चों के गुरु हैं और नामी आदमी हैं।''

''अरे अरे श्रीमान्, आप कहाँ मुझे काँटों में घसीट रहे हैं? मैं तो एक सामान्य-सा शिक्षक हूँ, रोजी-रोटी के लिए इतनी दूर से आया हूँ।''

फिर वे मेरी ओर मुखातिब होकर बोले—''मैं जौनपुर का हूँ श्रीमान्।''

''ओह बहुत दूर से आप आये हैं इस स्कूल में?''

''अब क्या किया जाय श्रीमान्? जहाँ रोज़ी-रोटी का जुगाड़ हो जाय वहाँ जाना ही पड़ता है। दूर क्या समीप क्या?''

''हाँ यह तो ठीक है भाई! हम लोग तो आभारी हैं आप लोगों के कि कहाँ-कहाँ से आकर हमारे बच्चों को शिक्षा दे रहे हैं।''

''अरे नहीं श्रीमान्, यह तो हमारा सौभाग्य है कि हम उस इलाके में आये हैं,

जहाँ आप जैसे यशस्वी लोग पैदा हुए। आप आये तो हमने प्रिंसिपल साहब से कहा कि इन्हें विद्यालय में आमंत्रित कीजिए। इनकी अमृत वाणी से छात्र और हम सभी शिक्षक धन्य हो जायेंगे किन्तु प्रिंसिपल साहब को तो राजनीति से फुर्सत नहीं मिलती है। कोई नेता होता तो वे उसके यहाँ कब का पहुँच गये होते और हाथ जोड़ कर स्कूल में पधारने की विनती करते। आपके बारे में प्रस्ताव सुन कर चुप रहे और कल चार दिन की छुट्टी लेकर कहीं चले गये। सच पूछिए तो मैं इसी अपराध के परिमार्जन के लिए यहाँ आया हूँ।''

''नमस्ते पाठक जी!'' मंजुल था।

''नमस्ते भाई, नमस्ते!'' पाठक जी ने बड़ी अदा से उसके नमस्ते का जवाब दिया।

''कब आये?''

''थोड़ी देर पहले आया। और मेरा आना-जाना क्या? कभी चला आऊँ, कभी चला जाऊँ। क्या हाल हैं आपके स्कूल के?''

''अरे स्कूल का ही तो बखान कर रहा था कि वह स्कूल कम राजनीति का अखाड़ा ज्यादा रह गया है। इतने बड़े आदमी यहाँ पधारे और जब इन्हें आमंत्रित करने को कहा गया तो प्रिंसिपल साहब चुप रहे और चार दिन की छुट्टी लेकर कहीं चले गये। उन्हें तो नेताओं की संगति पसन्द आती है न।''

मुझे यह आदमी पसन्द नहीं आ रहा था। मेरा बहाना लेकर अपने स्कूल की राजनीति यहाँ बिखेर रहा था। उसकी लिजलिजी प्रशंसा से मैं आहत हो रहा था। बोला—

''देखिए पाठक जी, मुझे आपके स्कूल की राजनीति से कोई मतलब नहीं और मैं कोई बड़ा आदमी भी नहीं। मैं आया तो कोई जरूरी है क्या कि हर संस्था मुझे अपने बीच बुलाये? और मैं अपने काम से आया हूँ . . . कोई संस्था बुलाये तो भी यह मेरी मरज़ी है कि मैं वहाँ जाऊँ कि न जाऊँ। और हो सकता है प्रिंसिपल साहब को सचमुच किसी ज़रूरी काम से बाहर जाना पड़ गया हो। आखिर मैं कौन तोप हूँ कि मुझसे बचने के लिए उन्हें बहाना बनाने की ज़रूरत पड़ेगी?''

''क्या बात है श्रीमान्। आपके बड़प्पन और विनम्रता का तो कोई जवाब नहीं। आप ठीक कह रहे हैं कि प्रिंसिपल साहब के लिए आप कोई तोप नहीं हैं। आपसे उन्हें न कोई डर है न प्रलोभन। वे सचमुच राजनीतिक तोप के सामने ही झुकते हैं किन्तु साथ ही साथ वे अपना सांस्कृतिक लगाव भी दिखाते रहना चाहते हैं। वे साफ-साफ यह नहीं दिखाना चाहते कि उन्हें आप जैसे बड़े पत्रकार और लेखक के साथ कोई सरोकार नहीं है। किन्तु अपने अलगाव को बहाने में छिपाना चाहते हैं।''

मैंने देखा कि मंजुल के चेहरे पर एक उपहास का भाव उभर आया है। वह कुछ कहना चाहता है किन्तु कह नहीं पा रहा है। अंगद भाई भी विचित्र नजरों से पाठक को देख रहे हैं किन्तु चुप हैं।

''कुछ और बात कीजिए पाठक जी, जाने दीजिए स्कूल की राजनीति को। पूरे

देश में तो यही राजनीति देख रहा हूँ और रोज़-रोज़ उसे ही तो छाप रहा हूँ ऊब गया हूँ उससे। सुन्दर राष्ट्रीय, सामाजिक, सांस्कृतिक निर्माण के समाचार ही ग़ायब हो गये हैं। सर्वत्र वही जोड़ तोड़।''

''सही कह रहे हैं श्रीमान्। मैं भी बहुत ऊब गया हूँ राजनीति से। रोज़ी-रोटी के लिए नौकरी तो करनी ही पड़ती है किन्तु यदि शिक्षा जैसे सांस्कृतिक क्षेत्र में भी राजनीति का बोलबाला हो गया हो तो फिर कहाँ जाया जाय? मन की शान्ति के लिए गाँव में हम लोगों ने एक सामाजिक कार्य प्रारम्भ किया है। उसी सम्बन्ध में आपका आशीर्वाद लेने आया हूँ।''

''यह तो बहुत अच्छी बात है कि आप लोग किसी सामाजिक निर्माण में जुटे हैं। यह कार्य अपने आप में आशीर्वाद होगा। मेरे आशीर्वाद की क्या आवश्यकता पड़ेगी? हाँ मेरी शुभकामना अवश्य समझें। मगर वह सामाजिक कार्य क्या है?''

''हम लोग हनुमान मन्दिर बनवा रहे हैं।''

''हनुमान मन्दिर?''

''हाँ श्रीमान्! और मैं आपका एक पवित्र हस्ताक्षर चाहता हूँ।''

जब तक मैं समझूँ कि हनुमान मन्दिर के सिलसिले में मेरे पवित्र हस्ताक्षर की क्या आवश्यकता है, तब तक उन्होंने चंदे की रसीद-बही खोल कर मेरे सामने रख दी।

मैं कुछ देर तक हतप्रभ-सा देखता रहा और सोचता रहा कि क्या करना चाहिए। मंजुल की ओर देखा वह मुस्करा रहा था। अंगद भाई की ओर देखा—उनका अंदाज़ नहीं मिल रहा था, वे कुछ गुमसुम से थे।

''तो इसे आप एक महत्त्वपूर्ण सामाजिक रचनात्मक कार्य समझते हैं?'' मैंने व्यंग्य से पूछा।

''हाँ क्यों नहीं श्रीमान्! इस अशान्ति के युग में मनुष्य को कुछ शान्ति मिले, क्या यह सामाजिक रचनात्मक कार्य नहीं है?''

''क्यों नहीं, क्यों नहीं, अवश्य है और वह शान्ति मन्दिर बनवाने से मिल जायेगी। बाई द वे पाठक जी, देश में मन्दिरों की कमी है क्या? जहाँ जहाँ मन्दिर हैं वहाँ के लोगों को तो मानसिक शान्ति मिल जानी चाहिए थी। मिल गयी क्या? उल्टे मुझे तो यह लगता है कि मन्दिर-मसजिद के झगड़े समाज में ज़्यादा अशान्ति फैला रहे हैं।''

''अरे नहीं श्रीमान्, इसमें मन्दिर-मसजिद का क्या दोष? वे तो वास्तव में मानसिक शान्ति के लिए ही बनवाये जाते हैं किन्तु आदमी क्षुद्र राजनीतिक स्वार्थवश उन्हें भी अपनी लड़ाई का मुद्दा बना ले तो अशान्ति तो फैलनी ही है।''

''हाँ आप ठीक ही कर रहे हैं। तो क्या आपको नहीं लगता कि मूल चीज़ है मन को साफ करना। यदि मनुष्य अपने मन को साफ कर ले तो मन्दिर-मसजिद के

बिना भी उसे शान्ति मिल सकती है और न साफ करे तो मन्दिर-मसजिद उसे और भी अशान्त कर सकते हैं। आप देख ही रहे हैं कि धर्म आज बड़े ज़ोर-शोर से आपसी कलह का साधन बन रहा है। आज सामाजिक रचनात्मक कार्य का मतलब होता है—ऐसी संस्थाएँ खोलना जो हमारी ग़रीबी, अशिक्षा, अंधविश्वास, रोग-व्याधि से लड़ने की समझ और शक्ति दे सकें, जो हमें हर तरह से जागरूक बनायें। आप शिक्षक हैं आपकी जिम्मेदारी कुछ इसी प्रकार की बनती है। मन्दिर-मठ आदि का जिम्मा सन्तों महन्तों पर छोड़ दीजिए।''

मैंने देखा अंगद भाई का चेहरा खिल आया था और मंजुल तो अपनी हँसी दबाये हुए अन्दर भाग गया।

पाठक जी चुपचाप बैठे थे। और धीरे से अपनी रसीद-बही मेरे सामने से खींच ली।

''नहीं नहीं, इसका यह अभिप्राय नहीं है कि मैं आपको चंदा नहीं दूँगा। आप मेरे दरवाज़े पर आये हैं तो आपके सम्मान में मैं चंदा दे रहा हूँ। बाकी किसी प्रकार के मन्दिर में मेरा विश्वास नहीं है मन-मन्दिर को छोड़ कर।''

और मैंने रसीद बही पर ग्यारह रुपये लिख कर अपना पवित्र हस्ताक्षर कर दिया। पाठक़ जी चले गये तो सभी लोग एक बार ठठा कर हँसे।

''धूर्त्त साला।'' कहता हुआ मंजुल घर में से निकल आया।

''देखा दामोदर भाई! ये तुम्हारे दर्शन के लिए आये थे। यही इनकी श्रद्धा है। साले को शरम भी नहीं आयी। वह मिलने भी आया तो चंदा माँगने के लिए। अरे मैं तो तुम्हारे नाराज़ होने के डर से कुछ बोलता नहीं, नहीं तो इसे उठा कर बाहर फेंक देता। साला धूर्त्त घंटा भर से टाँय-टाँय किये जा रहा था।''

''नहीं अंगद भाई, आखिर वे इस गाँव के बच्चों के शिक्षक हैं। दूर-दराज़ से आये हैं, हमारे अतिथि भी हैं। हमें इनके साथ सद्भाव बरतना ही चाहिए।''

''तुम इसे शिक्षक कह रहे हो। यह नेता है, पढ़ाता-लिखाता कुछ नहीं। पूछ लो मंजुल से।''

''हाँ चाचा जी, यह प्रिंसिपल की इतनी बुराई इसलिए कर रहा था कि वे इसे न पढ़ाने के क़ारण कई बार डाँट चुके हैं। और दोनों दो अलग-अलग राजनीतिक दलों से जुड़े हैं। दोनों के सम्बन्ध ऊपर के नेताओं से हैं। स्थानीय नेताओं और प्रभावशाली लोगों से भी इनके अलग-अलग तरह के समीकरण हैं। यह पाठक प्रिंसिपल को हटा कर प्रिंसिपल होना चाहता है और प्रिंसिपल इसे यहाँ से हटाना चाहते हैं। पूरा स्टाफ प्रत्यक्ष और प्रच्छन्न तरीके से इन दो दलों में बँट गया है और बच्चों की पढ़ाई आहत हो रही है।''

''मैंने प्रिंसिपल साहब को उस दिन देखा तो ज़रूर लेकिन उनके बारे में कुछ खास नहीं जानता। हाँ चालाक तो लगे किन्तु यह पाठक तो अजीब लगा। हाँ इसे

अजीब ही कहना चाहिए। यह मुझे भीतर तक अप्रीतिकर लगा। मुझे लग गया था कि यह व्यक्ति धूर्त्त है और इसे चंदा देना उचित नहीं है फिर भी बेमन से ग्यारह रुपये दे ही दिये थे। ग्यारह रुपये आजकल होते भी क्या हैं? किन्तु अब लगता है कि उसे ग्यारह रुपये भी नहीं देने चाहिए थे। वह इसका भी पात्र नहीं है।''

''मैंने कहा था न दामोदर भाई कि तुम गाँव में आकर बसने की बात मन में न लाओ। ऐसे ही लोग मिलेंगे। पहले तो उनके हाथ पाँव पर पड़ेंगे फिर जेब पर और जब जेब कुछ विरोध करेगी या खाली हो जायेगी तो सिर पर पड़ेंगे। तुम बाहर हो तो इज्जत बनी हुई है।''

मैं हँसा—''वाह अंगद भाई वाह। आप तो पूरे कवि निकले।''

लेकिन मंजुल गुस्सा हो गया।

''यह क्या कह रहे हैं अंगद चाचा! आप तो चाचा जी को गाँव से काटने का ही उपाय कर दे रहे हैं। अरे सारा गाँव ऐसा ही है क्या? और गाँव अपनी जगह रहे, हम लोगों के होते हुए किसकी मजाल है कि चाचा जी की ओर टेढ़ी निगाह से देखेगा।''

''अच्छा, अच्छा।'' अंगद भाई ने मूंड़ी मटकाई। फिर बोले—

''हे मंजुल, अंगद इसीलिए बुरा है कि वह साफ कहता है। अभी सही बात कह दूँ तो तुम्हें भी मिर्च लग जायेगी।''

''क्या सही बात कह देंगे? कहिए न! साँच को आँच क्या?''

''अभी तो दामोदर भाई शहर में हैं न? उनके खेत तुम्हीं लोग जोत-बो रहे हो न! वे आयेंगे तो इस मकान में भी हिस्सा लेंगे, खेत भी बंटेंगे, इनके बच्चे भी टकरायेंगे, तब देखूँगा तुम्हारी और सुभाष की चाचा-भक्ति। अरे अगर दामोदर भाई अपने खेतों को बेचने की चर्चा उठायेंगे तो भी तुम लोग भीतर तक तनतना उठोगे और सारी भक्ति और श्रद्धा हवा हो जायेगी।''

''आप भी अंगद चाचा कभी-कभी हद कर देते हैं और जो मुँह में आता है बकते चले जाते हैं।''

''अरे क्या कोई झूठ कह रहा हूँ? पूरी दुनिया का यही हाल देख रहा हूँ। सब कुछ तजुर्बे के आधार पर कह रहा हूँ। इस गाँव में सम्पत्ति के सिलसिले में लोगों के बड़े-बड़े प्यार और सम्बन्ध टूटते देख रहा हूँ। खुद अपने घर में देख चुका हूँ। जब मेरे भतीजे ने अपने खेत बेचने चाहे थे तो कैसे मेरे दोनों सपूतों ने विरोध किया। अपने चचेरे भाई के लिए उनके मन में बड़ा प्यार था क्योंकि वह तो अपनी नौकरी के सिलसिले में शहर में बस गया था और उसके खेत मेरे ही सपूत लोग जोत-बो कर उसकी फसलें खा रहे थे। उन खेतों का बिकना उन्हें बुरा लगना ही था सो सारा प्यार देखते-देखते चरमरा गया। यह तो मैंने समझा-बुझा कर उन्हें ठंडा किया।''

''तो आप अपने घर की बात हमारे घर पर क्यों लाद रहे हैं?''

''ए बबुआ मंजुल, लाद नहीं रहा हूँ जो लोक-सत्य है उसे कह रहा हूँ। बाकी मुझे बड़ी खुशी होगी अगर तुम लोग उस चालू दुनियादारी से अलग साबित होगे। और अपने इस महान् चाचा के प्रति तुम लोगों की श्रद्धा और प्यार बना रहेगा।''

मैं हँसा और बोला—''अरे भाई कहाँ की बहस छेड़ दी आप लोगों ने? जो बात सामने है ही नहीं उसकी कल्पना करके परेशान होने की क्या आवश्यकता?''

''अच्छा भाई चलता हूँ फिर आऊँगा।''

अंगद भाई चले गये तो मैं उठा और मंजुल से बोला—''चलो एक बार फिर जरा गाँव का चक्कर लगा आयें फिर न जाने कब लौटना हो।''

''चलिए।'' कह कर मंजुल उठ खड़ा हुआ।

चलने ही वाला था कि एक आदमी आता दिखाई पड़ा। ''कौन है यह?''

''मंगल साहु हैं न। आपने इन्हें नहीं पहचाना?''

''अरे मंगल तो मेरा सहपाठी रहा है।''

तब तक वह आदमी पास आ गया और लपक कर मेरे पाँव छू लिये।

''अरे मंगल भाई तुम?''

''हाँ, बाबा! सुना आप आये हैं तो भागा भागा आया। अरे धन्य भाग्य कि आपके दर्शन हुए।''

मैं कुछ बोलूँ इसके पहले मंजुल बोल पड़ा—''अरे चाचा जी को तो आये दस दिन हो गये। अब तो ये जाने वाले हैं।''

''अरे मुझे तो आज ही मालूम पड़ा कि मालिक आये हैं।''

''मालिक? अरे छोड़ो मंगल साहु यह भाषा। एक तो हम लोग वैसे भी सहपाठी मित्र रहे हैं दूसरे आज के जमाने में ये सब शब्द और रिश्ते खत्म भी हो गये हैं। तुम मुझे दामोदर भाई कहो।''

''राम राम, कैसी बात कर रहे हैं आप? अरे जमाना चाहे कुछ भी हो जाय मैं अपनी मरजाद छोड़ दूँगा? अरे कहाँ आप, कहाँ मैं? और फिर मैं तो आप लोगों की प्रजा हूँ।''

''अच्छा छोड़ो ये सब बातें। तुम्हें देख कर बचपन की बहुत सारी बातें याद आ रही हैं। स्कूल के वे दिन, वे मस्तियाँ, वे शैतानियाँ।''

''अरे बाबा, मुझे तो अब कुछ भी याद नहीं रहा। नोन-तेल-लकड़ी की जोगाड़ करते जिन्दगी बीत गयी। और कभी चैन से इस गाँव में रहने नहीं पाया। जोगाड़ करके दो-चार पैसे बटोरता हूँ तो कोई न कोई सेंध मार देता है और उठा ले जाता है सारी पूँजी। मैं ठहरा छोटी जाति का आदमी, इन बड़ी जाति वालों से लड़ाई भी करूँ तो कैसे?''

''अरे मंगल साहु तुम इतने दीन-हीन क्यों बन रहे हो? तुमने इसी गाँव की कमाई से कई बीघे खेत ले लिये, पक्का मकान बनवा लिया, तेल का कोल्हू चलता ही है

और मिलावट वाला तेल बेचते हो, सामान भी तुम खूब महँगा बेचते हो। अब कभी-कभार किसी ने सेंध मार दी तो कौन नयी बात हो गयी? क्या बड़ी जातियों के घर में सेंध नहीं लगती? उनके खेत-खलिहान नहीं फूँके जाते? क्या उनके पशुओं की चोरी नहीं होती?''

''अरे क्या मंजुल भाई? आप भी कहाँ की हाँकने लगे? अरे देवता सरीखे अपने सहपाठी से कुछ अपना सुख-दुख कहने आया तो आपको वह भी भारी पड़ने लगा। अरे जिन्दगी में इतना मर-मर कर काम किया है तो कुछ न कुछ तो हासिल होना ही था। लेकिन यह हासिल भी कोई हासिल होना है। जिन्दगी भर में चार बीघे खेत ले लिये और एक मकान बनवा लिया तो यह आपको बहुत बड़ी कमाई लग रहा है। शहर से सामान लाद-लाद कर लाता हूँ और दो पैसा महँगा बेचता हूँ तो आप लोगों को लगता है कि मैं लूट रहा हूँ। अरे लोग दो नम्बर के धन्धे करके रातों रात लखपती करोड़पती हो रहे हैं वह आप लोगों को नहीं दिखाई पड़ता, जिन्दगी भर की कमाई के रूप में मिले हुए मेरे चार बीघे खेत दिखाई पड़ रहे हैं।''

मंजुल कुछ बोलने जा रहा था कि मैंने उसे चुप करा दिया। और बोला—''नहीं नहीं, तुम सही कह रहे हो मंगल भाई! हाँ, कैसी बीत रही है? परिवार में कौन-कौन है? कहाँ-कहाँ है?''

''चार-चार लड़कियों के बाद अन्त में एक लड़का पैदा हुआ। वह ससुरा आठवीं के बाद आगे बढ़ ही नहीं सका। नौकरी कहाँ मिलती है? उसे भी अपने धन्धे में ही डाल दिया है। लेकिन वह मेरी तरह न तो पीठ पर या बैल पर कस्बे से सामान लाने को राजी होता है न कोल्हू पर बैठ कर पुश्तैनी तेल पेराई का काम करना चाहता है। वह कहता है कि तेल पेरने वाली मशीन लाइए तो मैं यह काम करूँगा। उसी के जोगाड़ में लगा हूँ।'' मंगल साहु उदास हो गये।

''अच्छा है, नौकरी में रखा भी क्या है? अपने धन्धे में बरकत भी है और स्वतन्त्रता भी।''

''लेकिन . . .।''

''लेकिन क्या?''

''लेकिन यही कि सारी कोशिशों के बाद भी दो हज़ार रुपये कम पड़ रहे हैं। उसी के जोगाड़ में हलकान हो रहा हूँ।''

मैं चुप हो गया और एक आशंका मेरे मन में लहर गयी। मंजुल की ओर देखा, वह भी कुछ विचलित सा लगा।

''लोगों ने मुझे बताया कि आप आये हुए हैं।'' फिर वह चुप हो गया।

''यह भी कहा कि वे तुम्हारे सहपाठी रहे हैं तुम बार-बार उनकी तारीफ करते हो, जाओ देखो वे तुम्हारी सहायता जरूर करेंगे।''

मैं सन्न रह गया। लोगों ने इसे मेरे पास भेजा है। किन लोगों ने? क्या उन लोगों

की मेरे बारे में यही धारणा है।

''बाबा मैं पाँच-छः महीने में लौटा दूँगा। तीस रुपया सैकड़ा सूद दूँगा। मुझे सँभाल लीजिए।''

''मंगल भाई, क्या आप समझते हैं कि मैं व्यापारी हूँ और रुपये लिये घूम रहा हूँ। और रुपये दूँगा तो तीस रुपया सैकड़ा सूद लेने के लिए। अरे कोई दस-पाँच माँगे तो आदमी निकाल भी सकता है, यात्रा में मेरे जैसा आदमी दो हजार रुपये किसी को कहाँ से दे सकता है? लोगों ने और आपने मुझे इतना धनवान समझ लिया यह आप लोगों का बड़प्पन है।''

''अरे बाबा, आपके बड़प्पन को दुनिया जानती है उसके लिए किसी को सर्टिफिकेट देने की जरूरत नहीं है।''

मैं कुछ कहूँ इससे पहले मंजुल गुस्से में बोला—''मंगल साहु, बहुत हो गया, अब तुम यहाँ से चले जाओ। कर्ज़ माँगने के लिए चाचा जी ही मिले हैं। मैं तुम्हारी धूर्तता समझता हूँ। तुम जानते हो कि कर्ज़ देकर वे दिल्ली से पैसा माँगने तो आयेंगे नहीं। अरे तुम्हें तीस रुपया सैकड़ा पर कर्ज़ ही लेना है तो खेत रेहन रख दो। बहुत से लोग देने वाले मिल जायेंगे।''

मंगल साहु उदासी का अभिनय करते हुए उठ खड़े हुए और बेमन से नमस्कार करके चले गये।

''चलो हम लोग भी कहीं चलते हैं मंजुल।''

''ठीक है मैं ज़रा नाश्ता कर लूँ।''

मंगल साहु तो चले गये लेकिन वे बचपन के तमाम पृष्ठ खोल गये थे। प्राइमरी स्कूल में हम साथ पढ़ते थे। मंगल साहु वास्तव में जाति से तेली हैं किन्तु सौदा-वौदा बेचने के कारण साहु कहे जाते हैं। तबके ज़माने में पिछड़ी जातियों के लोग कहाँ पढ़ते थे किन्तु मंगल के पिता ने चाहा था कि मंगल पढ़ ले। सो मंगल हमारे सहपाठी थे। यद्यपि मंगल अपनी सीमाएँ पहचानते थे और उसके भीतर ही रहते थे किन्तु मेरी ओर से वे मेरे मित्र ही थे। दिन को और रात को भी मंगल हम लोगों के साथ ही स्कूल जाते थे साथ खेलते-कूदते थे। पढ़ने में भी ठीक-ठाक थे। सुरेश भी हमारा सहपाठी रहा। सुरेश बहुत उद्दंड था और पढ़ने में माशाअल्लाह। जब कभी मानीटर के रूप में मैं या पंडित जी कुछ पूछते तो वह बेवकूफी से ताकता रहता। फिर मंगल हाथ उठा कर कहता—''मैं बताऊँ?''

''बताओ।''

मंगल बता देता तो पंडित जी सुरेश को धुनने लगते—''तेली होकर यह बता दे रहा है और बाभन होकर तू ससुर मूर्खता का अवतार बना हुआ है।''

शाम को जब छुट्टी होती तो मंगल अपना बस्ता उठा कर घर की ओर सरपट भाग चलता। वह जानता था कि आज सुरेश उसे पकड़ कर पीटना चाहेगा? सुरेश

भी स्कूल से कुछ दूर आ कर उसे खदेड़ लेता। मंगल साहु झुक कर लोमड़ी की तरह भागता था और सुरेश सीधा-सीधा घँड़रोज़ की तरह। हम लोग भी भाग लेते थे और इन दोनों की रेस देख कर हल्ला करते थे भागा भागा। मंगल वो भागा वो भागा। और भाग गया। लेकिन आते-जाते कभी-कभी वह सुरेश के हाथ पड़ जाता था और मार खा कर पंडित जी से सवाल दागता था तो सुरेश पंडित जी के हाथों पिटता था फिर शाम को वही रेस शुरू होती थे। मंगल आगे-आगे, सुरेश पीछे-पीछे। वैसे मंगल काफी मजबूत काठी का था और ताकत में लगभग सुरेश के समकक्ष ही था। लेकिन वह तेली का लड़का था और सुरेश बाभन का। अतः मार खाकर भी वह सुरेश को मार तो नहीं सकता था न। इसलिए बचना चाहता था। सुरेश तो इतना उद्दंड था कि ब्राह्मण लड़के भी उससे बचते थे, फिर मंगल की क्या बिसात?

वैसे बेचारा मंगल अपनी ओर से अपनी सीमा का अहसास कराता रहता था। विश्वास था कि किसी यात्रा पर निकलिए तो तेली का मुँह नहीं देखना चाहिए और दिखाई पड़ भी गया तो उसके दाँत ज़रूर दिखाई पड़ने चाहिए। तब असगुन कट जाता है। कई बार किसी शुभ कार्य से गाँव के बाहर निकलते ही मुझे मंगल दिखाई पड़ गया। उसने मुझे देखते ही दाँत चियार दिया। मुझे लगता कि मेरा असगुन कट गया लेकिन बेचारे पर दया भी आती। देखो इसे बोध करा दिया गया है कि यह किसी की यात्रा में असगुन है और ऐसे अवसर पर उसे दाँत चियार देना चाहिए। वह मेरा मित्र था न। जीवंत मित्र।

हम दर्जा चार में थे। हमारे शिक्षक रात को स्कूल में ही रहते थे और हम लोग रात को पढ़ने के लिए स्कूल में जाते थे। शिक्षक हम लोगों से और सारा काम तो करवाते ही थे हम से जूठे बर्तन भी मँजवाते थे। यह मुझे बहुत अखरता था। हम सभी लोग इस शिक्षक के भिन्न-भिन्न अत्याचारों से दुखी थे किन्तु बर्तन मँजवाना तो मुझे मेरे ब्राह्मणत्व को नष्ट करने जैसा लगता था। एक दिन सुबह स्कूल से चलने से पहले मैंने कुएँ से एक गगरा पानी शिक्षक जी के लिए रखा। देखा—वे वहाँ नहीं थे। मैंने मंगल से कहा—"मंगल भाई इस गगरे में अपना हाथ डाल कर घिघोल दे। यह मास्टर साला हमारा धर्म नष्ट करता है तू इसका धर्म नष्ट कर दे।" और उसने इधर-उधर देख कर गगरे में हाथ डाल दिया और जल्दी-जल्दी घिघोल कर हाथ निकाल लिया। फिर हम दोनों झटके से घर की ओर चल पड़े। मैं बहुत तृप्ति अनुभव कर रहा था कि आज इस ठाकुर मास्टर से बदला ले लिया और मंगल रास्ते भर मुस्कराता रहा।

दर्जा चार के बाद मंगल आगे नहीं पढ़ सका। अपने पुश्तैनी काम में लग गया और सुरेश को भी समय ने अभावग्रस्त और ठंडा कर दिया। बाद में उसे अनेक बार मंगल के साथ घूमते देखा और यह भी सुना कि वह प्रायः मंगल से पैसे और वस्तुएँ उधार लेता रहता है और मंगल की डाँट खा कर भी चुप रहता है।

"चाचा जी।"

मैं चौंका और देखा मंजुल खड़ा मुस्करा रहा है।

"क्या है चाचा जी! आप कहाँ खो गये थे। मैं कब से खड़ा आपको गुमसुम देख रहा हूँ।"

"अरे कुछ नहीं मंजुल, मंगल साहु आये थे न, तो अतीत के कुछ पृष्ठ खुल गये थे। उन्हीं में खो गया था। बार-बार अतीत और वर्तमान में कोई सूत्र खोज रहा हूँ नहीं पा रहा हूँ। लगता है सब कुछ टूट-टाट गया है।"

"चलिए कहाँ चलना है?"

"अरे कहाँ क्या, बस यों ही एक बार गाँव और अपने खेतों से मिल तो लें।"

"हाँ चलिए।"

गाँव से निकलते ही गाँव के गोंइड़े पवित्रा और वन्दना साथ मिल गयीं। दोनों साथ-साथ कहीं जा रही थीं।

"नमस्कार सर।"

"नमस्कार, नमस्कार कहिए सुबह-सुबह कहाँ जा रही है यह जोड़ी?"

"कहीं नहीं सर, बस कभी-कभी यह मेरे यहाँ चली आती है, कभी-कभी मैं इसके यहाँ चली जाती हूँ। कुछ पढ़ाई-लिखाई की बात हो जाती है कुछ दीन-दुनिया की चर्चा हो जाती है हम दोनों मिल कर सोचती हैं कि औरतों के बारे में क्या कुछ किया जा सकता है?"

"यह तो बहुत अच्छी बात है।"

"आपसे हम दोनों को मिलने की और बहुत कुछ कहने-सुनने की इच्छा थी लेकिन आप तो लोगों से घिरे रहते हैं और आपके सामने आने में बहुत संकोच लगता रहा है।"

"अरे मुझ से संकोच की क्या बात थी? और घिरा भी ऐसा नहीं रहा कि आप लोगों से कुछ चर्चा न हो सके। शुरू के तीन-चार दिन जरूर लोगों की भीड़ रही किन्तु उसके बाद तो फुरसत में ही रहा।"

"सुना है आप कल जा रहे हैं। आपके साथ उठना-बैठना तो नहीं हो सका फिर भी आपके आने से कुछ भरापन महसूस होता था। आप जा रहे हैं सुन कर जी उदास हो गया है।"

"जाना तो था ही। हाँ आप लोग भयानक सीमाओं के बीच जो मानवीय लड़ाई लड़ रही हैं वह बहुत मूल्यवान है। मैं आपके लिए कुछ कर सकूँगा तो मुझे प्रसन्नता होगी। आप मुझे निस्संकोच लिखा करें। मैं अपने अखबार के द्वारा आपकी लड़ाई में सहभागी बनूँगा। बल्कि आप हमारे अखबार की संवाददाता बन जायें।"

"बहुत अचछा लगा आपसे मिलना और आपके विचारों को जानना। हम अवश्य आपको लिखते रहेंगे। प्रणाम।"

''प्रणाम।'' कह कर हम आगे बढ़े।

हम अपने खेतों से गुज़रे। खेतों में, रास्तों पर, गाँव में जो भी मिलता वह कहता—''तो आप कल जा रहे हैं? अरे कुछ दिन और ठहरते। आप आये तो कितना अच्छा लगा था, जा रहे हैं तो जी उदास हो रहा है।''

मैं आया था तो लोग पूछते थे—''कब आये?'' अब पूछ रहे हैं—''कल आप जा रहे हैं?'' वे लोग भी पूछते थे जो दस दिन के बीच कभी मिले नहीं।

''चाचा जी, ज़रा चलिए सिवान पर का भी खेत देख लिया जाय। कोई कह रहा था कि कटने लायक हो गया है।''

''मैं थक गया हूँ, तुम जाओ देख आओ। मैं घर जा रहा हूँ।''

''ठीक है आप चलिए मैं थोड़ी देर में आ रहा हूँ।''

''अरे बाबा जी प्रणाम!''

''प्रणाम भाई प्रणाम।'' आप कौन हैं के भाव से उस युवक को देखता रहा। देखा उसके हाथ में लोटा है। उसके नंगे नहाये शरीर पर जनेऊ चमक रहा है।

''आपने मुझे पहचाना नहीं। मैं कुमार बाबा का पोता हूँ।''

''अच्छा अच्छा, कैसे हैं वे? और इस भेस में कहाँ जा रहे हैं?''

''वे ठीक हैं और मैं जा रहा बरम बाबा पर दूध चढ़ाने।''

''अच्छा अच्छा, आप बरम बाबा के पुजारी हैं?''

''नहीं, नहीं, पुजारी तो क्या बस परीक्षा कें दिनों में कभी-कभी दूध चढ़ा आता हूँ।''

''आप करते क्या हैं?''

''मैं बी.एस-सी. कर रहा हूँ।''

''अच्छा यह तो अच्छी बात है। तो क्या आपका विज्ञान यह सिखाता है कि परीक्षा पास करने के लिए बरम बाबा की पूजा करनी चाहिए।''

''नहीं बाबा जी, विज्ञान नहीं सिखाता अपने पारम्परिक संस्कारों ने सिखा रखा है। रोज़ तो अखबारों में पढ़ता हूँ कि देश के बड़े-बड़े लोग तांत्रिकों-मांत्रिकों के चक्कर में हैं। देवी-देवताओं के मन्दिरों, फकीरों के दरगाहों आदि में जो लोग मनौतियाँ मानने जाते हैं उनमें न जाने कितने उच्च शिक्षित और वैज्ञानिक लोग भी होते हैं। यहाँ तक कि डाक्टर लोग भी जब रोग से पार नहीं पाते तो जिम्मेदारी ऊपरवाले पर डाल देते हैं।''

''डिबेट अच्छा कर लेते हो। लगता है जैसे अपने पक्ष के समर्थन में तर्क रट लिये हों लेकिन इससे एक ग़लत बात सही तो नहीं हो जाती। परीक्षा तो पढ़ने और तैयारी से ही पास की जा सकती है, यह बात कैसे भूली जा सकती है।''

''हाँ बाबा जी, सो तो है लेकिन मेहनत के बाद भी मैं दो साल से बी.एस-सी. में फेल हो रहा हूँ। इसे दुर्भाग्य ही कहा जायेगा न।''

''नहीं दुर्भाग्य तो तब कहा जाये जब तुम परीक्षा के समय बीमार पड़ जाओ या किसी भी आकस्मिक कारण से परीक्षा न दे पाओ या दो भी तो मानसिकता खराब हो जाये।''

''नहीं बाबा जी, मैं लिखता तो हूँ लेकिन दिल्ली का एक परीक्षक है, वही मुझे कम नम्बर देता है और वह जब तक रहेगा मैं पास नहीं हूँगा।''

''क्या उसकी दुश्मनी है तुमसे? अरे वह बेचारा तो तुम्हें जानता भी नहीं होगा।''

''न जाने क्या है कि उसी के पर्चे में फेल होता हूँ। लोग कहते हैं कि उससे कोई सोर्स भिड़ाओ, नहीं तो फिर फेल हो जाओगे। अब मैं इतनी दूर बैठा हुआ उससे क्या सोर्स भिड़ाऊँ?''

वह चुप हो गया और मैं उसका चेहरा देखने लगा।

''अच्छा भाई चलता हूँ।''

''बाबा जी, आप तो उसे जानते होंगे। उससे कह दें तो मेरा बेड़ा पार हो जाय।''

''किससे कह दूँ?''

''मैं उसका नाम पता आपके पास भेज दूँगा।''

मैं सनाका खा गया। इस लड़के ने मुझे इसी लायक समझा है। बोला—''भाई, मैं विश्वविद्यालय के किसी आदमी को नहीं जानता। और जानता भी होता तो यह महान् कार्य मुझसे नहीं होता।''

''अरे बाबा जी, आप तो महान् पुरुष हैं आप भले न किसी को जानते हों, आपको सब जानते हैं। आप चाहेंगे तो मेरी नइया पार हो जायेगी।''

''अच्छा जाइए, आप बरम बाबा पर दूध चढ़ाइए, मैं चलता हूँ। बरम बाबा से जरा मन से कहिए कि वे आपकी नइया पार कर दें।'' कह कर मैं आगे बढ़ गया हँसी भी आयी और क्रोध भी।

अपने में खोया चला जा रहा था कि एक आवाज़ से चौंका—

''प्रणाम चाचा जी, प्रणाम।''

''अरे प्रवीण जी आप! कब आये?''

''रात आया। सुना आप आये हुए हैं तो भागा-भागा मिलने चला आया। घर पर गया तो मालूम पड़ा आप निकल चुके हैं। बस इधर सरक आया।'' वह ज़ोर से हँसा।

''हाँ आपकी बहुत याद आ रही थी। कैसे हैं?''

''ठीक हूँ। आते ही सुना कि कल आप जा रहे हैं। यह तो अच्छा हुआ कि मैं समय से आ गया, नहीं तो हाथ मलता रह जाता।'' फिर ठहाका मार कर हँसा।

''अरे इसमें हाथ मलने की कौन-सी बात है। नहीं भेंट होती तो नहीं होती।''

''अरे आप से भेंट होना भेंट होना होता है क्या? आपके तो दर्शन होते हैं—पवित्र दर्शन। उससे वंचित रह जाना दुर्भाग्य ही कहा जायेगा। बाप रे बाप एक जुग बाद तो आप आये हैं और इसके बाद भी आपके दर्शन न होते तो मैं अपने को माफ

न कर पाता।'' वह फिर हँसा।

''अरे भाई प्रवीण, तुम तो बहुत बड़े नेता हो गये हो। रुतबा, मान-सम्मान, पैसा-रुपया सभी कुछ तो बरसते हैं तुम लोगों पर। अरे कलम घिसने वाले साहित्यकार और पत्रकार को आज कौन पूछता है? तुम खामखाह मुझे इतनी हवा दे रहे हो। हाँ, इस गाँव का हूँ और तुम्हारा चाचा लगता हूँ। इस नाते तो तुम्हारे सम्मान का अधिकारी ज़रूर हूँ।''

''आप क्या कह रहे हैं चाचा जी! आप नहीं जानते आप क्या हैं? इतने बड़े अखबार के संपादक हैं आप। जिसे चाहें चमका दें जिसे चाहें बुझा दें। मैं राजनीति के क्षेत्र में भी आपकी चर्चा सुनता रहता हूँ।''

''अच्छा छोड़ो यह सब। बताओ कैसे हो?''

''कैसे? अरे चाचा जी कहने को तो इतने दिनों से मैं राजनीति में हूँ लेकिन क्या पाया? बड़े नेता सालों ने कभी एक टिकट तो दिया नहीं। बस चाहते हैं कि मैं इनकी जय बोलता रहूँ। लेकिन मैंने ठान लिया है कि मैं अगले चुनाव में खड़ा होकर रहूँगा। चार महीने बाद चुनाव है।''

''यह तो अच्छी बात है। जरूर खड़ा होओ।''

''लेकिन आपके आशीर्वाद के बिना यह कैसे संभव होगा। वही लेने तो आया हूँ।''

मैं ठीक-ठीक कुछ समझा नहीं। सोचा कि शायद उसी तरह आशीर्वाद माँग रहा है जैसे लोग माँगा करते हैं। इसलिए बोला—''अरे भाई मेरा आशीर्वाद तो रहेगा ही।''

''वाह चाचा जी यह हुई न बात। मुझे पूरा भरोसा था कि आपका आशीर्वाद मिलेगा। अब मैं निश्चिन्त हुआ। अब मुझे टिकट मिल कर ही रहेगा।''

''लेकिन मेरे आशीर्वाद से तुम्हें कैसे टिकट मिल जायेगा प्रवीण?''

''लीजिए। अरे वैसे तो स्थानीय स्तर पर प्रयत्न कर ही रहा हूँ किन्तु आप यदि दिल्ली में इशारा भी कर देंगे तो टिकट मिलना निश्चित हो जायेगा।''

''यानी?''

''यानी आप यदि पार्टी के अध्यक्ष से कह देंगे तो उसका बड़ा असर पड़ेगा।''

''लेकिन पार्टी अध्यक्ष मुझे कहाँ जानते हैं?''

''अरे आपका इतना नाम है। आपको कौन नहीं जानता चाचा जी? और एकाध लेख आप मेरे बारे में अपने पत्र में छाप देंगे तो सोने में सुहागा हो जायेगा।''

''लेख? तुम्हारे ऊपर।''

''हाँ। मेरी सामाजिक सेवाओं पर। आप चिन्ता न कीजिए, मैं किसी से लेख भेजवा दूँगा। बस आप उसे छाप भर दीजिए। फिर देखिए अपने भतीजे का जलवा।''

मैं मुस्कराया और बोला—''अच्छा प्रवीण अब चलूँ, लोग खाने के लिए इंतज़ार करते होंगे।''

"अच्छा तो ठीक है। मैं अपनी जीप से आया हूँ, साथ ही चलेंगे गोरखपुर। फिर बातें होंगी।"

आगे बढ़ा तो देखा पेड़ के नीचे शिवकुमार भाई खड़े थे। वे बोले—

"मैं आपके ही इंतजार में खड़ा हूँ। मालूम हुआ कि कल आप जा रहे हैं। घर गया तो मालूम पड़ा कि आप खेतों की ओर गये हैं।"

ये मेरे इंतज़ार में खड़े हैं क्या बात है? लगा कि ये मेरे जाने के समाचार से विचलित हो उठे हैं और मुझसे मिलना चाहते हैं।

"आप कल जा रहे हैं सुनकर जी उदास हो गया। आप आते हैं तो गाँव में कुछ हलचल आ जाती है। आप चले जाते हैं तो गाँव फिर अपने उसी ढर्रे पर चलने लगता है।"

"क्यों मुझे शर्मिन्दा कर रहे हैं? मैं गाँव में आता हूँ तो बस आता भर हूँ। क्या करता हूँ, इस गाँव के लिए जो गाँव में हलचल मच जाती है? अपने सुख से आता हूँ, अपने सुख से चला जाता हूँ। कुछ लोगों से भेंट मुलाकात हो जाती है पुरानी स्मृतियाँ ताज़ा हो उठती हैं बस और क्या करता हूँ?"

"आप नहीं जानते कि आपके आने भर से यह गाँव कितना भर जाता है। 'आप इस गाँव के हैं' गाँव चारों ओर इस बात से भी अपने को बड़ा बना लेता है।"

मैं समझ गया कि यह अर्थ-पिशाच आदमी जो दस दिन में कभी मिलने नहीं आया किसी स्वार्थवश ही मेरा गौरव-गान कर रहा है। इसीलिए सीधे पूछा—"मेरे लिए कोई आज्ञा?"

"हो देखो, अरे मैं आपको क्या आज्ञा दूँगा? अरे एक सलाह-मशविरा करना था आपके भले के लिए।"

"कीजिए।"

"अब आप हो गये निपट परदेसी। हम लोग तो परदेस में रहते हुए भी अन्त में अपने गाँव ही लौटे। लौटना ही था लेकिन आप तो दिल्ली में ही बस गये हैं। आपके बाल-बच्चे भी वहीं के हो गये हैं। अब, आप गाँव कहाँ लौटेंगे?"

"हाँ यह बात काफी हद तक सही है। तो?"

"तो यह कि आप अपने खेतों के बारे में क्यों नहीं कुछ सोचते?"

"यानी।"

"कब तक इन्हें यों ही छोड़े रहेंगे। इन्हें बेच क्यों नहीं देते?"

"इन्हें छोड़े कहाँ हूँ। मेरे भतीजे तो जोत-बो रहे हैं।"

"अरे आप दुनिया को नहीं समझते। कब किसके मन में क्या बात आ जाये, कहा नहीं जा सकता। हम लोग आपके शुभचिन्तक हैं इसलिए चिन्ता होती है कि कल कहीं आपके ये सारे खेत हाथ से निकल न जायें।"

"तो?"